HEYNE
HARD
CORE

Zum Buch

Halloween. In dem netten amerikanischen Städtchen Ashburg gibt es dieses Jahr eine große Party. Geladen wird ins Sherwood House. Ein ganz besonderes Haus. Vor vielen Jahren wurde dort eine Familie bestialisch ermordet. Seitdem mieden es die Leute. Doch trotz dieser finsteren Vorboten öffnen sich am Abend die Tore des Sherwood-Hauses. Das blutige Spiel beginnt …

Mit einem ausführlichen Verzeichnis aller im Wilhelm Heyne Verlag erschienenen Werke von Richard Laymon.

Zum Autor

Richard Laymon wurde 1947 in Chicago geboren und studierte in Kalifornien englische Literatur. Er arbeitete als Lehrer, Bibliothekar und Zeitschriftenredakteur, bevor er sich ganz dem Schreiben widmete und zu einem der bestverkauften Spannungsautoren aller Zeiten wurde. 2001 gestorben, gilt Laymon heute in den USA und Großbritannien als Horror-Kultautor, der von Schriftstellerkollegen wie Stephen King und Dean Koontz hoch geschätzt wird.

Besuchen Sie auch die offizielle Website über Richard Laymon unter www.rlk.stevegerlach.com

RICHARD LAYMON

DAS HAUS

Roman

Aus dem Amerikanischen
von Urban Hofstetter

WILHELM HEYNE VERLAG
MÜNCHEN

Die Originalausgabe
ALLHALLOW'S EVE
erschien bei New English Library, London.

Unter www.heyne-hardcore.de finden Sie das komplette
Hardcore-Programm sowie den monatlichen Newsletter.
Weitere News unter facebook.com/heyne.hardcore

FSC
www.fsc.org
MIX
Papier aus verantwortungsvollen Quellen
FSC® C014496

Verlagsgruppe Random House FSC® N001967

Vollständige deutsche Erstausgabe 04/2016

Published in arrangement with Lennart Sane Agency AB
Printed in Germany
Redaktion: Catherine Beck
Umschlaggestaltung: Hauptmann & Kompanie Werbeagentur, Zürich,
Dominic Wilhelm
Satz: Schaber Datentechnik, Austria
Druck und Bindung: GGP Media GmbH, Pößneck

ISBN: 978-3-453-67648-0

www.heyne-hardcore.de

1

Im letzten Haus an der Oakhurst Road wohnte Clara Hayes. Seit ihr Ehemann einen Herzinfarkt erlitten hatte, lebte sie dort allein.

Er hatte auf dem oberen Treppenabsatz gestanden, als es passierte, war die Stufen heruntergefallen und direkt vor ihren Füßen gelandet. Doctor Harris hatte gesagt, der Genickbruch habe ihn noch vor dem Herzstillstand getötet. Das war nun elf Jahre her.

Ohne diesen launischen alten Mistkerl war sie besser dran.

Außerdem war Alfred ein viel besserer Gefährte, auch wenn er sich den größten Teil des Tages auf dem Friedhof hinter dem Haus herumtrieb.

Die 22-Uhr-Nachrichten fingen an – für Clara das Zeichen, dass es Zeit war, Alfred hereinzuholen. Also nahm sie die Fernbedienung und schaltete den Fernseher aus. Dann hinkte sie auf ihren Stock gestützt in die Küche, wo sie die Hintertür entriegelte.

Ein kühler Wind blies ihr ins Gesicht. Tief atmete sie die frische Oktoberluft ein und blickte über den Garten hinweg in die Nacht.

»Aaaalfred!«

Clara lauschte. Das leise Klingeln der Erkennungsmarken an seinem Halsband würde zu hören sein, bevor sie ihn sehen konnte. Doch sie vernahm nur das Rascheln der trockenen Blätter an den Friedhofsbäumen.

»Aaaalfred!«

Auf ihrem Weg die drei Holzstufen in den Garten hinunter achtete sie sorgsam darauf, nicht hinzufallen. Im Jahr zuvor hatte sie wegen einer gebrochenen Hüfte ganze fünf Monate lang still liegen müssen. Über den mondbeschienenen Rasen ging sie bis zum Rand ihres Blumenbeets, von wo sie durch die Stangen des Friedhofszauns spähte. Es war so dunkel dort drüben, wo die Bäume den Mond verdeckten.

»Aaaalfred!«, rief sie erneut. Viel zu laut. Clara stellte sich vor, wie die Leichen in ihren Särgen die Köpfe hoben und ihrem Ruf lauschten. Deutlich leiser lockte sie: »Komm hierher, miezmiezmiez.«

Sie suchte die Finsternis ab und erblickte nicht weit hinter dem Friedhofszaun eine einsame Gestalt.

Erschrocken wich sie zurück, rutschte auf dem taunassen Gras aus und hielt das Gleichgewicht nur dank ihres Stocks, den sie beherzt in die Erde rammte.

»Du meine Güte«, murmelte sie und blickte erneut zu der dunklen Silhouette hin – einem Steinengel, der zu einem Grabmal gehörte und den sie schon Tausende Male zuvor bei Tageslicht gesehen hatte. Bei Dunkelheit sah der Friedhof ganz anders aus. Sie mochte ihn nicht, kein bisschen. Sie hätte in der Tür stehen bleiben und Alfred von dort aus rufen sollen, so wie sie es nach Einbruch der Nacht sonst auch immer tat.

»Dann bleib halt draußen, wenn du unbedingt meinst.«

Mit diesen Worten kehrte sie dem Gräberfeld den Rücken zu und machte sich auf den beschwerlichen Weg zurück zur offenen Küchentür. Clara beschleunigte ihre Schritte, da sie spürte, wie ihr Gänsehaut den Nacken hochkroch, und wusste, dass sie nicht vom Wind herrührte.

Ich bin doch nicht ganz bei Trost, dachte sie. *Dieser Friedhof ist vollkommen sicher. Was bin ich nur für ein Angsthase.*

Noch nie zuvor war eine Leiche aus ihrem Grab gekrochen, um Jagd auf die Lebenden zu machen. Und es würde wohl auch kaum heute Nacht zum ersten Mal geschehen.

Plötzlich spürte sie, wie etwas Haariges an ihren Beinen entlangstrich, und schrie auf.

Alfred huschte die Verandastufen hinauf, blieb an der Tür stehen und blickte über die Schulter zu ihr zurück.

»Du Halunke.« Zitternd holte Clara Atem und presste sich eine Hand auf die Brust. »Du hast mich zu Tode erschreckt.«

Gerade als sie begann, die Stufen weiter hochzusteigen, vernahm sie ein gedämpftes Klirren. Wie von einer Brechstange, die auf einen hölzernen Boden fiel. Clara starrte Alfred an und wagte kaum noch zu atmen.

Der Kater hingegen wandte sich gelangweilt ab und verschwand in der Küche. Clara beeilte sich, hinter ihm ins Haus zu gelangen, dann machte sie rasch die Küchentür zu und schob den Riegel vor.

Alfred setzte sich derweil vor den Kühlschrank und sah sie erwartungsvoll an.

»Jetzt nicht«, flüsterte Clara. Sie löschte das Küchenlicht und humpelte an der Aufsatzkommode vorbei ins Esszimmer. Obwohl es hier dunkel war, ging sie sehr vorsichtig von der Seite an das Fenster heran, damit sie von draußen nicht zu sehen war.

Was gäbe sie jetzt für eines dieser Periskope aus Pappkarton, wie das, mit dem Willy immer gespielt hatte. Obwohl man durch dieses Ding eigentlich nie wirklich etwas hatte sehen können.

Clara verlagerte das Gewicht auf den Gehstock und beugte sich dicht an die Fensterscheibe. Vorsichtig zog sie die weiche Gardine auf und sah hinaus.

Das Sherwood House nebenan sah nicht anders aus als sonst auch. Das alte, im Kolonialstil errichtete Gebäude wirkte schrecklich düster und verlassen: Die Einfahrt und die Wiese waren zugewuchert, die Fassade schrie nach einem neuen Anstrich, und die Fenster waren vernagelt.

Obwohl sie den Vordereingang von hier aus nicht sehen konnte, wusste sie, dass er verriegelt war; ebenso wie die Hintertür. Und die einzigen Schlüssel zu dem Haus hatte der Immobilienmakler Glendon Morley.

Vielleicht war er ja aus irgendeinem Grund hineingegangen. Doch das hielt Clara für wenig wahrscheinlich. Seit Juli war er nicht mehr mit Kaufinteressenten vorbeigekommen. Vermutlich hatte er inzwischen die Hoffnung aufgegeben, dass ihm irgendwer jemals diese Immobilie abkaufen würde. Und wer würde in dem Haus auch wohnen wollen, nach dem, was damals dort geschehen war?

Aber wenn nicht Glendon, wer mochte sich dann dort drüben herumtreiben?

Vielleicht Teenager. So wie vor ein paar Jahren. Sie waren eingebrochen und wie Schreckgespenster schreiend und heulend durch alle Räume gerannt.

In jener Nacht hatte sie Dexter angerufen, der kam und die Einbrecher schließlich in Handschellen abführte.

Der Gedanke, Dexter zu dieser späten Stunde wegen etwas zu stören, das vermutlich nur ihrer Einbildung entsprungen war, gefiel Clara allerdings überhaupt nicht. Es konnte außerdem ja auch sein, dass das Geräusch, das sie gehört hatte, gar nicht vom Sherwood House gekommen war.

Allerdings hätte sie jeden Eid darauf schwören können, dass es so gewesen war. Und sie war sich ganz sicher, dass sie die ganze Nacht kein Auge zumachen würde, weil sie wusste, dass jemand in dem finsteren alten Kasten war, durch die dunklen Zimmer streifte und sehr wahrscheinlich nichts Gutes im Schilde führte.

Vielleicht war es ja sogar der Mörder. Schließlich hatte man nie herausgefunden, wer die arme Familie Sherwood auf dem Gewissen hatte. Er könnte nach all den Jahren zurückgekehrt sein ...

Bei dem Gedanken durchlief sie ein Schauer.

»Also gut.« Sie seufzte und ließ die Gardine zurückfallen. Dann trat sie vom Fenster weg und humpelte aus der Dunkelheit in das beruhigende Licht des Wohnzimmers. Dort ließ sich Clara auf der Couch nieder und nahm das Telefon auf den Schoß. Als sie die Null wählte und wartete, sprang Alfred auf die Couch und kuschelte sich in ihre Armbeuge.

»Vermittlung«, meldete sich eine ausdruckslose Stimme.

»Verbinden Sie mich bitte mit Dexter Boyanski in der Jefferson Street.«

»In welcher Stadt bitte?«

»Ashburg.«

Sie kraulte Alfred im Nacken, was ihm ein lautes Schnurren entlockte.

»Die Nummer lautet 432-6891.«

»Ich bin blind«, log sie. »Würden Sie mich bitte durchstellen?«

»Sehr gern.«

Gleich darauf hörte sie das Freizeichen am anderen Ende der Leitung, dann Dexters Stimme: »Ja?«

»Hallo, Dexter. Ich bin's, Clara.«

»Wie geht es dir?«

»Im Großen und Ganzen funktioniert alles, vielen Dank«, antwortete sie mit einem leisen Lachen.

»Das freut mich zu hören. Betty sagte, du bist in letzter Zeit nicht beim Bingo gewesen.«

»Und da werde ich auch nicht mehr hingehen. Nicht solange Winky Simms die Zahlen ausruft. Er ist so langsam, dass mir beim Warten Moos in den Ohren wächst. Es ist mir wirklich ein Rätsel, warum sie ihn das noch immer machen lassen. Der arme Mann stottert doch wie eine zerkratzte Schallplatte.«

»Na, was soll ich ...?«

»Aber deswegen habe ich dich ja gar nicht angerufen. Weißt du, ich bin vorhin draußen gewesen, um meine Katze reinzuholen. Und da habe ich ein Geräusch aus dem alten Sherwood House gehört. Ich hab's mir jetzt eine Zeit lang angesehen. Es wirkt zwar genauso tot wie immer ... aber man kann natürlich auch nicht viel erkennen, so rundum vernagelt, wie es ist. Ich trau mich nicht nachzusehen, ob es immer noch verschlossen ist, aber ich möchte wetten, dass es offen steht. In dem Haus ist irgendjemand, Dexter.«

»Ich komme rüber und sehe mal nach.«

»Das wäre wunderbar.«

Erst kurz vor Claras Anruf war Dexter aus der Dusche gestiegen und trug einen Bademantel. Da er sich sowieso anziehen musste, beschloss er, seine Uniform anzulegen.

Es war einfach zu riskant, Polizeiarbeit in Zivil zu erledigen.

Kurz dachte er darüber nach, auf der Wache anzurufen. Jeder der Männer, die dort Nachtschicht schoben, konnte diese Angelegenheit genauso gut erledigen wie er. Aber Clara war eine alte Freundin. Wenn sie Chet oder Berney von der Wache gewollt hätte, hätte sie dort angerufen. Vermutlich hoffte sie, dass er anschließend noch auf ein kleines Schwätzchen vorbeikommen würde.

Dexter schlüpfte in seine Dingo-Stiefel. Auf dem Weg zur Vordertür hinaus und zu seinem Wagen schnallte er sich den Pistolengürtel um.

Als Clara ein Motorengeräusch hörte, ging sie zum Wohnzimmerfenster und blickte hinaus. In die Einfahrt zum Sherwood House bog ein Auto und parkte. Es war zwar kein weißer Streifenwagen mit roten Signallichtern auf dem Dach, wie Clara erwartet hatte, aber der kräftige Mann in Uniform und mit dem Stetson-Hut sah zu ihr herüber und hob grüßend die Hand. Ganz eindeutig Dexter. Sie winkte zurück und beobachtete, wie er sich umdrehte und durch das kniehohe Gras stapfte. Er stieg die Stufen zum Eingangsbereich hinauf und verschwand hinter den Säulen der Veranda. Gleich darauf tauchte er für einen kurzen Moment wieder auf und ging in die Nische, die die Vordertür vor ihren Blicken verbarg.

Er war nur ein paar Sekunden nicht zu sehen, bevor er heraustrat und die Stufen wieder hinunterging.

Er kam auf sie zu und schüttelte den Kopf. An der Hausecke bog er ab und ging an der Seite des Gebäudes entlang.

Mit dem Gesicht ganz nahe an der Scheibe behielt Clara ihn im Auge, bis er um die nächste Ecke bog.

Er wird ein bisschen Zeit brauchen, um die Hintertür zu überprüfen, dachte sie. Wenn sie ordentlich verriegelt war, würde er wahrscheinlich um die andere Seite des Hauses herum wieder nach vorne gehen und dann zu ihr kommen. Sie hörte ihn schon sagen: »So sicher verschlossen wie ein Safe, Clara.«

»Ich weiß, dass ich etwas gehört habe.«

»Vielleicht kam es ja von den Horners.«

Als sie angespannt aus dem Fenster schaute, hoffte sie plötzlich, das Geräusch wäre wirklich aus dem Haus der Horners gekommen. Sie mochte sich nicht vorstellen, wie Dexter die Hintertür aufgebrochen vorfand und dann das Haus betrat, in dem solche schrecklichen Dinge geschehen waren.

Jetzt wünschte sie, sie hätte ihn nicht angerufen.

Sie hätte stattdessen auch auf der Wache Meldung machen können, und dann wäre einer der anderen Beamten gekommen. Es würde ihr nicht so viel ausmachen, wenn andere Polizisten in dieses Haus gingen.

Sie waren nicht ihre Freunde.

Es wäre nicht so schlimm, wenn sie nie mehr herauskämen.

Das Vorhängeschloss am Hintereingang war an seinem Platz, aber jemand hatte die vier Schrauben vom Türbeschlag entfernt. Dexter drehte den Türknopf und stieß die Tür auf.

Er zog seinen Revolver aus dem Holster und leuchtete mit der Taschenlampe in die Küche hinein. Ihr Lichtschein schälte den Linoleumboden, die geschlossene Tür zum Flur und die Lücke, in der der Kühlschrank gestanden hatte, aus der Dunkelheit.

Dexter erinnerte sich an jene Nacht vor so langer Zeit. An die weiße Tür des Kühlschranks, die von blutigen Handabdrücken besudelt war. Hester Sherwoods Handabdrücken. Sie musste sich in die Küche geschleppt haben in der Hoffnung, dort eine Waffe zu finden. Da war sie bereits halb tot. Sie stützte sich am Kühlschrank ab und hinterließ diese grotesken dreifingrigen Abdrücke ihrer rechten Hand. Später fand man ihre abgetrennten Finger im oberen Stockwerk, auf dem Teppich im Schlafzimmer. Irgendwie hatte sie es geschafft, so weit zu kommen, bevor der Killer sie einholte. Gerade weit genug, um diese deformierten Abdrücke auf dem Kühlschrank zu hinterlassen, bevor er sie niederwarf und den Rest erledigte.

In diesem Moment wünschte Dexter, er hätte das Haus nicht betreten. Er wollte nicht die zwei oder drei Schritte machen, bis er die Stelle auf dem Fußboden sah, wo sie Hester gefunden hatten.

Sie nackt gefunden hatten.

Er hatte einmal mit ihr getanzt – bei dem Ball, bei dem sie beide die Aufsicht gehabt hatten, ein Jahr vor den Morden. Er hatte sie in seinen Armen gehalten, gefühlt, wie sich ihre von einem steifen Büstenhalter umfangenen Brüste an seine Brust drückten. Alles unter ihrem weich fließenden Abendkleid war wie in einen Panzer eingehüllt gewesen, der ihre Haut vor Berührungen schützen sollte. Sie trug sogar ellenbogenlange weiße Handschuhe.

Und dann hier auf dem Fußboden, ganz ohne Schutzpanzer. Das Fleisch entblößt, die Brüste …

Rasch ging er in die Küche, um den Strom der Erinnerungen zu unterbrechen. Er schwenkte die Taschenlampe über die Küchenschränke, den Ofen, die Spüle. Vermied es, auf den Boden zu blicken. Trat schnell hinaus in den Flur.

Der mit einem flauschigen roten Läufer ausgelegt gewesen war. Nun war hier nur nackter Holzboden. Er öffnete eine Tür zu seiner Linken und ging ins Esszimmer. Seine Lampe wanderte über die Wand, auf die Jugendliche vor ein paar Jahren ihre Namen geschrieben hatten. Sie waren dort noch immer zu lesen: »John + Kitty« – umrahmt von einem Herz. Unschuldig und völlig unpassend in diesem Haus, das eine Gruft war.

Dexter bemerkte rote Spritzer über dem gemalten Herz.

Er ließ seine Taschenlampe die Wand hochwandern und stöhnte.

Wer zum Teufel ...?

Jemand hatte über das Herz eine große Hand gemalt, eine Hand, an der zwei Finger fehlten. Aus den Stümpfen tropfte Blut. Die Farbe schimmerte im Licht der Lampe. Er trat näher an die Wand heran, klemmte sich die Taschenlampe zwischen die Oberschenkel und berührte die Farbe.

Noch feucht.

Er packte die Taschenlampe und wirbelte herum, suchte schnell die anderen Wände ab, die Zimmerdecke. Keine weiteren Malereien. Gott sei Dank.

Aber wer immer das getan hatte, die Hand gemalt hatte – der kranke Mistkerl konnte immer noch im Haus sein. Eilig lief Dexter durch den leeren Raum. Die Doppeltüren zur Vorhalle standen offen. Er ging hindurch und ließ das Licht rasch vom Vordereingang über die Esszimmertür bis zum Treppenaufgang auf seiner rechten Seite wandern.

Das obere Stockwerk würde er sich bis zum Schluss aufheben.

So leise wie möglich ging er am Treppengeländer vorbei. Er blickte den schmalen Flur hinunter, der zurück zur Küche führte. Dann überquerte er ihn und betrat das Wohnzimmer.

Als er sich schnell um die Achse drehte, schnitt sein Licht einen Kreis in die Dunkelheit. Hier war niemand außer ihm.

Und doch war da etwas, das nicht hierhergehörte.

Es lehnte an der Wand.

Er ging näher heran, unsicher, was er da sah. Es sah aus wie ein Käfig oder ...

Verdammt!

Fenstergitter. Ein halbes Dutzend.

Irgendjemand, vielleicht Glendon Morley, hatte wohl vor, das Haus wieder herzurichten. Die Bretter von den Fenstern zu nehmen. Und stattdessen die Eisengitter zu befestigen, um die Vandalen draußen zu halten.

Im Schein der Taschenlampe sah er, dass an drei Fenstern auf der einen Seite des Wohnzimmers bereits Gitter angebracht waren.

Auf der anderen Seite dagegen ...

Was für ein Idiot ...?

Hinter Dexter knarrte ein Dielenbrett.

Er wirbelte herum, schnappte nach Luft und riss seine Pistole hoch.

Clara beugte sich noch immer dicht an das Fenster und starrte durch die Scheibe. Sie machte sich schreckliche Sorgen.

Dexter musste das Haus offen vorgefunden haben, genau wie sie es befürchtet hatte. Andernfalls wäre er schon längst wieder aufgetaucht.

Er war da drin, jetzt, in dieser Sekunde. Obwohl ihre Augen weit offen standen, sah Clara Bilder von Dexter vor sich, wie er diese lange, dunkle Treppe hinaufging und in das Schlafzimmer, wo man James Sherwood gefunden hatte. Es hieß, seine Augen seien herausgeschnitten worden. Von offizieller Seite war wenig zu hören gewesen, doch sie vermutete, dass die meisten Gerüchte der Wahrheit entsprachen. Armer Dexter. Nicht für eine Million Dollar hätte sie einen Fuß in dieses Haus setzen wollen.

Wie konnte er bloß da hineingehen? Es war allein ihre Schuld. Sie hatte ihn darum gebeten.

Verdammt! Sie wünschte, sie hätte den Notruf und nicht Dexters Nummer gewählt.

Oh, Gott sei Dank!

Sie stieß einen tiefen, erleichterten Seufzer aus, als sie ihn von der anderen Seite kommen und um die Veranda herumgehen sah.

Er war allein.

Es muss also doch falscher Alarm gewesen sein. Aber warum hatte er dann so lange gebraucht? Die Hintertür stand wohl offen, und er ist ins Haus gegangen, um nach dem Rechten zu sehen. Wer immer das Geräusch verursacht hatte, war vermutlich schon weg, als Dexter eintraf. Entweder das, oder er hatte ein gutes Versteck gefunden. *Darüber* wollte sie gar nicht weiter nachdenken.

Er winkte ihr zu.

Clara machte ihm ein Zeichen, er solle zu ihr herüberkommen.

Er nickte, den Stetson tief ins Gesicht gezogen, und Clara verließ ihren Platz am Fenster. Sie humpelte durch das Wohnzimmer, öffnete die Vordertür und machte einen Schritt nach draußen, um das Fliegengitter für ihn aufzuhalten.

Dexter ging langsam und mit gesenktem Kopf durch die Dunkelheit.

»Du hast ihn wohl nicht gefunden, was?«

Dexter gab keine Antwort. Er blickte auch nicht auf.

»Dexter, was ist los?«

Er schüttelte den Kopf.

Als er die Stufen zum Eingang hochstieg, beugte Clara sich zur Wand und schaltete das Licht an.

Blut! Überall auf seinem Uniformhemd und seiner Hose, als ob ihm ein ganzer Kübel davon über den Kopf gekippt worden wäre.

»O Gott!«, keuchte Clara. Sie hielt sich die Hand vor den Mund.

Dexter nahm den Stetson ab und grinste sie an. Im ersten Moment glaubte sie, dass er eine Halloweenmaske trug, um sie zu erschrecken. Doch dann erkannte sie, dass es gar keine Maske war. Und es war auch nicht Dexter, der in dieser blutdurchtränkten Uniform steckte.

Ein nackter Fuß trat ihr den Stock weg.

Leise ächzend fiel sie gegen den Mann, der sie ins Haus schleuderte.

Ihr Kopf knallte hart auf den Boden.

Wimmernd schlug sie die Augen auf.

Die Eingangstür fiel ins Schloss, und der Mann stand über ihr.

2

In dieser Nacht erwachte Eric Prince vom starken Druck in seiner Blase. Er stieg aus dem Bett und ging zur geschlossenen Zimmertür.

Unter dem Türknopf klemmte ein Stuhl mit gerader Lehne. Eine Vorsichtsmaßnahme, die er immer ergriff, wenn er allein im Haus schlief. Obwohl er mit fünfzehn Jahren eigentlich zu alt war, um sich im Dunklen zu fürchten, mochte er das sichere Gefühl, seine Tür verrammelt zu haben.

Als er den Stuhl wegzog, fragte er sich, ob seine Mutter wohl schon zu Hause war. Er hatte keine Ahnung, wie spät es war. Als er die Tür aufzog, sah er jedoch, dass das Flurlicht noch brannte.

Mum hätte es ausgeschaltet.

Sie musste noch aus sein. Und damit kehrte das unruhige Gefühl zurück, das ihn immer befiel, wenn Mum zu einer Verabredung ging – die Angst, dass er am Morgen aufwachte und sie noch immer weg war. Er stellte sich vor, wie er wartete und wartete, doch sie kam nie mehr zurück.

Vielleicht war sie mit einem gut aussehenden Fremden durchgebrannt, den sie in einer Bar getroffen hatte. Eric würde eine Postkarte erhalten, eine Woche später, aus einer weit entfernten Stadt.

Oder sie kam bei einem Autounfall ums Leben.

Oder am allerschlimmsten – diese Angst hatte er seit der Lektüre eines alten Taschenbuchs namens *Auf der Suche nach Mr. Goodbar*: Sie lernte bei einer ihrer Verabredungen einen bösen Mann kennen und wurde von ihm ermordet.

Chief Boyanski würde zu ihrem Haus kommen. »Junge, ich fürchte, ich habe schlimme Neuigkeiten für dich.«

Dann wäre Eric einsam und verlassen. Eine Waise. Niemand auf der ganzen Welt würde sich seiner annehmen. Er wäre dann wie *Das Mädchen am Ende der Straße* und würde ganz allein in dem Haus leben ...

Diese Gedanken wühlten ihn so sehr auf, dass er hellwach war, als er die Badezimmertür öffnete und einen nackten Mann pinkeln sah. Eric wich zurück und fing an zu schreien. Der Mann zuckte zusammen.

Er rannte zu seinem Zimmer und krampfte die Muskeln zusammen, damit er sich nicht einnässte. Er war beinahe an seiner Tür angelangt, als seine Mutter in den Flur trat.

Gegen die Helligkeit anblinzelnd, verknotete sie den Gürtel ihres fadenscheinigen Flanellbademantels. Ihr Haar war zerzaust, und sie sah verwirrt aus. »Eric, warum bist du wach?«

»Da ist ein Mann auf dem Klo!«

»Oh. Das ist nur Sam.« Sie schenkte ihm ein trauriges Lächeln. »Er hat dich wohl ziemlich erschreckt, oder?«

Eric nickte.

Vom anderen Ende des Flurs erklang die Toilettenspülung.

»Hört sich an, als wäre er gleich draußen«, meinte Mum.

»Wer ist er?«

»Ein Freund.«

Sie ist nackt unter diesem Bademantel.

Eric wandte sich von ihr ab. »Nacht.« Er ging in sein Zimmer, schloss die Tür hinter sich und blieb reglos in der Dunkelheit stehen.

»O verdammt«, hörte er den Mann sagen. »Das tut mir so leid.«

»Ist schon okay«, erwiderte Mum. Sie klang bedrückt. »So etwas musste früher oder später ja passieren.«

Er hörte, wie sich ihre Schritte entfernten.

»Vielleicht sollte ich besser gehen«, sagte der Mann.

»Nein, bitte bleib.«

»Möchtest du nicht mit ihm sprechen?«

»Das kann warten. Es wäre jetzt auch kein guter Zeitpunkt.«

Er vernahm das leise Klicken einer Tür, die geschlossen wurde. Falls sie noch immer miteinander sprachen, konnte Eric sie nicht mehr hören.

Er öffnete die Tür. Der Flur lag verlassen und unbeleuchtet vor ihm. Eric schlich sich ins Badezimmer und schloss sich ein, für den Fall, dass der Mann zurückkam. Mit heruntergezogener Hose stellte er sich vor die Toilettenschüssel und begann zu urinieren.

Der Mann hatte genau hier gestanden, nackt. Ganz so, als ob ihm das Haus gehörte. Und er hatte so ein großes *Ding*. Hatte er das in seine Mum ... Natürlich hatte er das getan. Von dem Gedanken wurde Eric schlecht, und er fühlte sich, als ob er zu schnell einen Milchshake getrunken hätte.

Nachdem er die Spülung betätigt hatte, ging er zurück zu seinem Zimmer. Er öffnete die Tür und zog sie gleich darauf, ohne hineinzugehen, wieder ins Schloss. Das Geräusch durchdrang die Stille.

So leise er konnte, verließ er das Haus durch die Hintertür. Von dort lief er durch das kühle, nasse Gras an der Hauswand entlang bis zur Einfahrt. Dort stand Mums VW. Ein größeres Auto parkte am Straßenrand.

Eric starrte das Auto eine ganze Weile an und dachte über den Mann nach, dem es gehörte und der genau in diesem Augenblick im Bett seiner Mutter lag. Der sie fickte. Ficken. Das klang so schmutzig und aufregend – wie sich einen runterholen, nur hundertmal besser. Er träumte sehr oft davon, es zu tun. Und er malte sich aus, dass es die tollste Sache der Welt sein musste, besonders wenn das Mädchen jemand so Hübsches wie Ms. Bennett oder Aleshia Barnes war. Und selbst wenn das Mädchen nicht hübsch war, wäre es wundervoll, sie nackt zu sehen, ihre Brüste berühren zu dürfen. Er konnte sich kaum vorstellen, wie es war, Brüste anzufassen. Sie mussten *so weich* sein ...

Er sah an sich hinunter. Sein Penis ragte steif aufgerichtet aus dem Schlitz der Pyjamahose. Zitternd ließ er seine Finger an ihm entlanggleiten. Dann bedeckte er sich hastig. Dies war nicht der richtige Moment, um geil zu werden.

Er lief zum VW und ging neben ihm in die Hocke. Ein Blick über die Motorhaube zeigte ihm, dass die Fenster zum Schlafzimmer seiner Mutter dunkel waren. Nachdem er zum Heck des Wagens gekrochen war, kauerte er sich wieder hin. Er sah nach links und rechts: Auf der Straße regte sich nichts. Und auch in den nahe gelegenen Häusern schien alles ruhig zu sein.

Es gab keinen Grund, noch länger zu warten.

Über den Asphalt rannte er zum Heck des anderen Autos und duckte sich hinter den Kofferraum. Auf Händen und Knien kauernd, durchwühlte er den Dreck im Rinnstein. Seine Finger stießen auf durchweichtes Laub, Zweige und etwas Glitschiges, das sich ihm entwand. Dann ertastete er schließlich eine dreieckige Glasscherbe von einer zerbrochenen Flasche.

Genau das, was er suchte.

Er hielt die Scherbe fest umklammert, presste sie auf den Kofferraumdeckel und machte einen langen Kratzer in den glänzenden Lack. Es klang, als ob jemand mit Fingernägeln über eine Tafel schabte, und das Geräusch ließ ihn zusammenfahren. Aber es hielt ihn nicht davon ab, weiterzumachen.

Er ritzte ein großes X in das Blech. Als er fertig war, strich er mit dem Finger eine der beiden Furchen entlang und lächelte.

3

Sam Wyatt wachte auf. Das Schlafzimmer lag in grauem Dämmerlicht, und es war kühl. Doch unter der Decke war ihm warm. Er rollte sich zu Cynthia herum und sah, dass ihre Augen offen waren. Sie drehte ihm den Kopf zu und lächelte traurig.

»Hast du gar nicht geschlafen?«, fragte er.

»Ein wenig schon, glaube ich.«

»Machst du dir Sorgen um Eric?«

Sie nickte. »Ich fühle mich so verdammt mies.« Beim letzten Wort zitterte ihre Stimme, und sie presste die Lippen fest aufeinander. Es schien, als würde sie nur mühsam die Tränen zurückhalten.

Sam legte eine Hand auf Cynthias Bauch und bemerkte, wie heiß ihre Haut sich anfühlte. Sie streichelte seinen Handrücken.

»Du bist nicht mies. Du hast doch alles getan, um ihn ...«

»An der Nase rumzuführen?«

»... zu beschützen.«

»Ich fühle mich wie eine Schlampe.«

Sam machte Anstalten, seine Hand wegzuziehen, aber sie hielt sie fest.

»Nein, *so* meine ich das nicht.« Ihre Stimme klang eindringlich. »Mit dir ... Ich habe mich in meinem ganzen Leben noch nicht so glücklich und lebendig gefühlt. Und so mit mir im Reinen. Aber Eric ... Er weiß nichts davon.

Du bist ein Fremder für ihn. Er muss glauben, dass seine Mum mit einem Fremden schläft.«

»Dann erzähl ihm, wie es wirklich ist.«

»Das werde ich. Ich wünschte nur, euer erstes Treffen wäre anders verlaufen.« Sie schüttelte den Kopf. »Ich habe das für ihn getan, weißt du? Ich wollte nicht, dass er die Männer kennenlernt, mit denen ich ausgehe – eine Verbindung zu ihnen aufbaut. Das ist schon ein paarmal passiert, als er begonnen hat, sie als ... als Vaterfiguren zu betrachten. Und als diese Männer wieder aus seinem Leben verschwunden sind, war er am Boden zerstört. Es ist ja für einen Erwachsenen schon schlimm genug, wenn eine Beziehung auseinanderbricht. Aber für ein Kind, das nie einen Vater hatte ... Ich konnte ihm das nicht noch mal zumuten. Es war ihm gegenüber einfach nicht fair. Vielleicht war das ja ein Fehler. Ich weiß es doch auch nicht. Aber ich glaube, dass es ihm viel Herzschmerz erspart hat.«

»Kann sein.«

»Meinst du, es war falsch von mir?«

»Du hättest ihn nicht vor mir beschützen müssen. Ich werde nicht abhauen.«

Ihre Augen nahmen einen kalten Ausdruck an. »Nein?«

»Nein.«

»Den Spruch höre ich nicht zum ersten Mal.«

Er begegnete ihrem anklagenden Blick. »Beschuldige mich nicht für etwas, das andere getan haben.«

»Das tue ich nicht.«

»Weil ich nicht die anderen bin, ich bin ich. Es beschäftigt mich schon länger, dass ich Eric nicht kennenlernen durfte. Ich bin nicht darauf herumgeritten. Aber es war kein gutes Gefühl, dass du mich vor ihm versteckt hast – so als ob du Angst hättest, dass ich irgendwie einen schlechten Einfluss auf ihn ausüben könnte.«

»Er würde dich mögen, Sam. Er würde …« Cynthias Augen füllten sich mit Tränen. »Er würde dich lieben, so wie ich es tue.«

»Wäre das denn so schlimm?« Er versuchte ein zaghaftes Lächeln, aber sein Mund zitterte.

»Ja. Wenn du ihn je verlassen solltest. Er wurde schon so oft verlassen.« Sie drehte sich von ihm weg und begann, leise zu weinen.

Sam nahm sie in die Arme.

»Ich glaube, ich bleibe heute Abend besser zu Hause bei Eric«, sagte Cynthia, als sie die Einfahrt hinuntergingen.

Es wehte ein kühler Wind. Sam gefiel, wie er ihre dunklen Haare verwirbelte.

»Ich werde ihm von dir erzählen.«

»Was hältst du davon, wenn ich euch beide an einem der nächsten Abende zum Essen einlade?«

»Mal sehen.«

Er ging zum Heck seines Autos und sah missmutig auf das große X hinunter, das jemand in den Lack gekratzt hatte. »Verdammter Mist!« Er ließ den Finger über eine der tiefen Kerben gleiten.

»Das ist ja *furchtbar*! Ist das neu?«

»Keine Ahnung. Ich habe es gerade erst bemerkt. Da hat sich wahrscheinlich letzte Nacht jemand daran zu schaffen gemacht.«

»Wahrscheinlich Jugendliche.«

Er ging zu Cynthias VW hinüber und sah ihn sich an. »Wenigstens ist deiner okay.«

»Wie mies muss man sein, um so was zu tun?«

Sam zuckte die Achseln. »Wahrscheinlich war es jemand, der mein Auto erkannt hat. Bei einigen Leuten hier in der Stadt bin ich nicht sehr beliebt. Zu Hause stelle ich es immer in die Garage. Meine Reifen sind schon ein paarmal aufgeschlitzt worden, als ich es draußen stehen hatte.«

Cynthia blickte auf die Kratzer. »Es tut mir wahnsinnig leid.«

»So etwas passiert einfach. Bei uns sagt man: ›Wenn du geliebt werden willst, werde Feuerwehrmann.‹«

»Du glaubst, das hat was damit zu tun, dass du Polizist bist.«

»Da bin ich ziemlich sicher. Na gut, ich mach mich besser auf den Weg.«

»Okay. Ich muss auch langsam Eric wecken.« Sie ließ sich von ihm umarmen.

Er spürte, wie sie unter ihrem dünnen Bademantel zitterte.

»Rufst du mich heute Abend an?«, fragte sie.

»Na klar.« Er küsste sie. »Du gehst besser rein, bevor du dir noch eine Lungenentzündung holst.«

Er machte einen kurzen Zwischenstopp bei sich zu Hause, um zu duschen und sich zu rasieren, und fuhr dann weiter zur Wache. Außer Betty, die die Telefonzentrale überwachte, war niemand da. Sie drehte sich auf ihrem Stuhl zu ihm herum. »Im Westen nichts Neues«, meldete sie mit einem Lächeln.

»Das ist gut.« Sam goss sich eine Tasse Kaffee ein und wünschte sich, er hätte etwas aus seinem Kühlschrank mitgenommen: ein großes Stück Käse oder einen Hotdog. Der Kaffee schmeckte großartig. »Wo ist Dex?«

»Ich wage zu vermuten, dass er auf dem Weg hierher ist.«

Sam sah auf die Uhr. »Er kommt nie zu spät.«

»Selten.« Sie nahm einen Schluck aus ihrer Kaffeetasse und rieb mit dem Daumen den Lippenstiftabdruck weg. »In den zwölf Jahren, die ich bis jetzt unter seinem Joch geschuftet habe, ist er nur vier Mal zu spät dran gewesen. Fünf Mal, heute mitgezählt.«

»Und wie oft ist er gar nicht erschienen?«

»Sechs Tage, vier davon in der Woche, als Thelma ihn verlassen hat.«

»War er verkatert vom Feiern?«

»Das hätte mal der Grund sein sollen. So war es aber nicht. Wenn du ihn angesehen hast, hättest du meinen können, die Welt wäre untergegangen. Männer können solche Trottel sein, wenn es um schöne Frauen geht.«

»Du solltest das wissen.«

»Ganz genau.« Betty war mit ihren zweiundfünfzig Jahren noch immer schlank und gut aussehend. »Und gebe zu, dass ich auch schon ein paar naive Männer ausgenutzt habe. Mein Ehemann ist dafür das beste Beispiel.« Sie lachte. »Aber es gibt überhaupt keine Entschuldigung für Frauen, die sich wie Thelma benehmen. Schönheit gibt einem nicht das Recht, sich derart unanständig aufzuführen. Es ist wirklich ein Verbrechen, wie sie diesen Mann behandelt hat.«

»Wenn wir schon von Verbrechen sprechen ...« Sam trank den Kaffee aus und spülte die Tasse ab. »Ich geh jetzt mal auf Streife.«

»Lass mich noch kurz Dexter anrufen.«

Während sie wählte, schloss Sam den Waffenschrank auf und nahm sich eine Browning mit abgesägtem Lauf.

»Er geht nicht ran.«

»Ich sehe mal bei ihm vorbei.«

»Würdest du das tun? Er ist zwar nur zehn Minuten zu spät, aber es sieht ihm so gar nicht ähnlich.«

»Ich sehe nach und gebe dir Bescheid.«

»Danke, Sam.«

Als er in seinen Streifenwagen stieg, erwartete er beinahe, Dexters Firebird in den Parkplatz einbiegen zu sehen. Aber er tauchte nicht auf, und beim Losfahren bemerkte Sam, wie sich seine Muskeln vor Sorge verspannten. Er konnte sich einfach nicht vorstellen, dass der Chief verschlief. Er war ein großer, kräftiger Mann, der auf einem Hof aufgewachsen war. Und er sprach oft von seiner inneren Uhr, die ihn zuverlässig jeden Tag im Morgengrauen weckte.

Vielleicht hatte er Schwierigkeiten mit seinem Auto.

Oder einen Herzinfarkt, flüsterte eine leise Stimme in Sams Kopf.

Er sah sich alle Autos an, an denen er vorbeifuhr, und auch die Wagen, die am Straßenrand parkten. Vor einem Stoppschild blickte er zu Eds Chevron hinüber. Kein Firebird.

Er fragte sich, ob der Kerl, der sein Auto zerkratzt hatte, auch bei Dexter aufgetaucht war – vielleicht seine Reifen zerstochen oder ihm Zucker in den Tank gefüllt ... Das schien zwar nicht wahrscheinlich zu sein, aber immerhin möglich. Führte jemand einen Mini-Rachefeldzug gegen das Ashburg Police Department?

Er bog ein letztes Mal ab, und Dexters Haus tauchte vor ihm auf. Sein Firebird stand in der Einfahrt.

Sam griff nach dem Funkgerät. »Hier ist Wagen fünf.«

»Wie sieht's aus, Wagen fünf?«

»Der Wagen des Chiefs steht in seiner Einfahrt. Ich sehe nach, ob er zu Hause ist, Betty.«

Sam ging die Einfahrt hinauf und unterzog den Firebird einer kurzen Inspektion. Keine platten Reifen. Nichts Ungewöhnliches zu erkennen.

Er klingelte an der Vordertür. Dexter machte nicht auf. Sam nahm einen tiefen Atemzug und bemerkte, dass er zitterte. Er drückte noch mal auf den Klingelknopf und dann noch ein weiteres Mal. Schließlich schwang er die Fliegengittertür auf und klopfte mit den Fingerknöcheln gegen das Türblatt.

Das bringt nichts. Er ist nicht zu Hause.

Oder falls doch, dann liegt er irgendwo mit einem Herzinfarkt. Oder er hat sich seine Kanone in den Mund gesteckt. Würde er das tun? Oder ist letzte Nacht jemand in sein Haus eingebrochen, jemand, der einen richtigen Rachefeldzug führt?

Wahrscheinlich nichts von alldem.

Sam probierte den Türknopf aus. Er drehte sich.

Gott sei Dank. Dex würde ausflippen, wenn er sich gewaltsam Zutritt zu seinem Haus verschaffte.

Er trat ein und streifte automatisch seine Sohlen auf der Schuhmatte hinter der Tür ab.

»Dexter?«, rief er. »Dexter, bist du da?«

Neben dem Polstersessel brannte eine Lampe.

Sam durchquerte mit schnellen Schritten das Wohnzimmer und ging durch einen kurzen Flur zum Schlafzimmer. Die Jalousien waren unten, die Deckenlampe angeschaltet. Bei hellem Tageslicht erschien ihm das falsch – wie ein abgedunkeltes Krankenzimmer.

Das Bett war gemacht.

Okay. Was immer passiert war, war vermutlich letzte Nacht geschehen, bevor Dexter sich schlafen gelegt hatte. Was auch immer …

»Dexter?«, rief Sam noch mal.

Im Haus herrschte Stille.

Er ging um das Bett herum und ließ sich auf die Knie nieder, um einen Blick darunter zu werfen. Außer dem

Kontrollschalter für die elektrische Heizdecke war nichts zu sehen. Er richtete sich wieder auf und sah im Wandschrank nach. Auf dem Boden verstreut lagen mehrere Paar Schuhe, aber nicht die Dingos.

Er ist also in Uniform.

Sam schloss die Wandschranktür und wischte die verschwitzten Hände an der Hose ab. Er spürte einen Druck in der Blase.

Verdammt. Warum hatte er letzte Nacht die Badezimmertür nicht verriegelt? Er hat den armen Jungen wahrscheinlich mächtig erschreckt …

Er verließ das Schlafzimmer.

Auf seinem Weg den Flur hinunter kam er an der offenen Badezimmertür vorbei.

Das konnte er genauso gut jetzt erledigen.

Sam trat ein und erblickte sich im verspiegelten Badezimmerschrank. Man konnte ihm die Nervosität ansehen. Er rieb sich über das Gesicht und beugte sich hinunter, um den Toilettendeckel hochzuklappen.

Sam begegnete dem augenlosen Blick eines Gesichts, das durch das pinkfarbene Wasser zu ihm hochsah. Das graue Haar bewegte sich schwebend, als ob es von einem sanften Wind verweht würde. Die Zunge hing heraus.

Es gab einen lauten Knall, als der Toilettendeckel zufiel.

Sam lehnte sich röchelnd gegen die Wand und spürte, wie ihm heiße Flüssigkeit im Hals hochstieg. Er hielt sich den Mund zu. Das Waschbecken war zu weit entfernt. Stattdessen riss er den Duschvorhang beiseite und krümmte sich über die Badewanne. Durch die Tränen, die seinen Blick vernebelten, sah er hinunter auf einen verschwommenen, aufgerissenen Torso und abgetrennte Arme und Beine.

4

Die Hecktüren am Lieferwagen des Gerichtsmediziners wurden zugeworfen. Sam und die vier anderen Beamten des Ashburg Police Department standen auf dem Rasen vor Dexter Boyanskis Haus und schwiegen, bis der Lieferwagen nicht mehr zu sehen war.

Berney Weissmann, der stellvertretende Chief, nahm seine silbergerahmte Brille ab und massierte sich erschöpft den Nasenrücken. »Also gut. Lasst uns zusammenfassen, was wir bis jetzt haben.«

»Wir haben gar nichts«, sagte Chet Summers.

Im Laufe der letzten beiden Stunden hatten sie Zeichnungen und Fotografien des Tatorts angefertigt, das Haus durchsucht, den Badezimmerboden gesaugt und zwei Dutzend Fingerabdrücke genommen. Die meisten der Abdrücke auf den beschrifteten Karten konnten wahrscheinlich ausgeschlossen werden, weil sie entweder von Dexter oder von Sam stammten.

»Wir wissen, dass es letzte Nacht passiert ist«, sagte Sam.

»Zwischen neun und zwölf Uhr«, wiederholte Berney die Schätzung des Gerichtsmediziners. »Chet, du gehst zurück zur Wache und überprüfst das Dienstbuch. Sieh nach, ob gestern irgendwelche Anrufe reinkamen, die uns weiterbringen könnten. Geh den ganzen Tag durch, alles, was bis jetzt eingegangen ist. Dann kontaktiere Ethel und

George und finde heraus, ob irgendetwas geschehen ist, das sie vielleicht nicht für protokollwürdig gehalten haben.«

Chet nickte und ging zu seinem Auto.

»Ich übernehme diese Straßenseite. Sam, du die andere. Buck, ich möchte, dass du die Jackson Street abklapperst. Vielleicht hat irgendjemand, der auf der anderen Seite von Dexters Haus wohnt, etwas mitbekommen.«

»Viele Leute werden bei der Arbeit sein«, merkte Buck an.

»In dem Fall kommen wir heute Abend noch mal wieder. Auf geht's.«

Sam überquerte die Straße und hielt auf das Eckhaus zu. Verdammt, er hatte die letzte Nacht nur drei Blocks von hier entfernt verbracht. Nachdem sie beim Tanzen in der Sunset Lounge gewesen waren, nahmen sie den Weg durch die Jackson Street zurück zu Cynthias Haus. Das war gegen elf Uhr gewesen. Sie hätten stattdessen ebenso gut durch die Jefferson Street fahren und direkt an Dexters Haus vorbeikommen können. Vielleicht hätten sie dann ein verdächtiges Auto bemerkt, das dort geparkt war, oder ein Geräusch gehört ...

Schön und gut, aber so ist es nun mal nicht gewesen. Und es hatte keinen Sinn, zu viel Zeit und Energie mit derart hypothetischen Gedanken zu verschwenden.

Er betätigte die Klingel des Eckhauses und hörte, wie es innen läutete, dann das Jaulen eines Hundes. Seinem hohen Geheul nach zu urteilen, handelte es sich um einen kleinen Hund. Wahrscheinlich einer dieser Minipudel. Er wartete ein paar Sekunden, dann klingelte er noch mal. Der Hund jaulte und japste wie wild.

Sam notierte die Adresse auf seinem Klemmbrett. Daneben schrieb er: »Keine Antwort – (Hund)«.

Dann nahm er die Abkürzung durch den Garten zur Vordertreppe des nächsten Hauses. Er drückte den Klingelknopf. Dieses Mal erklang ein Summen.

Ein hagerer Mann in einem grünen Jogginganzug öffnete die Tür und sah zu ihm auf wie ein Wiesel, das aus seinem Loch linst. Der freundliche, interessierte Klang seiner Stimme überraschte Sam. »Was kann ich für Sie tun, Officer?«

»Auf der anderen Seite der Straße hat sich letzte Nacht ein Verbrechen ereignet. Deswegen befrage ich jeden in diesem Block. Haben Sie etwas gesehen oder gehört ...?«

»Um wessen Haus geht es?«

»Das von Boyanski.«

»Dex? Ach du Scheiße! Was hat man ihm angetan?«

»Er wurde ermordet.«

»Dex?« In den Augen des Mannes zeichneten sich Bestürzung und Unglauben ab. »Gottverdammt!«

»Ist Ihnen irgendetwas aufgefallen?«

»Wann ist es denn passiert?«

»Vermutlich zwischen neun Uhr und Mitternacht.«

Er fuhr sich mit der Hand durch das dünne graue Haar. »O Mann, ich wünschte, ich hätte etwas bemerkt. Ich habe zu der Zeit fast durchgehend im Hinterzimmer gesessen und gelesen. Wissen Sie, wir haben uns oft auf ein Sixpack getroffen. Gottverdammt.« Er rieb sich über das Kinn. »Wenn ich Sie wäre, würde ich ganz genau überprüfen, was Thelma letzte Nacht getan hat. Kennen Sie Thelma?«

Sam schüttelte den Kopf. »Nicht persönlich.«

»Finden Sie einfach heraus, was sie letzte Nacht getrieben hat.«

»Sie glauben, sie hat ihn getötet?«

»Na ja, wissen Sie, sie hat sich mit diesem Barkeeper aus dem Staub gemacht. Babe Rawls. Er hat drüben im Country

Club gearbeitet. Das ist jetzt fünf oder sechs Jahre her. Es hat Dex beinahe das Herz gebrochen. Aber ich hab's ihm gesagt. ›Dex‹, habe ich gesagt. ›Du kannst deinem Glücksstern danken, dass du sie los bist.‹ Es hat lange gedauert, bis er endlich über sie hinweg war.«

»Ich dachte, sie ist nach Milwaukee gezogen.«

»Das habe ich auch gehört. Aber erst gestern Nachmittag habe ich sie drüben im Food King gesehen.«

»Wir gehen dem nach. Verraten Sie mir bitte Ihren Namen?«

»Charley Dobbs.«

Er vermerkte ihn auf dem Klemmbrett. »Danke für Ihre Hilfe, Mr. Dobbs.«

»Dex war ein guter Mann.«

»Ja.«

»Gottverdammt.«

Er schloss die Tür. Neben Dobbs' Namen notierte Sam: »Hat nichts gesehen. Thelma in der Stadt?« Dann ging er quer über den Rasen zum nächsten Haus. Dort reagierte niemand auf sein Klingeln. Also schrieb er »Keine Antwort« neben die Adresse und ging ein Haus weiter.

Es stand direkt gegenüber von Dexters Haus. Die Tür ging auf, als er gerade zum Klingelknopf langte.

»Officer?« Die gepflegte blonde Frau trug eine Tweedhose und eine weiße Bluse, so als ob sie sich für ein förmliches Mittagessen angezogen hatte – oder für einen Besucher.

»Ich heiße Sam Wyatt.«

»Tricia Barnes.« Sie reichte ihm die Hand.

»Haben Sie ein paar Minuten Zeit für mich, Mrs. Barnes?«

»Aber sicher. Kommen Sie doch bitte herein.«

Er bedankte sich und betrat ihr Haus.

»Darf ich Ihnen einen Kaffee anbieten?«

»Nein, vielen Dank. Ich hatte gerade welchen.« Er folgte ihr ins Wohnzimmer. Er konnte den warmen Kaffeeduft riechen und hätte gern eine Tasse genommen, aber er wollte es vermeiden, auf die Toilette zu müssen. Er würde niemals mehr einen Toilettendeckel anheben können, ohne Dexters Kopf vor sich zu sehen ...

»Geht es Ihnen gut?«, erkundigte sie sich.

Er nickte. »Es war ein harter Morgen.«

»Das kann ich mir vorstellen.« Sie setzte sich auf die Kante des Sofas und wies mit einem Nicken auf den Sessel. »Ich habe all den ... Trubel bei Mr. Boyanskis Haus bemerkt. Der Gerichtsmediziner war auch da?«

»Mr. Boyanski ist letzte Nacht gestorben.«

»Oh.« Ihre Lippen wurden zu einem schmalen Strich.

»Haben Sie etwas gesehen oder gehört?«

»Ich fürchte nein. Ich ziehe nachts immer die Vorhänge zu. Und es war in letzter Zeit zu kühl, um die Fenster offen stehen zu lassen. Wurde Mr. Boyanski *ermordet*?«

»Ja.«

»Wie schrecklich! Genau gegenüber?«

»Wir sind nicht sicher, ob er dort getötet wurde, aber da ... haben wir ihn gefunden.«

»Wie furchtbar.«

»War sonst noch jemand in diesem Haus, der etwas gesehen haben könnte?«

»Mein Mann befindet sich auf Geschäftsreise. Er ist *immer* weg. Meine Tochter könnte aber etwas bemerkt haben. Ihr Schlafzimmerfenster geht zur Straße raus. Um welche Zeit ...? Wissen Sie, wann es passiert ist?«

»Vermutlich zwischen neun Uhr und Mitternacht.«

»Da war Aleshia in ihrem Zimmer. Ich bekomme sie kaum noch zu Gesicht, seit wir ihr dieses Telefon gegeben haben.

Sie könnte etwas gesehen haben. Jetzt ist sie natürlich in der Schule und wird nicht vor ... Warten Sie mal. Ja, ich glaube, sie wird so gegen fünf zu Hause sein. Nach dem Cheerleader-Training.«

Sam machte sich eine entsprechende Notiz auf seinem Klemmbrett und stand auf. »Dann komme ich heute Abend noch mal vorbei.«

»Sehr gern. Ab sieben Uhr passt es jederzeit.« Sie erhob sich. »Sind Sie sicher, dass ich Ihnen keinen Kaffee bringen darf?«

»Ganz sicher. Aber noch mal herzlichen Dank für das Angebot.«

Sie gingen zur Tür.

»Sie glauben doch nicht ...?« Sie zögerte. »Es macht mir manchmal Angst, dass ich so viel allein bin. Meinen Sie, es ist möglich ... Sie denken nicht, dass er noch mal zuschlagen wird, oder?«

»Ich kann es leider nicht ausschließen. Ich würde auf jeden Fall immer die Tür zusperren.«

»Wir hatten hier in der Straße noch nie einen Mord.«

»Wir haben es in der ganzen Stadt nur selten mit Morden zu tun.«

»Je weniger, desto besser – wenn es nach mir geht.«

»Da haben Sie recht. Und noch mal vielen Dank für Ihre Hilfe.«

»Wir sehen Sie ja dann später noch.«

»Genau.« Er trat aus dem Haus.

»Viel Glück.« Mit einem knappen Lächeln schloss sie die Tür hinter ihm.

Sam machte Notizen auf dem Klemmbrett und durchquerte den Garten auf dem Weg zum nächsten Haus. Er betätigte den Klingelknopf, doch im Inneren des Hauses blieb es still. Also klopfte er gegen den Aluminiumrahmen der Fliegengittertür, und kurz darauf wurde die innere Tür geöffnet.

»Hallo, Ruthie.«

»Sam?« Die kräftige Frau rieb sich mit dem Handballen über ein Auge. Sie trug ein gestepptes rosafarbenes Kleid. »Was ist los? Gibt es ein Problem?« Das Gewicht auf einen ihrer nackten Füße verlagernd, reckte sie ihren Hals so vor, dass sie über seine Schulter blicken konnte.

»Dexter ist tot. Ermordet.«

Ihr Mund klappte auf. »O mein *Gott*!«

»Gestern, irgendwann zwischen neun und Mitternacht. Wir gehen von Tür zu Tür, um herauszufinden, ob irgendwer etwas Ungewöhnliches bemerkt hat.«

»Etwas Ungewöhnliches«, murmelte sie gedankenverloren. »Ich rufe Mike an. Vielleicht hat er ...«

Sam schüttelte den Kopf. »Kein Grund, ihn zu behelligen. Ich fahre später noch bei seinem Laden vorbei.«

»Sobald ich mich sortiert habe, gehe ich auch hin. Ich sag ihm, dass er darüber nachdenken soll. Da fällt mir ein, mir *ist* etwas aufgefallen, das ein wenig merkwürdig war.«

Sams Puls beschleunigte sich.

»Mir sind letzte Nacht die Zigaretten ausgegangen, und dann habe ich mich an eine Schachtel erinnert, die ich im Handschuhfach gelassen hatte. Ich hatte mich richtig erinnert. Die Schachtel war noch halb voll. Na, jedenfalls bin ich dann zum Haus zurückgegangen und habe dabei gehört, wie ein Auto angelassen wurde. Es war Dexters Wagen. Er ist aus der Einfahrt raus und richtig schnell die Straße runtergefahren. Ich weiß noch, wie ich dachte, dass er wohl irgendeinen Notruf erhalten haben muss.«

»Wann war das?«

Sie dachte nach. Ihre Zunge drückte gegen das Innere ihrer Wange, worauf sich eine Wölbung in der blassen Haut bildete. Wie ein nervöses, gefangenes Tier, das versuchte, aus ihrem Mund auszubrechen. »Während der Nachrichten«, sagte sie schließlich. »Der 10-Uhr-Nachrichten. Ich habe die ganze Zeit darauf gewartet, dass dieser lustige Sportansager auftaucht – der, der aussieht wie ein Backenhörnchen. Er kam erst ganz kurz vor Schluss. Und das war dann, als ich den Abstecher nach draußen gemacht habe, um meine Zigaretten zu holen. Es muss also gegen zehn Uhr fünfundzwanzig gewesen sein.«

Sam schrieb es auf. »In welche Richtung ist Dexter gefahren?«

Ruthie nickte nach links. »Er raste in diese Richtung und bog dann links in die Third Street ab. Seine Reifen haben gequietscht, so schnell ist er um die Kurve gefahren.« Ihre Zunge formte erneut einen Buckel in ihrer Wange, und sie schüttelte den Kopf. »Wo auch immer er hin ist, er hatte es richtig eilig.«

5

»Wenn du mich verpetzt, schneid ich dir den Schwanz ab. Verstanden?« Nate beugte sich ganz dicht an Erics Gesicht heran. Obwohl er erst sechzehn war, wuchsen ihm dunkle Koteletten, wie jemandem, der schon viel älter war. Sein Atem ließ Eric an Schlangen denken, die in der Sonne brieten. »Verstanden, du Schwuchtel?«

»Ich bin keine Schwuchtel.«

»Ach wirklich? Könnte man aber echt meinen.«

»Du hast doch jetzt mein Geld. Warum lässt du mich nicht in Ruhe?«

»Weil du eine erbärmliche kleine Schwuchtel bist, Arschgesicht.«

Er spuckte Eric ins Gesicht und grinste. Eric musste vom süßen Geruch seines Speichels würgen. Nate lachte und rammte ihn gegen das Urinal. »Danke fürs Leihen, Schwuchtel.« Dann ging er davon.

Immer noch würgend, eilte Eric zum Waschbecken. Er spritzte sich Wasser ins Gesicht und begann dann, es mit dem körnigen rosafarbenen Seifenpulver zu schrubben. Nachdem er alles abgespült hatte, glaubte er, Nates Spucke noch immer riechen zu können. Er würgte wieder und wusch sein Gesicht noch einmal.

Die Toilettentür flog auf.

»Prince!«

Er erkannte die Stimme von Mr. Doons, dem Vizerektor. Schnell spritzte er sich noch mehr Wasser ins Gesicht.

»Prince, was tust du hier? Hast du dich abgemeldet?«

»Nein, Sir.«

»Warum bist du nicht in deiner Klasse?«

Er griff nach dem Papierhandtuchspender. »Ich bin zwischen den Stunden hierhergekommen, Mr. Doons.«

»Was? Bist du taub? Die Glocke hat bereits vor fünf Minuten geläutet.«

»Entschuldigung.«

»Eine Entschuldigung reicht hier nicht, Prince. Wann wirst du's endlich lernen?«

Eric rieb sich das Gesicht mit dem rauen braunen Papier trocken.

»Antworte mir.«

»Was wollen Sie denn von mir hören?« Seine Stimme zitterte. Er schluckte. Er wollte nicht weinen, ganz besonders nicht vor Mr. Doons.

»Du hast eine beschissene Einstellung, Prince.«

»Was habe ich denn *getan*?«

Der Vizerektor zeigte auf den Boden. »Lass mich dreißig Liegestützen sehen, Prince.«

»Das ist nicht fair.«

»Jetzt.«

Eric senkte den Blick. Überall auf den Fliesen sammelten sich Pfützen aus Wasser – oder Schlimmerem. »Der Boden ist nass.«

»Los jetzt!«

»Auf dem Boden ist Pisse!« Seine Stimme brach, und Tränen strömten ihm in die Augen.

Doons lächelte. »Das wird dir nur guttun, Prince.«

Eric kauerte sich hin und stützte sich mit den Händen auf dem dreckigen Boden ab. Die Fliese unter seiner Linken war nass. Leise vor sich hin weinend, begann er mit den Liegestützen.

»Lass es mich hören.«

»Drei, vier, fünf ...«

»Ganz bis nach unten, Prince.«

»Sechs, sieben ...«

»Lauter.«

»Acht.«

»Ich kann dich nicht verstehen.«

»Neun, zehn, elf ...«

»Du glaubst wohl, du bist so richtig schlau, oder?«

»Nein.«

»Wirst du noch mal schwänzen?«

»Nein.«

»Wirst du noch mal neunmalkluge Antworten geben?«

»Nein.«

»Wirst du noch mal eine tote Ratte in Mrs. Majors Pult legen?«

»Nein.« *Das war es also.* »Dreiundzwanzig.«

»Du hast geglaubt, das wäre schlau, stimmt's?«

»Nein.«

»Sie musste sich übergeben.«

»Achtundzwanzig.« Er musste nicht mehr weinen, weil er sich jetzt erinnerte, wie sie gekotzt hatte. Das hatte die Schlampe echt verdient. »Neunundzwanzig, dreißig.« Im Aufstehen wischte er sich rasch die Augen trocken.

»Was du ihr angetan hast, war krank und pervers, Prince.«

Eric vermied Doons' Blick. Er hatte sich schon gedacht, dass er zu einfach davongekommen war. Hatte geglaubt,

Mrs. Major hätte sich wegen des Vorfalls zu sehr geschämt, um ihn zu melden. Dass sie nicht wollte, dass rauskam, was sie selbst getan hatte.

Er hatte sich offensichtlich getäuscht.

Sie hatte Doons davon erzählt. Wenn auch nicht alles.

Sie konnte natürlich nicht sagen, wieso Eric die Ratte in ihr Pult gelegt hatte. Das würde sie sich nicht trauen.

»Wollen Sie nicht wissen, warum ich es getan habe?«

»Weil du ein kranker kleiner Schlauberger bist. Und jetzt geh in deine Klasse.«

Eric drehte sich zum Waschbecken um.

»Dafür ist jetzt keine Zeit mehr. Beweg dich. Und wenn du dich noch einmal danebenbenimmst, Prince, wirst du dir wünschen, du hättest es nicht getan.«

»Ja, Sir.«

Eric verließ die Toilette. Doons ging dicht hinter ihm den Flur entlang. Er öffnete die Tür zu seiner Englischklasse und betrat den Raum.

Ms. Bennett warf ihm einen Blick zu. In ihren Augen lag keine Bosheit. Sie sprach weiter über Huck Finn.

Eric beeilte sich, zu seinem Platz zu kommen. Er bereute die Ratte nicht, und sei es nur, weil er ihretwegen in Ms. Bennetts Klasse versetzt worden war. Er mochte sie sehr. Sie war hübsch – so hübsch, dass er oft ganz scharf wurde, wenn er sie nur ansah –, und sie machte ihn nie runter.

Er beobachtete sie, während sie sprach. Ihre blauen Augen strahlten. In der einen Hand hielt sie eine Taschenbuchausgabe von *Huckleberry Finn*. Mit der anderen gestikulierte sie und deutete auf Schüler, um sie aufzurufen, und dann und wann strich sie sich die blonden Haare aus der Stirn.

Erics eigene Haare hingen ihm ins Gesicht und kitzelten seine rechte Augenbraue. Er hätte gern etwas dagegen getan, doch Doons hatte ihm verboten, sich die Hände zu waschen. Er mochte sich mit ihnen nicht berühren.

O Mann, was für ein Abschaum.

Beide, Doons und Nate.

Wahrscheinlich waren sie sogar Kumpel.

Eric strich sich die Haare mit dem Handgelenk beiseite und rieb sich die Augenbraue.

»Eric?« Ms. Bennett sah ihn an.

»Was?«

»Möchtest du etwas zum Thema beitragen?«

»Äh, nein.« Er errötete. »Ich habe mich nur gekratzt.«

Die Klasse lachte.

Super, was für ein Tag!

Als der Unterricht endlich vorüber war, rannte er zur Toilette und wusch sich die Hände. Doch ganz gleich, wie gründlich er sie auch abschrubbte, sie fühlten sich immer noch schmutzig an.

Er ließ das Mittagessen ausfallen, weil er kein Geld hatte, um es zu bezahlen.

Den restlichen Tag über fühlte sein Magen sich leer an, und er achtete sehr sorgfältig darauf, sich nicht ins Gesicht zu fassen.

Schließlich war auch die letzte Unterrichtsstunde vorüber. Er ging nach Hause, öffnete den Briefkasten und nahm die Post heraus. Ein besonders sorgfältig beschrifteter Umschlag war an ihn adressiert.

Eric schloss die Tür auf und eilte ins Haus. Drinnen warf er die restliche Post auf einen Beistelltisch, bevor er mit zittrigen Fingern den Brief aufriss.

Er zog das einzelne Blatt heraus und entfaltete es.

SEI DABEI
HALLOWEENPARTY IM SPUKHAUS!!!
NERVENKITZEL, SPIELE, PREISE UND
ERFRISCHUNGEN!!!
KOMM KOSTÜMIERT – BRING EINEN FREUND MIT
ZUR GRÖSSTEN, BESTEN UND GRUSELIGSTEN
HALLOWEENPARTY ALLER ZEITEN!!!
WANN? 31. OKTOBER, 21 UHR
WO? IM ALTEN SHERWOOD HOUSE
823 OAKHURST ROAD
VERPASS ES NICHT!!!

6

Martin Bodine, der Eigentümer von Marty's Motor Lodge, blickte mürrisch auf das Foto. »Wohnt hier nicht.«

»Das Foto ist sechs oder sieben Jahre alt«, erklärte Sam ihm.

»Wohnt hier immer noch nicht.« Er schob das Foto zurück über die Empfangstheke. »Tut mir leid.« Er sah nicht aus, als ob es ihm wirklich leidtäte.

»*War* sie hier?«

»Wann?«

»Während der letzten Woche.«

»Nein.«

»Sie könnte jetzt anders aussehen. Eine neue Frisur oder Haarfarbe ...«

Martin seufzte. »Ich habe zwanzig Zimmer, Mr. Wyatt. Im Moment sind vierzehn nicht belegt. Das bedeutet, dass ich sechs Gäste unter meinem Dach beherberge. Glauben Sie, ich würde nicht wissen, wenn dieses Mädchen einer von ihnen wäre? Lassen Sie es mich klarstellen: Ich wüsste es. Sie wohnt nicht hier. Sie hat letzte Nacht nicht hier gewohnt und auch nicht die Nacht davor. Soweit ich das sagen kann, habe ich sie in meinem ganzen Leben noch nie gesehen. Okay?«

»Gut«, sagte Sam. »Danke für Ihre Hilfe.«

»Jederzeit.«

Auf dem Weg zur Tür befestigte Sam das Foto wieder an seinem Klemmbrett. Marty's Motor Lodge war das zweite

Motel, in dem er nach Thelma gesucht hatte, nachdem ihm bei der Durchsuchung von Dexters Haus ein Foto von dessen Exfrau in die Hände gefallen war. Bei beiden hatte er keinen Erfolg gehabt. Und damit waren ihm die Motels ausgegangen – zumindest in Ashburg. Vielleicht war sie in einer der Nachbarstädte abgestiegen. Aber Sam glaubte nicht daran. Es war wahrscheinlicher, dass sie bei Freunden untergekommen war.

Er stieg in seinen Streifenwagen und fuhr zum Food King, wo Charley gestern Thelma gesehen hatte. Vor den Türen des Geschäfts waren Kürbisse zu einem Haufen aufgeschichtet. Sam dachte daran, dass er erst vor ein paar Tagen einen gekauft hatte. Er hatte geplant, heute Abend einen Halloweenkürbis zu schnitzen, bezweifelte jedoch, dass er jetzt noch die Zeit dafür finden würde. Er fragte sich, ob Cynthia wohl einen Kürbis hatte. Es würde ihm Spaß machen, mit ihr und Eric Kürbislaternen zu basteln. *Vielleicht ja nächstes Jahr,* dachte er mit beinahe schmerzhaftem Bedauern.

Im Laden fand er den Marktleiter in einem kleinen Büro, wo er den Scheck einer Kundin überprüfte. Er wartete, bis die Frau gegangen war.

Der Manager, der einen militärischen Kurzhaarschnitt trug, lächelte ihn freundlich an. »Ja?«

»Ich möchte Informationen über eine Frau einholen, die gestern bei Ihnen eingekauft hat.« Er reichte dem Mann das Foto. »Können Sie sich an sie erinnern?«

»Hmm. Sagen Sie, ist das nicht Thelma Boyanski?«

Sam nickte.

»Und Sie haben gesagt, sie war hier?«

»So wurde es mir zumindest berichtet.«

»Ach herrje, ich habe sie seit Jahren nicht mehr gesehen. Sie ist also wieder in der Stadt?«

»Allem Anschein nach.«

»Was für eine Frau. Ich habe mich immer gefragt, was wohl aus ihr geworden ist. Sie war zwei-, dreimal die Woche hier. Ist dann mit Babe Rawls durchgebrannt, nach allem, was ich gehört habe. Jetzt ist sie zurückgekommen, oder? Aber das überrascht mich nicht. Es war dumm von ihr, einen Kerl wie Dex sitzen zu lassen. Das wird ihr wohl endlich klar geworden sein.«

»Sie haben sie gestern aber nicht gesehen, oder?«

»Leider nein. Aber ich bin auch ziemlich beschäftigt. Könnte sein, dass ich sie bei all dem Trubel übersehen habe.«

»Ist es in Ordnung, wenn ich mit Ihren Angestellten spreche?«

»Aber selbstverständlich.« Er bedeutete Sam mit einer Geste, ihm zu folgen. An einer leeren Kasse vorbei gingen sie weiter in den Laden hinein. Ganz hinten trafen sie auf einen jungen Mann, der Kaffeedosen mit neuen Preisen etikettierte. »Paul, Officer Wyatt würde dir gern ein paar Fragen stellen.«

Paul, dessen Kinn vor Akne ganz narbig und wund war, stieg die Röte ins Gesicht.

Sam zeigte ihm das Foto und stellte seine Fragen, woraufhin Paul aussah, als fiele er vor Erleichterung beinahe in Ohnmacht. Beiläufig fragte Sam sich, was der Mann angestellt haben mochte, um derart schuldbewusst zu reagieren. Vermutlich nicht mehr, als unerlaubt auf einer Straße zu wenden.

»Ich glaube nicht, dass ich sie schon mal hier bei uns gesehen habe.«

»Haben Sie sie woanders gesehen?«

»Ich glaube nicht.«

»Na gut, vielen Dank.«

Der Manager sah Paul eindringlich an und ging dann mit Sam weiter durch den Laden. »Ich frage mich, was der Junge auf dem Gewissen hat.«

»Schwer zu sagen«, entgegnete Sam.

»Haben Sie seinen Gesichtsausdruck gesehen? Er sah so schuldig aus wie Judas. Als ob er gedacht hätte, Sie würden ihn verhaften. Ich möchte zu gern wissen, ob er vielleicht Ware aus dem Laden in die Taschen gesteckt und mit nach Hause genommen hat.«

»Könnte sein. Das machen ja viele. Ich würde ihn aber nicht voreilig verdächtigen, nur weil er eingeschüchtert war. Wir haben alle schon mal Dinge getan, für die wir uns schämen und von denen wir hoffen, dass die Polizei nichts davon erfährt.«

»Ich behalte ihn aber besser mal im Auge.«

In der »Expressschlange« stand ein halbes Dutzend Kunden an. Zwei der Frauen kannte Sam und lächelte ihnen zu. Dann sah er zum Marktleiter hin, der leise auf die Kassiererin einsprach. Sie wirkte wie Ende vierzig, war mager und sah aus, als ließe sie sich nicht leicht einschüchtern. Sie blickte zu Sam, ein Auge leicht zusammengekniffen, und nickte. Mit den Lippen formte sie stumm die Worte: »Kommen Sie mit mir.«

Sie ließen den Marktleiter an der Kasse zurück und betraten sein Büro.

»Was kann ich für Sie tun?« Ihre Stimme war gar nicht tief und rau, wie Sam erwartet hatte. Sie war hoch und hatte einen musikalischen Klang.

»Ich suche nach dieser Frau.« Er zeigte ihr das Foto.

»Oh?«

»Ich habe gehört, sie war gestern hier.«

»Das war sie ganz sicher.« Laut ihrem Namensschild hieß die Frau Louanne.

»Sie haben sie gesehen?«

»Mit eigenen Augen. Sie hat etwas anders ausgesehen als auf dem Foto. Sie trägt jetzt eine Hochsteckfrisur und ist straßenköterblond. Sie ist auch dünner. Aber ich habe sie ganz ohne Zweifel gesehen.«

»War sie in Ihrer Schlange?«

»O ja.«

»Hat sie mit einem Scheck bezahlt?«

Louanne tippte sich an die Oberlippe. »Nein, nicht mit einem Scheck.«

»Hat sie bar bezahlt?«

Sie grinste. »Nein, auch nicht. Da kommen Sie nie drauf.«

»Ich gebe auf.«

Ihre Augen funkelten vor Vergnügen. »Die Dame hat überhaupt nicht für ihre Einkäufe bezahlt. Ich habe gesehen, wie ein Mann ihr das Geld zugesteckt hat, als sie in der Kassenschlange standen. Er hat es so verstohlen wie nur möglich gemacht, es ihr ganz heimlich gegeben, damit es niemandem auffällt. Ich habe es trotzdem bemerkt. Ich halte die Augen gern offen.«

»Wissen Sie, wer der Mann war?«

»Ja, weiß ich. Und es erschien mir sehr seltsam, dass eine gut aussehende Frau wie sie mit so einer Kröte unterwegs ist.«

»Eine Kröte?«

»Ich spreche von Elmer Cantwell.«

»Elmer Cantwell?« Das wäre wirklich eine merkwürdige Verbindung. »Sind Sie sicher?«

»Glauben Sie mir, ich musste mich auch zwicken, aber er war es ohne jeden Zweifel.«

7

»Auf geht's«, sagte Nate.

»Wohin?«

»Kommst du, oder willst du weiter hier herumstehen mit deinem Finger im Arsch?«

»Okay.« Bill Kearny schlug die Tür seines Spinds zu. »Wo wollen wir hin?«

»Wirst du schon sehen.«

Sie gingen durch den leeren Schulkorridor, wobei die Sohlen ihrer Turnschuhe laut auf dem Linoleumboden quietschten. Vor ihnen öffnete sich eine Klassenzimmertür, und Ms. Bennett trat in den Flur. Sie stellte einen Stapel Bücher und Ordner auf dem Boden ab und sah in ihre Richtung. Dann schenkte sie Nate und Bill ein knappes Lächeln, drehte sich um und sperrte die Tür zu.

Bill grinste zu Nate hinüber.

Nate ließ seine dichten Augenbrauen wackeln und rieb sich die Hände.

Sie gingen an Ms. Bennett vorüber und bogen um eine Ecke.

»Das ist mal eine Lehrerin, die ich nicht von der Bettkante stoßen würde«, meinte Bill.

»Ja? Ich würde Nelson nehmen. Hast du Nelsons Titten gesehen?«

»Nelson ist eine Kuh.«

»Ja, eine Kuh mit großen Eutern. Ich will sie melken! Gegen Bennett hätte ich aber auch nichts. Die würde ich gern mal allein erwischen und ihr den Schwanz reinschieben.«

»Meinst du, sie macht so was?«

»Ficken? Bennett? Verarschst du mich? So wie die aussieht? Sie bumst sich wahrscheinlich jeden Abend das Gehirn raus und am Wochenende zweimal.«

»Mit einem Kind würde sie es aber sicher nicht machen.«

»Wer ist hier ein Kind?«

»Wir.«

»Bullshit. Ich bin vielleicht erst sechzehn, aber ich habe einen Schläger aus der Major League. Einen echten Louisville-Schläger, Alter, mit dem schlage ich jedes Mal einen Homerun.«

Durch das Treppenhaus schlenderten sie ins Erdgeschoss hinunter, wobei sie beinahe mit Mr. Doons zusammenstießen. Sie wollten ihm ausweichen und weitergehen.

»Hey, ihr beide. Houlder, Kearny, kommt mal her.«

Sie gingen auf ihn zu, grinsend und achselzuckend.

»Was macht ihr hier?«

»Wir gehen zum Ausgang.«

»Die sechste Stunde war schon vor zwanzig Minuten zu Ende. Was habt ihr so lange getrieben?«

Bill senkte den Blick und sah beschämt aus. »Ich musste bei Mr. Fredericks nachsitzen.«

»Und du, Houlder?«

»Ich habe Ms. Bennett geholfen.«

»Bei was geholfen?«

»Die Tische abwischen.«

»Das glaube ich dir sofort.«

»Sie hätten sehen sollen, was da alles auf den Tischen geschrieben stand.« Nate grinste. »Das meiste über Sie. Können Sie mir glauben.«

»Tatsächlich?« Doons starrte Nate zornig an.

»Lauter nette Sachen.«

»Da bin ich sicher.«

»Möchten Sie eine hören?«

»Möchtest du mir eine sagen?«

»Klar. Aber Sie müssen mir versprechen, mich nicht dafür zu bestrafen. Ich habe es ja nicht geschrieben. Ich erzähle Ihnen nur, was jemand anders auf einen Tisch geschrieben hat.«

»Ich verstehe.«

»Und Sie versprechen, dass Sie mich nicht bestrafen werden.«

Doons nickte. Bill gefiel nicht, wie er Nate mit schmalen Augen herausfordernd ansah. »Schieß los.«

»Lass gut sein.« Bill fasste Nate am Arm. »Komm, wir gehen.«

»Ich möchte es hören«, sagte Doons.

»Okay. Mal überlegen. Auf einem stand: ›Doons und der Hausmeister tun's.‹«

Doons' Lippen verzogen sich zu einem verkniffenen Lächeln. »Wie clever.«

»Und auf einem anderen stand …«

»Komm schon, Nate. Es reicht.«

»›Doons leckt Ms. Major.‹«

Das Gesicht des Vizerektors wurde puterrot. Seine Nasenflügel bebten. »Charmant.« Er stand stocksteif da und hielt die Fäuste geballt. »Houlder, eines Tages wird dich jemand auseinandernehmen.«

Nate grinste, als Doons einen Schritt auf ihn zumachte. »Ich habe Ihnen nur gesagt, was da …«

Es war kaum zu erkennen, wie Doons den Arm bewegte, doch seine Faust traf Nate hart zwischen die Beine. Der

Junge ächzte, sackte zusammen und krümmte sich auf dem Boden.

»Was hat Houlder denn?« Doons sah Bill mit gespielter Verwirrung an. »Es sieht so aus, als ob dein Freund sich irgendwie wehgetan hat.« Leise lachend ging er in sein Büro und schloss die Tür hinter sich.

Nate zog sich mühsam an der Kante des Trinkbrunnens hoch. »Stinkender, beschissener, abgefuckter Haufen ...«, presste er zwischen zusammengebissenen Zähnen hervor.

»Kannst du laufen?«

Nate stöhnte bei dem Versuch, sich aufrecht hinzustellen. Finster starrte er auf die geschlossene Tür zu Doons' Büro. »Schwanzlutschende Schwuchtel!«

»Pssst.«

»Das soll er nur hören.«

»Lass uns verschwinden, Nate.«

Er versuchte einen Schritt, bei dem sich sein Gesicht jedoch vor Schmerz verzog. »Dieser Scheißkerl«, brummte er. »Man vergreift sich nicht am Werkzeug eines Mannes.«

»Lass uns endlich abhauen.«

Sie setzten sich in Bewegung. Nach ein paar Metern drehte Nate sich um und schrie im Rückwärtsgehen: »Doons frisst Scheiße!«

Doons' Tür flog auf.

Nate und Bill rannten so schnell sie konnten den Gang entlang. Das laute Klatschen ihrer Schuhsohlen hallte von den Wänden wider. Sie hielten sich auf der linken Seite und legten noch mal Tempo zu, rammten die Türflügel des Haupteingangs auf und stürmten ins Freie, wo sie die Steinstufen hinunterhasteten.

Noch immer im Laufschritt überquerten sie den Lehrerparkplatz, wo ihnen mit vollgepackten Armen Ms. Bennett entgegenkam. Anscheinend hatte sie die Schule durch den Ausgang im Nordflügel verlassen. Anstatt zur Seite zu treten und sie durchzulassen, versperrte sie ihnen den Weg. »Langsam, Jungs. Nicht so …« Erst in letzter Sekunde versuchte sie doch noch, ihnen auszuweichen.

Doch Nate hatte bereits seinen Kurs geändert und rannte mit voller Wucht in sie hinein. Der Aufprall riss ihr die Bücher aus dem Arm und schleuderte sie in alle Richtungen davon. Ihre Beine verfingen sich in einer Hecke, und sie fiel darüber. Nate rannte weiter.

Bill blieb stehen.

Hinter der Hecke und auf dem Rücken liegend, versuchte sie, ihre hoch erhobenen Beine aus dem Gesträuch zu befreien. Sie hatte einen ihrer Schuhe verloren, und Bill bemerkte, dass sie grüne Strümpfe trug. Er stierte auf ihre entblößten Schenkel und den rosafarbenen Slip. Rasch zog Ms. Bennett den Rock nach unten. Ihr Blick traf Bills, und er sah, dass ihr Tränen in den Augen standen.

»Mist! Entschuldigen Sie bitte. Geht es Ihnen gut?«

»Nein.« Sie klemmte sich den Rock zwischen die Schenkel. »Lass mich in Ruhe.«

»Warten Sie.« Er befreite ihren linken Fuß aus der Hecke. Als er ihn hochhielt, erkannte er, dass die Rückseite ihres Beins aufgeschrammt war und blutete. Er nahm ihren zweiten Fuß und hob beide zur Seite. Ms. Bennett rollte sich auf den Rücken und zog die Beine an.

»Danke dir«, sagte sie mit schwacher Stimme.

»Es tut mir wahnsinnig leid.«

Sie stand auf, hob ihren Rock hinten an und betrachtete das Ausmaß ihrer Verletzungen. »Einen netten Freund hast du da.«

»Er war wütend.«

Schniefend wischte sie sich die Augen mit dem Handrücken trocken. »Wütend, warum?«

»Doons hat ihm in die Eier geboxt.«

Ihre blauen Augen fixierten Bills. »Er hat was?«

»Doons hat ihm mit voller Kraft in den Sack geschlagen. Mit der Faust.«

»Erzähl keinen Quatsch.«

»Nein, ehrlich. Und deswegen war Nate so sauer.«

»Er ist ganz schön schnell unterwegs gewesen für einen Kerl, der gerade einen Faustschlag in den Unterleib abbekommen hat.«

Bill zuckte die Achseln.

Ms. Bennett ging in die Hocke und begann, den überall verstreuten Inhalt ihrer Handtasche einzusammeln.

»Hier ist Ihr Schuh.« Bill streckte den Arm über die Hecke und ließ ihn fallen.

»Danke.«

Während sie alles aufhob, was auf ihrer Seite der Hecke gelandet war, klaubte Bill die Bücher und Ordner vom Gehsteig auf. Er schichtete sie zu einem ordentlichen Stapel auf, als Ms. Bennett um die Hecke herum auf ihn zuging.

Sie war *so schön*. Und gar nicht alt – jedenfalls nicht für eine Lehrerin. Vielleicht vierundzwanzig oder fünfundzwanzig. Bill musste an den Anblick ihrer nackten Beine und ihres rosafarbenen, halb durchsichtigen Slips denken.

... ihr den Schwanz reinschieben.

Er fühlte, wie ihm das Blut in die Lenden schoss, und bedeckte sich rasch mit den Büchern, um die Ausbeulung in seiner Jeans zu verbergen.

»Ich trage die Sachen zu Ihrem Auto, wenn Sie wollen.«

»Gut. Vielen Dank.«

»Soll ich die auch nehmen?« Mit einem Nicken wies er auf die vier Bücher, die sie knapp unterhalb ihrer Brüste an den Körper gepresst hielt.

»Nein, die sind nicht schwer.«

Seite an Seite gingen sie über den Parkplatz, auf dem nur noch ganz wenige Autos standen.

»Wie heißt du?«

»Bill.«

»Bill. Und wie weiter?«

Wird sie mich melden? »Kearny.«

»Ich heiße Ms. Bennett.«

»Ja, ich weiß.«

»Bill, du scheinst ein sehr netter Junge zu sein.«

Er lächelte unsicher.

... ein ziemlich netter Junge zu sein, und ich möchte dich gern näher kennenlernen. Warum kommst du nicht mit zu mir nach Hause?

Das klang wie eine seiner Fantasien, die niemals wahr wurden.

Und auch diesmal nicht.

»Die Sache ist die«, fuhr sie fort. »Du könntest in ernste Schwierigkeiten geraten, wenn du mit einem Kerl wie Nate Houlder rumhängst. Ich habe viel über ihn gehört, und nichts davon war gut.«

»Er ist gar nicht so übel.«

Ms. Bennett legte die Bücher auf dem Dach ihres weißen Omni ab und sah ihm direkt in die Augen. Er war sicher, dass sie ihn nicht vom Haken lassen und weiter auf ihn einreden würde, so wie Erwachsene es immer taten. Aber sie sagte nichts mehr. Stattdessen fischte sie den Autoschlüssel aus ihrer Handtasche und entriegelte die Fahrertür.

»Ich werde darüber nachdenken.«

Sie schenkte ihm ein Lächeln. »Dann geh jetzt besser mal los. Und noch mal vielen Dank für deine Hilfe.«

»Keine Ursache, wirklich. Es tut mir sehr leid, dass Sie sich wehgetan haben.« Mit einem letzten Lächeln drehte er sich um und ging zurück über den Parkplatz.

Auf dem Gehsteig blickte er noch einmal in ihre Richtung. Ms. Bennett beugte sich gerade in ihr Auto und legte ein rotes, zerschlissenes Handtuch auf den Fahrersitz.

Sie will kein Blut auf dem Sitzbezug haben, dachte Bill.

Sie sah ihn an.

Bill nickte ihr zu und ging weiter. Sein Ziel war das andere Ende des Schulgebäudes. Nate kam hinter dem Lieferwagen einer Telefongesellschaft hervor und klatschte Applaus. »Hey, hey, hey, Loverboy.«

»Sie hat sich in den Büschen total aufgeschrammt.«

»Autsch.«

»Das ist nicht lustig, Nate. Du hast ihr wehgetan.«

»Das ist mir so was von scheißegal. Sie ist eine Lehrerin.« Er zog eine finstere Miene. »Du hast ihr doch nicht meinen Namen gesagt, oder?«

»Das musste ich gar nicht.«

»Es ist echt hart, so berühmt zu sein.« Mit einem Grinsen presste er sich die Faust gegen die Stirn und spannte den Bizeps an. »Mein Ruf eilt mir voraus. So, Romeo, wie wär's, wenn wir jetzt zu mir gehen?«

»Ich weiß nicht.«

»Hast du was Besseres vor?«

»Nein, ich bin nur sauer auf dich.«

»Ehrlich? Das zeigt nur, wie bescheuert du bist.«

»Ach ja?«

»Ja, Alter. Wenn du nur einen Funken Verstand hättest, wüsstest du, was für einen Riesengefallen ich dir getan habe, als ich Ms. Bennett auf ihren Arsch gesetzt habe. Ich habe doch gesehen, wie du sie angeglotzt hast, mit ihren Füßen in der Luft. Ich wette, du konntest genug erkennen für mindestens einen Monat feuchte Träume. Und dann hast du auch noch ihre Beine betatscht.«

»Ich habe ihr geholfen.«

»Ja klar. Und dir selbst hast du auch geholfen. Und so hammermäßig nett, wie du zu ihr warst, hast du sie sicher voll krass beeindruckt. Und das Nächste, was passiert, ist, dass du ihr deinen Schwanz reinschiebst.«

»Halt die Klappe, okay?«

»Klingt so echte Dankbarkeit?«

»Du hast sie verletzt.«

»Aber dafür habe ich dir geholfen. Und jetzt lass uns zu mir gehen und uns was zwischen die Zähne schieben.«

»Na gut.«

Sie marschierten über den Sportplatz. Weit entfernt zu ihrer Linken trainierte die Footballmannschaft: Sie rannten auf der Stelle, ließen sich flach auf den Boden fallen, rappelten sich wieder hoch und rannten wie zuvor auf der Stelle – wobei sie ihre Knie so hoch wie möglich an die Brust zogen –, bis das nächste Signal gegeben wurde und sie sich erneut auf den Boden warfen.

»Arschlöcher«, schnaubte Nate. »Ich könnte jederzeit zwei von denen umhauen. Mit verbundenen Augen.«

»So, wie du es mit Ms. Bennett gemacht hast?«

»Du kriegst echt jedes Mal einen Steifen, wenn du an sie denkst, oder?«

Bill zuckte die Achseln.

»Weißt du, wie wir's machen, Alter? Ich halt sie am Boden fest, und du fickst sie.« Er lachte und stieß Bill zur Seite. Dann lief er los.

Bill jagte ihm hinterher, bis er nahe genug an ihm dran war, um ihm gegen die Füße zu treten. Nate geriet ins Stolpern und stürzte hin.

»Alter, Mann! Du hast mir alle Knochen gebrochen!«, rief Nate lachend und sprang auf die Füße.

Im Briefkasten an Nates Veranda steckte eine Zeitschrift in einer braunen Papierhülle. Sie ragte ein Stück heraus und hielt den Deckel halb offen.

»Na, hallo. Das ist Dads *Playboy*.«

Er zog die Zeitschrift und die restliche Post aus dem Kasten, und der Deckel fiel zu.

»Hier, halt mal.«

Nachdem er Bill die Post gereicht hatte, fischte Nate den Haustürschlüssel aus einer Tasche seiner Levis-Jeans und steckte ihn ins Schloss. Bill versuchte unterdessen, den *Playboy* aus seiner Hülle zu befreien. Es gelang ihm zwar, aber er ließ dabei ein halbes Dutzend Umschläge auf den Boden fallen und bückte sich, um sie aufzuheben.

»Ein Brief für dich«, verkündete er.

»Wirklich? Von wem ist er denn?«

Bill wendete den Umschlag in seiner Hand hin und her, fand jedoch keine Absenderadresse. »Steht nicht drauf.« Nachdem er Nate ins Haus gefolgt war, gab er ihm den Brief.

»Kann nichts Schlimmes sein«, sagte Nate. »Briefe, die Ärger machen, sind immer ganz beschissen ordentlich beschriftet.«

Er riss den Umschlag auf und zog einen dreifach gefalteten Papierbogen heraus. Als er ihn entfaltet hatte, trat ein Grinsen auf sein Gesicht. »Sieh an, sieh an, sieh an. Irgendjemand in diesem Drecksloch von einer Stadt beweist guten Geschmack.«

»Was steht denn drin?«

»Das ist eine Einladung, mein Freund. ›Sei dabei. Halloweenparty im Spukhaus.‹ Das ist echt genau mein Ding.« Er las weiter. »›Komm kostümiert.‹ Vielleicht komme ich ja als ich selbst und geb ihnen Saures.«

In Nates Schlafzimmer leerten sie je zwei Bier und blätterten dabei den Playboy durch. Nate kommentierte jedes Foto.

»Würdest du nicht gern mal eine von denen anbeißen?«

»Hmm, schau dir mal die haarige Muschi an.«

»Oh, Süßer! Ja, leck mich.«

Während er die Fotos betrachtete und Nate lauschte, wanderten Bills Gedanken immer wieder zu Ms. Bennett – wie sie ausgesehen hatte, als sie auf dem Rücken lag, mit den Beinen in der Luft, die Augen voller Tränen. Er stellte sie sich nackt vor und fühlte sich sofort schuldig, als ob solche Gedanken eine Beleidigung für sie wären.

Als er schließlich am späten Nachmittag nach Hause kam, reichte seine Mutter ihm einen Umschlag. »Der ist heute für dich gekommen.«

Er betrachtete die ordentlich getippte Adresse. Ohne ihn zu öffnen, wusste er, was der Umschlag enthielt.

»Willst du ihn nicht aufmachen?« Seine Mutter konnte ihre Neugier kaum verbergen.

»Klar.« Er riss den Umschlag auf und zog die Einladung heraus. Das Papier fühlte sich glatt an und sah meliert aus; wie billiges Kopierpapier. Er faltete den Bogen auf. »›Sei dabei‹«, las er vor.

»Darf ich mal sehen?«

Er gab ihr den Brief, und sie las ihn – wobei sie jedes Wort stumm mit den Lippen formte. Als sie fertig war, schüttelte sie den Kopf. »Hier steht, die Party ist im alten Sherwood House.«

»Ja, das wird toll.«

»Ich weiß nicht, Bill. Ich bin nicht sicher, ob du da hingehen solltest. Das ist ein schlimmer Ort, an dem seit fünfzehn Jahren keiner mehr lebt.«

»Du glaubst doch nicht an Geister, Mum, oder?«

»Das ist ein schlimmer Ort, mein Schatz.«

8

In der öffentlichen Bibliothek von Ashburg war es sehr ruhig, und es roch nach Möbelpolitur. Leise schritt Sam über den Teppich.

Hinter dem Ausleiheschalter fläzte Elmer Cantwell und erinnerte eher an einen Ochsenfrosch als an eine Kröte. Mit heraustretenden Augen blinzelte er Sam an.

»Kann ich Ihnen irgendwie behilflich sein?«, fragte er leise.

»Können wir irgendwo hingehen, wo wir ungestört sind?«

Der große Kopf bewegte sich nicht, doch die Augen glitten in ihren Höhlen von links nach rechts. »Wenn Sie sich umschauen, fällt Ihnen sicher auf, dass wir allein sind. Ich habe im Moment Ausleihdienst und kann leider meinen Posten nicht verlassen.«

»Okay.«

»Keine Sorge. Ich habe eine Hose an, und der Reißverschluss ist zu. Möchten Sie mal nachsehen?«

»Nein danke.«

»Ich gehe davon aus, dass es keine Beschwerden gegeben hat.«

»In letzter Zeit nicht.«

»Das würde mich auch sehr wundern. Ich habe mich in den letzten acht Monaten sehr schicklich benommen.«

»Deswegen bin ich nicht hier.«

»Aha.« Elmer zeigte ein überraschtes Grinsen. »Was verschafft mir dann die Ehre? Sie suchen doch sicher nicht nach einem Buch, oder?«

»Nein. Ich bin wegen Thelma hier.«

»Wegen wem?«

Sam hielt ihm das Foto hin. »Thelma Rawls. Früher hieß sie Boyanski, davor Connor.«

»Ach, *diese* Thelma. Meines Wissens ist sie nach Milwaukee gezogen.«

»Ich glaube, dass sie wieder hier ist. Wo wohnt sie, Elmer?«

»Ich habe nicht die leiseste Ahnung.«

»Denken Sie noch mal nach. Ermittlungen zu behindern ist eine viel ernstere Angelegenheit, als mit heraushängendem Schwanz durch die Stadt zu laufen.«

Elmer verzog die feucht glänzenden Lippen. »Kein Grund, unhöflich zu werden, Officer.«

»Sie wurden mit ihr gesehen. Wo wohnt sie?«

»Sie sollten es in der Sunset Lounge versuchen. Dort habe ich sie zumindest gefunden.«

»Wann?«

»Dienstagabend.«

»Sind Sie mit ihr losgezogen?«

»Ja, ich glaube schon.«

»Wo sind Sie hin?«

»Wir sind rumgefahren.«

»Wohin?«

»Zu einem ruhigen, einsamen Plätzchen.« Er verdrehte die Augen und lächelte. »Sie war so unglaublich sinnlich. Möchten Sie hören, was wir alles getrieben haben?«

»Das wird nicht nötig sein. Sagen Sie mir nur, wo Sie sie wieder abgesetzt haben.«

»An der Sunset Lounge. Ich glaube, dass ihr Auto dort stand.«

»Okay. Mittwoch. Sie sind mit ihr zu Food King gegangen. Sie haben ihre Einkäufe bezahlt. Wo haben Sie sie aufgegabelt, wo haben Sie sie hingebracht?«

»Wir haben uns zum Mittagessen im Oakwood Inn getroffen. Nach dem Einkaufen habe ich sie auf dem Parkplatz des Inns rausgelassen.«

»Warum haben Sie für ihre Einkäufe bezahlt?«

»Weil ich ein Gentleman bin, Officer.«

»Aha. Gestern Nacht.«

»Ja?«

»Wo haben Sie sie abgesetzt?«

»Nirgendwo. Ich war gestern Abend mit meiner Mutter zu Hause. Ich bin sicher, dass sie das gern bezeugen wird.«

»Ich werde es überprüfen.«

»Ich weiß, dass Sie das tun werden. Hartnäckigkeit ist so ein bewundernswerter Charakterzug.«

»Wann haben Sie Thelma das letzte Mal gesehen?«

»Mittwochnachmittag, als ich sie beim Oakwood Inn rausgelassen habe.«

»Sind Sie sicher?«

»Warum sollte ich Sie anlügen?«

»Wenn ich herausfinde, dass Sie mich belogen haben, stecke ich Sie ins Gefängnis, Elmer.«

»Sie Fiesling.«

Zurück in seinem Streifenwagen, kontaktierte er die Wache. Ethels Stimme drang aus dem Funkgerät. Ihm fiel ein, dass die Tagschicht vorbei war und Betty bereits nach Hause gegangen sein musste.

»Kannst du bitte die Adresse für mich raussuchen, unter der Elmer Cantwell gemeldet ist?«, fragte er.

»Einen Moment«, bat Ethel. Kurz darauf nannte sie ihm die Anschrift.

Als er dorthin fuhr, dachte er über das nach, was er von Elmer erfahren hatte. Thelma war seit mindestens Dienstagabend in der Stadt, hatte Zeit mit Elmer verbracht und es mit ihm getrieben – was schwer zu glauben war.

Laut Elmer waren sie gestern Nachmittag, aber nicht letzte Nacht zusammen gewesen. Also war er nicht ihr Alibi für die Zeit, in der Dexter ermordet wurde. Was sie nach wie vor zu einer Verdächtigen machte.

Die Indizienlage sah immer besser aus.

Sam hielt vor Elmers Haus. Dutzende Male drückte er die Türklingel. Er war sicher, dass Elmers Mutter zu Hause war, aber sie ging nicht an die Tür.

Vermutlich hatte ihr Sohn sie angerufen und vorgewarnt.

War Thelma vielleicht auch da drin? Möglich, aber nicht sehr wahrscheinlich. Wenn die Gerüchte stimmten, sah es seine Mutter nicht gern, wenn Elmer etwas mit anderen Frauen hatte.

Er klingelte noch ein paarmal, bevor er es schließlich aufgab und zur Wache zurückfuhr.

9

Cynthia löffelte dicke Tomatensoße auf Erics Spaghetti. Er zählte die Stücke von der italienischen Wurst und bemerkte, dass sie ihm mehr als sonst gab. Zu viele Stücke, um sie zu zählen. Er lächelte sie an.

»Hattest du einen schönen Tag in der Schule?«, fragte sie.

Ihm gingen die Probleme mit Nate und Mr. Doons durch den Kopf. Davon würde er Mum aber ganz sicher nichts erzählen. »Ich bin zu einer Halloweenparty eingeladen«, sagte er stattdessen.

»Oh. Das klingt super. Wann findet sie statt?«

»An Halloween.«

Sie ging auf die andere Seite des Tischs und füllte ihren eigenen Teller. »Wer gibt die Party?«

»Jemand aus der Schule.«

»Jemand, den ich kenne?«

Er schüttelte den Kopf. »Es ist ein Kostümfest.«

»Als was wirst du dich verkleiden?«

»Weiß noch nicht.«

Sie nahm Platz. »Möchtest du das Gebet sprechen?«

Mit gesenktem Kopf rasselte er die auswendig gelernte Litanei herunter. »Lieber Gott, der du uns Speisen für den Leib und Wahrheit für die Seele gegeben hast. Erleuchte und ernähre uns, damit wir weise werden und stark, um deinen Willen zu tun. Amen.«

»Amen.«

Eric rührte in seinen Spaghetti herum. »Gehst du aus?«

»Heute Abend? Nein, ich glaube nicht …«

»Ich meine an Halloween.«

»Ich werde wahrscheinlich hierbleiben und die Süßigkeitensammler in Empfang nehmen.«

»Wird Sam auch kommen?«

Er beobachtete, wie ihr die Röte ins Gesicht stieg. »Sam muss arbeiten. Er ist Polizist.«

»Wirklich?«

»Er ist ein wahnsinnig netter Mann, Eric. Wir sind … Ich treffe mich jetzt schon ziemlich lange mit ihm. Wir sind sehr gute Freunde.«

»Oh.«

»Er möchte dich kennenlernen.«

»Ich möchte ihn aber nicht kennenlernen.«

»Eric.« Sie klang traurig. »Er ist mein *Freund.*«

»Wird wohl so sein.« Eric nahm einen Bissen von der Wurst, den er ganz langsam kaute. Sie hatte sein Lieblingsessen gekocht, aber er fühlte sich innerlich ganz verkrampft und konnte es kaum schlucken.

»Es tut mir leid, dass du ihm auf diese Weise begegnet bist.«

»Kommt er jede Nacht hierher?«

»Nein. Er war nur ein paarmal hier.«

»Und ist durchs Haus geschlichen.«

»Er schleicht nicht durchs Haus. Ich wollte nur bis jetzt noch nicht, dass ihr euch kennenlernt, weil … weil sich die Dinge nicht immer so entwickeln. Und ich wollte nicht, dass du eine Beziehung zu ihm aufbaust so wie zu John und Raymond.«

Endlich gelang es ihm zu schlucken. Er stocherte in seinen Spaghetti herum, nahm aber nichts mehr auf die Gabel.

»Du solltest nicht mit Männern rummachen, solange du nicht mit ihnen verheiratet bist.«

»Man braucht keinen Ehering, um in jemanden verliebt zu sein.«

»Dann bekommst du Kinder ohne Väter.«

»Du hast einen Vater.«

»Ach ja? Wo ist er denn?«

»Er ist gegangen.«

»Weil er dich geschwängert hat und ihr nicht verheiratet wart.«

»Das war nicht der Grund.«

»Was dann?«

»Er hat mir einen Antrag gemacht, aber ich wollte nicht.«

»Warum denn nicht?«

»Dein Vater war kein netter Mann.«

»Warum bist du dann ... mit ihm gegangen?«

»Das bin ich nicht.« Sie starrte auf ihre Nudeln. Bis jetzt hatte sie ihr Essen noch nicht angerührt. »Er war nur ein Typ aus der Schule. Wir haben uns kaum gekannt. Er ist mir eines Tages nach Hause gefolgt, wo außer mir niemand da war, und ... dann ist es einfach geschehen. Wir waren beide erst sechzehn und ... er wurde von der Schule geworfen und hat an einer Tankstelle gejobbt. Er wollte mich heiraten, aber ich habe Nein gesagt. Und dann hat er die Stadt verlassen, ungefähr einen Monat bevor du geboren wurdest. Und er ist nie mehr zurückgekommen.«

»Du hättest ihn heiraten sollen.«

»Wie kannst du das sagen? Du *kennst* ihn ja nicht mal.«

»Du hättest es tun sollen. Dann hätte ich einen Dad gehabt. So ist es nicht fair.«

Ihre Augen nahmen einen feuchten Glanz an. Mit zitterndem Mund schob sie ihren Stuhl vom Tisch weg.

Eric fing an zu weinen. Sie hatte sein Lieblingsessen gemacht, und jetzt war alles ruiniert. »Mum, es tut mir leid.«

»Schon gut«, schluchzte sie. »Alles in Ordnung«, sagte sie noch, als sie aus dem Zimmer stürmte.

10

Sam saß in seinem Wagen und beobachtete das Haus. Er befand sich auf der anderen Straßenseite, etwa einen halben Block entfernt. Während er hinüberblickte, aß er einen Cheeseburger, den er bei Jack-in-the-Box geholt hatte.

Er war um fünf Uhr hier angekommen, in Zivilkleidung und am Steuer seines privaten Chryslers. Die Straße wurde rasch dunkel, und in den Fenstern der umstehenden Häuser gingen die Lichter an. In Elmer Cantwells Haus jedoch blieb alles dunkel, und Sam fragte sich, ob er sich wegen der Mutter wohl doch geirrt hatte.

Um 17:52 Uhr ging dann in einem Fenster im oberen Stockwerk das Licht an, um schon bald darauf wieder zu verlöschen. Ein paar Minuten später war das Panoramafenster hell erleuchtet, und er konnte ins Wohnzimmer sehen. Dann wurden die Vorhänge zugeschoben.

Er hatte sich wegen der Mutter nicht getäuscht.

Um 18:10 Uhr fuhr ein Volvo in die Einfahrt und hielt an. Ein Mann stieg aus. An seiner gedrungenen Gestalt und der krummen Haltung erkannte Sam, dass es Elmer war.

Er ging ins Haus und ließ den Wagen in der Einfahrt stehen.

Willst du später noch mal los?

Sam aß seinen Cheeseburger zu Ende, dann stellte er das Radio an und hörte leise Musik. Allmählich kroch ihm die Kälte durch die Hosenbeine. Er hatte zwar eine Decke im

Kofferraum, wollte sie aber nicht nach vorne holen. Stattdessen ließ er den Motor an, und schon bald war das Auto von warmer Luft erfüllt. Es wurde richtiggehend gemütlich.

Wenn auch nicht ganz so gemütlich wie zu Hause. Es wäre schön, jetzt zu Hause auf der Couch zu sitzen, die Fernsehnachrichten anzusehen und an einem Wodka Gimlet zu nippen. Und noch schöner, mit Cynthia zusammen zu sein. Die heutige Nacht hätte er aber eh nicht bei ihr verbracht, auch ohne den Vorfall. Vielleicht konnte sie die Sache mit Eric ja klären. Es wäre gut, den Jungen kennenzulernen. Sie könnten alle drei zusammen etwas unternehmen, ins Kino gehen oder angeln. Es war nicht gut für ein Kind, ohne Vater aufzuwachsen.

Allerdings besser ohne als mit dem kranken Arschloch, das Erics Vater gewesen wäre, wenn Cynthia ihren Vergewaltiger geheiratet hätte. Harlan. Scotty Harlan. Sein Glück, dass er die Stadt verlassen hat. Wenn Sam diesen Kerl je in die Finger bekäme ... Wie konnte er Cynthia so etwas nur antun?

Sie hatte geweint in jener Nacht, als sie sich Sam anvertraute, und das so heftig, dass sie kaum beschreiben konnte, wie er mit einem Messer über ihr gestanden und sie gezwungen hatte, sich auszuziehen. Wie er das Messer an ihre Kehle gepresst hielt, während er sie mit Gewalt nahm, und drohte, ihr die Brustwarzen abzuschneiden, wenn sie jemandem davon erzählen sollte.

Ein paar Nachbarn hatten gesehen, wie Scotty das Haus verließ, und so war klar, dass er es gewesen war, als sie schwanger wurde. Aber sie hatte nie irgendjemandem erzählt, wie es passiert war.

Bis Sam sie fünfzehn Jahre danach eines Nachts nach Erics Vater fragte und ihre gestammelten Erklärungen so sehr von Schluchzern unterbrochen waren, dass auch er weinen musste und sie fest in den Armen hielt.

Ein Kerl wie Scotty Harlan verdiente es nicht, am Leben zu sein.

Sam hatte noch nie jemanden getötet, aber wäre gern ein paar Runden mit Harlan gegangen.

Er würde ihn vielleicht nicht töten, sondern ihm nur die Knie zerschmettern. Und die Ellbogen. Und ihm den Pistolenlauf gegen den Schwanz pressen und den Abzug betätigen.

Er bemerkte, dass er vor unterdrückter Wut zitterte, und holte tief Atem. An den Hosenbeinen wischte er sich die schweißnassen Hände trocken.

Konzentrier dich auf deinen Job, ermahnte er sich. Gar nicht erst über Scotty nachdenken. Du wirst eh nie eine Chance bekommen, es ihm heimzuzahlen, ihm deine Knarre in den Arsch zu schieben ...

Hör auf!

Denk über Dexter nach.

Irgendjemand hasste Dexter so sehr, dass er ihn in Stücke schnitt. Hasste ihn genauso sehr, wie er Scotty hasste. Wen hatte Dex denn vergewaltigt?

So etwas hätte er nie getan.

Berney ließ Chet und Buck in den Ermittlungsakten nach Verdächtigen suchen. Typen, denen Dexter über all die Jahre hinweg auf die Zehen getreten war und die sich vielleicht dafür revanchieren wollten. Selbst in einer Stadt von der Größe Ashburgs konnte sich ein Cop jede Menge Feinde machen.

Sam wettete jedoch auf Thelma. Die Exverlobte. Sie war nur einen Tag vor seinem Tod in der Stadt aufgetaucht. Da musste irgendein Zusammenhang bestehen. Wenn sie es nicht selbst getan hatte, war vielleicht jemand von ihr darauf angesetzt worden.

Womöglich Elmer.

Genau in dem Moment sah er den Mann aus dem Haus kommen. Die gebeugte Gestalt überquerte den Rasen und stieg in den Volvo, dann setzte der Wagen in der Einfahrt zurück.

Sam parkte ebenfalls aus und folgte ihm. Während sie die leere Straße entlangfuhren, ließ er sich einen ganzen Block hinter Elmers Auto zurückfallen. An einer Kreuzung setzte sich ein weiteres Fahrzeug zwischen sie. Mit ihm als Sichtschutz verringerte Sam den Abstand. Das Auto bog jedoch bald in eine Einfahrt ab. In diesem Moment passierte Elmer die Baptistenkirche. Das Geschäftsviertel war nur noch einen Block entfernt. Da der Verkehr dichter wurde, hielt Sam es nicht der Mühe wert, den Abstand wieder zu vergrößern. Er hielt sich ein paar Wagenlängen hinter Elmer und fuhr weiter, als der Volvo in die Einfahrt zu Harneys Schnapsladen bog.

Kurz vor dem Ende desselben Blocks hielt er an einer freien Stelle am Straßenrand an. Er wartete und fragte sich, ob es verrückt war, Elmer zu beschatten. Ihn bei einer *Besorgungsfahrt* zu beschatten, um Himmels willen! Seiner Mutter war vermutlich der Aprikosenbrandy ausgegangen … Andererseits hatte Elmer vielleicht vor, etwas zu seiner Zerstreuung zu tun.

Vielleicht zahlte es sich ja doch noch aus.

Den Blick fest auf den Innenspiegel gerichtet, kaute Sam auf der Unterlippe herum.

Nicht lange, und ein Auto fuhr im Rückwärtsgang auf die Straße. Sam sah in die andere Richtung, als es sich ihm näherte. Als es vorüberfuhr, blickte er kurz hinüber. Ein

Volvo. Er ließ ihm einigen Vorsprung und reihte sich dann in den Verkehr ein.

Der Volvo fuhr auf eine Kreuzung zu.

Sam schoss durch den Kopf, dass er hier wenden würde, wenn er wieder nach Hause fahren wollte.

Er wendete nicht.

Sam grinste und blieb an ihm dran. Die Fahrt führte sie aus dem Geschäftsviertel hinaus und an baumbestandenen Straßen entlang. Ein kleines Stück voraus lag die Auffahrt zum Golf-und-Tennis-Club von Ashburg.

Wo Babe Rawls Barkeeper gewesen war.

Wo Thelma viel Zeit verbracht hatte.

Doch Elmer fuhr daran vorbei und auch vorbei an den weiten Flächen des Golfgeländes. Auf der anderen Straßenseite fielen die letzten Häuser hinter ihnen zurück und wurden abgelöst vom Friedhof.

Sams Scheinwerfer beleuchteten ein Holzschild. »Sie verlassen Ashburg. Besuchen Sie uns bald wieder.«

Wohin zum Teufel führt er mich?

Ich hoffe sehr, zu Thelma.

11

Eddie Ryker trocknete gerade das Geschirr ab, als das Telefon läutete. Seine Mutter hob einen Teller aus dem Spülwasser. »Würdest du bitte drangehen, Schatz?«

»Na klar.« Er knüllte das Geschirrtuch zusammen. Im Rückwärtsgehen warf er es in Richtung Spüle. Es entfaltete sich im Flug und senkte sich wie eine Bettdecke auf den Stapel Geschirr, den er noch trocknen musste.

Mit zwei langen Schritten war er an der Küchentür, wo er den Hörer des Wandapparats abnahm.

»Hallo?«

»Eddie?«, fragte eine sanfte, raue Stimme.

Ein Lächeln trat auf sein Gesicht. »Oh, hallo, Aleshia. Wie geht's dir?«

»Ich vermisse dich.«

»Ich dich auch.« Er wünschte sich, er hätte das Gespräch in einem anderen Zimmer angenommen. Er hatte nicht damit gerechnet, dass Aleshia am anderen Ende der Leitung sein würde. Normalerweise rief sie ihn erst viel später aus ihrem dunklen Schlafzimmer an und sprach dann ganz leise mit ihm.

»Wie war das Footballtraining?«

»Ganz okay.« Er hatte sie winken gesehen, als sie mit den anderen Cheerleaderinnen vorbeigelaufen war. Ihre schnellen Beine unter dem Faltenrock. »Wie war euer Training?«

»Oh, ganz gut. Abgesehen von Sue. Sie ist so eine Streberin. Ich wünschte, sie würde von ihrem Podest fallen und sich das Bein brechen. Oder etwas anderes, ein bisschen weiter oben, wenn du verstehst, was ich meine.«

Eddie lächelte.

»Ich nehme an, du hast von Chief Boyanski gehört?«

»Ja, es war in den Nachrichten.«

»Ist das nicht grauenvoll? Wenn ich nur daran denke, dass in unserer Stadt ein *Mörder* herumläuft!«

»Na ja, sie werden ihn vermutlich erwischen.«

»Das hoffe ich doch sehr! Ich finde es total beunruhigend, wenn so was passiert, besonders am Tag vor Halloween.«

»Also ...«

»Das ist übrigens auch der Grund, warum ich dich anrufe. Heute nach dem Training hat zu Hause eine böse Überraschung auf mich gewartet.«

»Und zwar?«

»Ich habe mit der Post eine Einladung bekommen.«

»Zu dieser Halloweenparty im Spukhaus?«

»Du hast auch eine?«

»Ja.«

»Ist dir klar, wann diese Party stattfinden wird?«

»Morgen Abend.«

»Ganz genau. Und was findet an dem Abend noch statt?«

»Deine Party natürlich.«

»Ganz genau.«

»Ich würde mir deswegen keine allzu großen Sorgen machen. Ich werde auf jeden Fall zu deiner kommen.«

»Das will ich doch hoffen. Aber was ist mit all den anderen?«

»Keine Ahnung.«

»Ich habe ein Dutzend Freunde zu meiner Party eingeladen. Jetzt stell dir mal vor, die Hälfte von ihnen beschließt, lieber zu dem gruseligen alten Sherwood-Schuppen zu gehen. Was für eine Party hätten wir dann?«

»Eine kleine und intime.«

»Du magst das vielleicht lustig finden, Edward Ryker, mich amüsiert das Ganze aber überhaupt nicht.«

»Ich glaube nicht, dass das passieren wird. Mag sein, dass ein paar von den Leuten, die du eingeladen hast, auch eine Einladung zu der anderen Party bekommen haben. Aber ich bin mir sicher, dass sie alle lieber auf deine kommen werden.«

»Meinst du?« Sie klang erleichtert.

»Auf jeden Fall.«

Ein paar Augenblicke lang herrschte Schweigen, was bei Telefonaten mit Aleshia nicht oft vorkam. »Du glaubst nicht«, fragte sie schließlich, »dass irgendjemand diese Party nur plant, um mir eins auszuwischen, oder?«

»Wer würde denn so was tun?« Eddie konnte sich das Lachen nicht verkneifen.

»Na, ganz offensichtlich so ungefähr jeder, den ich nicht zu *mir* eingeladen habe.«

»Vielleicht, aber das bezweifle ich. Ich glaube, das ist nur Zufall.«

»Vielleicht hast du recht, vielleicht aber auch nicht. Wie auch immer. Ich habe jetzt auf jeden Fall noch eine Zillion Anrufe zu erledigen. Ich ruf dich dann später noch mal an.«

»Gut.«

»So gegen zehn.«

»Perfekt.«

»Von meinem Bett aus.«

Er grinste. »Okay, super. Wir hören uns dann.«

»Bis dann.« Sie legte auf.

»Beth, Telefon für dich. Es ist Aleshia.«

»Eine Sekunde«, rief sie ihrem Vater zu. Die Seiten zählend, die noch vor ihr lagen, blätterte sie durch das Physiologiebuch. Noch sechs Seiten bis zum Ende des Kapitels, und auf zwei davon waren hauptsächlich Diagramme. Gar nicht so schlecht. Das konnte sie schaffen.

Sie ließ den Bleistift in den Falz des aufgeschlagenen Buchs fallen und stand vom Schreibtisch auf. Dabei betrachtete sie ihr Spiegelbild im Fenster. Die Reflexion im Glas war geisterhaft transparent und verlieh ihr eine geheimnisvolle Schönheit. Beth mochte den Anblick, denn das Spiegelbild im Fenster verbarg ihre Sommersprossen und die Zahnspange.

Den Blick in den Ganzkörperspiegel an der Tür des Kleiderschranks vermied sie. Er würde Details enthüllen, die sie nicht sehen wollte.

Sie lief durch den Flur im oberen Stockwerk und ins Schlafzimmer ihrer Eltern, wo sie den Hörer abhob.

»... eine großartige Pyramide, und dann sind wir alle zu einem großen Haufen zusammengestürzt ...«

»Ich bin jetzt dran«, meldete sich Beth.

»Okie-dokie«, sagte ihr Vater. »Mach's gut, Aleshia.«

Beth hörte, wie der Hörer aufgelegt wurde. »Hallohallo«, sagte sie.

»Ich finde deinen Vater umwerfend.«

»Er ist gar nicht übel.« Beth lächelte.

»Ich wünschte nur, *mein* Vater wäre auch so süß und charmant.«

Beth wusste nicht, was sie dazu sagen sollte. Sie hatte Aleshias Vater noch nie gesehen. Es schien, als sei er die ganze Zeit unterwegs.

»Ich habe angerufen, um zu hören, ob du zu meiner Halloweenparty kommst.«

»Ja.« Beth war verwirrt. Sie hatte Aleshia doch schon gesagt, dass sie dabei sein würde. »Ist irgendwas?«

»Anscheinend plant jemand eine Konkurrenzveranstaltung.«

»Ach, du meinst die andere Halloweenparty?«

»Ganz genau.«

»Du glaubst, die ist echt?«

»Warum sollte sie nicht echt sein?«

»Ich finde, das klingt alles total schräg.«

»Schräg?«

»Erstens war die Einladung nicht unterschrieben. Es gibt überhaupt keinen Hinweis auf den Gastgeber. Und es wird auch nicht um Zusage gebeten.« Sie setzte sich auf die Bettkante und ließ sich rückwärts auf die Matratze sinken. »Zweitens wird sie im alten Sherwood House stattfinden, das, solange ich zurückdenken kann, komplett mit Brettern vernagelt ist. Wie wollen sie da überhaupt hineinkommen, um ihre Party zu feiern? Ich finde die ganze Sache einfach total schräg und wette, dass diese Party nur ein Witz ist.«

»Oder der Versuch, *meine* Party zu ruinieren.«

»Wenn sie echt ist, geht sowieso keiner hin. Jedenfalls keiner, der alle Tassen im Schrank hat. Ich möchte nicht tot überm Zaun vom Sherwood House hängen.«

»Ich glaube eher, dass die meisten Kids in der Stadt total scharf darauf sind, da mal hineinzugehen. Ganz besonders an Halloween. Es ist der gruseligste Platz auf der ganzen Welt. Möchtest du dir nicht ansehen, wo das alles passiert ist?«

»Nein. Vielen Dank auch.«

»Ich ganz sicher, aber nicht während meiner eigenen Party. Ich sterbe, wenn niemand auftaucht, weil alle im Sherwood House durchs Blut waten.«

Beth musste leise lachen. »Ich glaube nicht, dass es da noch Blut gibt. Das muss inzwischen irgendjemand weggewischt haben. Ich meine, das ist jetzt doch schon fünfzehn Jahre oder so her.« Als sie lachte, hüpfte die Hand, die sie sich auf den straffen Bauch gelegt hatte. »Und wenn keiner sauber gemacht hätte, dann wäre es jetzt ganz trocken. Man bräuchte einen Spachtel, um das Blut vom Boden zu kratzen.«

»Beth! Du bist schrecklich!«

Beth konnte gar nicht mehr aufhören zu lachen. In ihren Augen standen Tränen. »O Mann«, keuchte sie, »was wäre das für ein Anblick ...! Irgend so ein alter Hausmeister, der mit einem Spachtel herumkrabbelt ... und versucht ... versucht, die Gedärme vom Boden zu schaben!«

»Beth, du bist total pervers«, stieß Aleshia zwischen ihrem eigenen Gelächter hervor.

»Oooh wow!« Beth wischte sich über die Augen und versuchte, wieder zu Atem zu kommen. »Ich weiß gar nicht ... was in mich gefahren ist.«

»Wenn wir schon beim Thema sind: Wer wird dich eigentlich zur Party begleiten?«

Beth versuchte, ruhig zu atmen. »Ich ... keine Ahnung.«

»Keine Ahnung?«

»Ich weiß es noch nicht.«

»Beth, die Party ist morgen Abend!«

»Ich werde schon jemand finden, der mit mir hingeht.«

»Das will ich aber auch ganz schwer hoffen. So, jetzt lass ich dich aber besser mal in Ruhe. Ich muss noch eine Zillion Leute anrufen.«

»Rufst du etwa jeden an, den du eingeladen hast?«

»So ungefähr, Beth.«

Karen Bennett saß am Küchentisch und korrigierte einen Stapel mit Proben, die sie ihre Schüler in der gestrigen vierten Stunde hatte schreiben lassen. Sie war gerade mit Dave Sandersons Halloween-Aufsatz fertig und schrieb mit roter Tinte »Katzen sind auch Leute« an den unteren Rand der letzten Seite. Dann blätterte sie zum Anfang zurück und schrieb »B –« ganz oben auf das Papier, bevor sie einen Schluck von ihrem Chablis nahm.

Sie rutschte auf ihrem Stuhl ein wenig nach vorne und rieb sich vorsichtig über die Rückseite ihres rechten Beins. Die schlimmsten Kratzer hatte sie bandagiert, und seit ungefähr einer Stunde juckten sie immer stärker. Wenn sie mit den Nägeln darüberkratzte, würde es jedoch erst so richtig wehtun.

Houlder, dieser grobe Kerl. Sie sollte ihn wirklich melden. Aber wenn sie das tat, würde sie auch Bill reinreiten, und der Gedanke passte ihr gar nicht.

Ach, zum Teufel.

Sie warf einen Blick auf den nächsten Aufsatz und stöhnte auf. Jim Miller hatte mit Bleistift geschrieben. Obwohl sie ihnen so oft gesagt hatte, dass sie einen Füller benutzen sollten. Hörte ihr denn überhaupt niemand zu?

Sie griff nach ihrem Rotstift.

»Nur Tinte verwenden!«, schrieb sie.

Dann begann sie zu lesen. »Haloween ist die Zeit für Süses und Saures. Kleine Kinder verkleiden sich als Piraten und Landstraicher und Heksen und Kranken Schwestern, und Doktors und Penner ...«

Es klingelte.

Gott sei Dank.

Mit dem Weinglas in der Hand ging sie zum Telefon. »Hallo?«

»Hallo, Ms. Bennett, hier spricht Aleshia.«

»Ah, hallo, Aleshia.«

»Ich hoffe, ich störe Sie nicht.«

»Nein, überhaupt nicht. Was gibt's?« Leicht vornübergebeugt kratzte sie sich am Bein – und zuckte zusammen.

»Ich rufe wegen meiner Halloweenparty an.«

»Ich freue mich schon sehr darauf.«

»Oh, gut. Ich hatte ein bisschen Sorge, dass Sie es sich vielleicht anders überlegt haben könnten.«

»Ich habe sogar schon mein Kostüm fertig.«

»Ach, super. Ich wollte nur sichergehen, weil es anscheinend morgen Abend noch eine andere Party gibt, und ich befürchte, dass ein paar Leute zu der gehen könnten statt zu meiner.«

»Ich jedenfalls nicht.«

»Haben Sie eine Einladung zu der Party bekommen?«

»Nein, deine ist die einzige, zu der ich eingeladen bin.«

»Vielleicht wollen sie da keine Lehrer haben.«

»Vielleicht nicht.«

»Ich meine, ich habe ja auch keine Lehrer eingeladen. Nur Sie. Aber das auch nur, weil Sie was ganz Besonderes sind und gar keine echte Lehrerin.«

»Bin ich nicht?« Sie grinste. »Ich hoffe mal, die Schulaufsicht findet das nicht heraus.«

»Ich meine, Sie sind natürlich eine echte Lehrerin. Sie sind die beste. Aber nicht so wie die anderen. Sie hören uns zu ... und so Zeug.«

»Ähm ...« Sie merkte, wie sie errötete. »Danke schön, Aleshia.«

»Haben Sie einen Begleiter für morgen?«

»Er steht Gewehr bei Fuß.«

»Sehr gut. Wer ist es?«

»Das bleibt mein Geheimnis.«

»*Oh*, Ms. Bennett.«

»Du wirst es morgen Abend ja sehen.«

»Ist es jemand, den ich kenne?«

»Damit würde ich schon zu viel verraten.«

»Sie sind schrecklich!«

»Ein Oger.«

»Na gut, aber ich bin wirklich schon sehr gespannt, wer es ist. Ich leg jetzt aber besser mal auf. Sie müssen ja noch eine Zillion Dinge zu tun haben.«

»Es war nett, mit dir zu sprechen.«

»Fand ich auch. Gute Nacht.«

»Nacht, Aleshia. Bis morgen.«

Als sie aufgelegt hatte, blickte sie auf den Stapel auf dem Küchentisch. *Eine Zillion Dinge zu tun.* Es schien wirklich eine Zillion Dinge zu sein, wenn sie sich weiter durch mit Bleistift geschriebene Grausamkeiten quälen musste, so wie diesen Aufsatz, den der Trottel Jim Miller abgegeben hatte.

Sie trank noch einen Schluck Wein und ging dann mit einem Seufzer wieder an den Tisch zurück.

12

Kurz hinter der Ortsgrenze von Dendron, einer Stadt fünfzehn Meilen östlich von Ashburg, drosselte der Volvo sein Tempo und fuhr auf den Parkplatz des Sleepy Hollow Inn.

Sam ging ebenfalls vom Gas. Er sah zu, wie Elmer das L-förmige Sträßchen hinauffuhr, an dem schon etwa ein halbes Dutzend Autos stand. Der Volvo glitt in eine Lücke. Sam wollte erst anhalten, um zu sehen, welches Zimmer Elmer betreten würde. Dann fuhr er stattdessen jedoch am Motel vorbei, da die Gefahr zu groß war, dass er dabei gesehen wurde.

Er wendete und hielt rasch auf einen Parkplatz vor dem Eingang des Motels zu, doch Elmer war schon nicht mehr zu sehen. Ganz langsam rollte Sam an den Parkplätzen vorbei. Er zählte zwölf Zimmer, jedes mit einer in leuchtendem Orange gestrichenen Tür. Zu jedem Zimmer gehörten zwei Autostellplätze. Elmers Volvo stand vor Zimmer Nummer vier, daneben ein weißer Datsun.

Vermutlich war er hier hineingegangen.

Durch die hellen Vorhänge fiel Licht.

Die Plätze vor der Sechs waren frei, und Sam parkte ein. Als er aus dem Auto stieg, schlug ihm kalter Wind entgegen. Er schloss den Reißverschluss seiner Jacke, steckte die Hände in die Seitentaschen und betrat den Fußweg.

Vor Zimmer Nummer vier, aus dem er Stimmen und Gelächter hörte, die aus einem Fernseher zu kommen schienen, hielt er an. Die Schiebefenster waren geschlossen, und durch die Vorhänge war nichts zu erkennen. Er ging weiter.

Sein Ziel war das Büro des Motels. Es war hell erleuchtet und warm. Hinter der Empfangstheke blickte eine junge Frau von ihrer Zeitschrift zu ihm auf und setzte lächelnd die Brille ab. »Hallo. Wie geht es Ihnen?«

»Ganz gut«, entgegnete Sam. Als er an die Theke herantrat, nahm er den Duft ihres Parfüms wahr. Das gleiche Parfüm, das Cynthia trug. Und plötzlich war er ganz gefangen von ihrer Schönheit: ihren großen Augen, den vollen Lippen und der sanft geschwungenen Kinnlinie, der Art, wie ihr das Haar weich auf die Schultern fiel. Sie trug einen weißen Pullover, der ihre Brüste betonte.

»Was kann ich für Sie tun?«, erkundigte sie sich.

Sam hob den Blick zu ihrem Gesicht. Sie sah belustigt aus und hielt eine Augenbraue hochgezogen. Hatte er sie *so* offensichtlich gemustert? Er wurde rot.

»Ich bin im Zimmer nicht mit einbegriffen.«

Sam lachte. »Sie sind eine Gedankenleserin.«

»Ich erkenne einen erregten Mann, wenn ich ihn vor mir habe.«

»Ich bin erregt, aber ich bin auch verlobt.« Es war nur eine kleine Notlüge. Er *fühlte* sich verlobt; er hatte Cynthia bisher nur noch nicht gefragt.

»Ist die Glückliche bei Ihnen?«

»Nicht heute Abend.«

»Dann möchten Sie vermutlich ein Einzelzimmer.«

Sam schüttelte den Kopf. »Ich bin nicht wegen eines Zimmers hier.« Er holte seine Brieftasche hervor und legte sie aufgeklappt auf die Theke. »Ich heiße Sam Wyatt.«

»Ist das echtes Gold?« Sie starrte seine Marke an.

»Vergoldet.«

»Darf ich sie anfassen?«

»Klar.«

Mit den Fingerspitzen streichelte sie über das Metall. »Die ist wirklich hübsch.« Sie grinste ihn an. »Sind Sie gekommen, um jemanden zu verhaften?«

»Vielleicht.«

»Nicht mich, hoffe ich.«

»Nicht Sie.«

»Das freut mich.« Sie zog seine Marke aus der Brieftasche. »Die ist ja ganz schön schwer.«

»Ich muss erfahren, wer in Nummer vier abgestiegen ist.«

»Kein Problem.« Sie heftete sich die Marke an den Pullover. Das schwere Metall dehnte die Wolle und sank hinab, bis sie von ihrer linken Brust aufgehalten wurde. »Wie sehe ich aus?«

»Hinreißend.«

»Melody Caine, Mordkommission.« Über die Theke hinweg beugte sie sich zu ihm herüber. »Sind Sie bei der Mordkommission?«

»Ja«, sagte er und spürte, wie sein Lächeln verschwand. »Ich fürchte, heute Abend bin ich das.«

Auch Melody wich das Lächeln aus dem Gesicht. »Es ist also eine ernste Sache, oder?«

»Ja.«

»Einen Augenblick, bitte.« Sie öffnete einen Karteikasten, blätterte durch ein paar der Karten und zog schließlich eine heraus. »Das ist die Meldekarte für Einheit vier.«

»Danke sehr.« Sam las den ordentlich gedruckten Namen: »Ms. Mary Jones.« Die Heimatadresse war in Greendale, einem Vorort von Milwaukee.

»Ist sie Ihre Verdächtige?«

»Kann sein.« Sam wünschte, er hätte das Foto bei sich. »Wie sieht sie denn aus?«

Melody presste ihre vollen Lippen aufeinander und zog die Augenbrauen zusammen. »Sie ist zwischen Mitte dreißig und vierzig. Ein paar Zentimeter größer als ich und sehr schlank. Sie trägt zu viel Make-up, besonders um die Augen. Sie hatte einen grauen Trenchcoat an, aber ich konnte nicht erkennen, was sonst noch. Ich glaube aber, dass sie hochhackige Schuhe anhatte und natürlich Nylonstrümpfe.«

»Ihre Haarfarbe?«

»Blond. Ein schmutziges Blond.«

»Wann hat sie eingecheckt?«

»Heute Abend. Ungefähr vor einer halben Stunde, würde ich sagen. Glauben Sie, sie ist es?«

»Ich bin mir nicht sicher. Könnte sein.«

»Möchten Sie's herausfinden?«

Sam nickte.

Melody bückte sich, und seine Marke geriet ins Schwingen, als ihr Gewicht den Pullover weiter dehnte. Gleich darauf richtete sie sich wieder auf und ließ einen Schlüssel vor Sam hin- und herbaumeln. »Darf ich mitkommen?«

»Lieber nicht. Ich erwarte zwar keine Schwierigkeiten, aber man weiß ja nie.«

Sie händigte ihm den Schlüssel aus. »Kommen Sie schnell wieder zurück.«

Erst auf halbem Weg zum Zimmer fiel ihm auf, dass Melody noch immer seine Marke hatte. Es erschien ihm jedoch nicht wichtig genug, um extra deswegen zurückzugehen.

»Sam?«

Er drehte sich um. Melody stand in der Tür zum Büro, der Wind wehte ihr die Haare ins Gesicht.

»Möchten Sie Ihre Marke?«

»Nachher.«

Sie blieb in der Tür stehen, die Arme vor der Brust verschränkt. Sam drehte sich wieder um und ging weiter bis zu Nummer vier. Er stellte sich seitlich vor die Tür und klopfte. Ein paar Sekunden verstrichen. Er klopfte noch mal.

Über den Ton des Fernsehers hinweg rief eine Frauenstimme: »Wer ist da?«

»Ms. Jones?«

»Einen Moment.«

Er senkte die Hand und öffnete den Sicherheitsverschluss seines Pistolenholsters. Sein Magen fühlte sich verkrampft an. Er atmete einmal tief ein und zitternd wieder aus.

Die Tür schwang ein paar Zentimeter auf, bis sie von der straff gespannten Sicherheitskette zurückgehalten wurde. Im Türspalt erschien das Gesicht einer Frau. Ihr Blick begegnete seinem. Ihr blieb der Mund offen stehen, und sie blinzelte. »Mr. *Wyatt*?«

Verwirrt starrte er sie an und versuchte sich daran zu erinnern, wo er sie schon einmal gesehen hatte. Dann fiel es ihm wieder ein. Erst an diesem Morgen. Auf der anderen Straßenseite, gegenüber von Dexters Haus. »Mrs. Barnes?«

»Was ... was machen Sie denn hier?«

»Ist Elmer Cantwell da drin?«

»Nein.«

»Sein Wagen steht aber vor der Tür.«

»Und? Ich kenne keinen Elmer Cantwell.«

»Mit wem sind Sie hier?«

»Mit meinem Mann.«

»Sie sind den ganzen Weg bis zu diesem Motel mit Ihrem Ehemann gefahren?«

»Ja. Wir … mögen es privat und abgeschieden. Weit weg von zu Hause.«

»Ich möchte mit ihm reden.«

»Er ist im Badezimmer.«

»Ich kann nicht wieder gehen, bevor ich ihn nicht gesehen habe.«

»Verdammt!«, brach es aus ihr heraus, und in ihren Augen glitzerten Tränen.

»Mrs. Barnes, Ihr Privatleben interessiert mich nicht. Und ich werde ganz bestimmt niemandem erzählen, dass Sie hier waren. Aber ich ermittle in einem Mordfall, und ich muss wissen, ob Elmer bei Ihnen im Zimmer ist.«

Während sie mit der einen Hand die Bluse vor der Brust zusammenhielt, wischte sie sich mit der anderen die Tränen aus den Augen und verschmierte dabei ihren Mascara.

»Sagen Sie ihm, er soll an die Tür kommen.«

»Er ist *nicht hier*.«

»Kennen Sie die Verbrechenskolumne im *Clarion*?«

Ihr Kinn begann zu zittern.

»Wenn ich Sie verhaften muss, Mrs. Barnes, werden Sie darin über sich selbst lesen. So wie jeder andere in der Stadt einschließlich Ihres Ehemanns und Ihrer Tochter.«

»Sie können mich nicht verhaften«, murmelte sie.

»Natürlich kann ich das. Sagen Sie Elmer, dass er an die Tür kommen soll. Und zwar jetzt gleich.«

Die Tür ging zu.

Mit einem Blick zur Seite sah Sam, dass Melody noch immer in der Bürotür stand und alles beobachtete. Grüßend hob sie die Hand, und er nickte zurück.

Die Sicherheitskette wurde mit einem Rasseln aus ihrer Halterung gezogen, dann schwang die Tür ganz auf. Elmer lächelte ihn an. Er war vollständig bekleidet. »Kann ich Ihnen helfen, Mr. Wyatt?«

»Ich bin auf der Suche nach Thelma.«

»Glauben Sie etwa, dass sie hier ist?«

»Stört es Sie, wenn ich nachsehe?«

Elmers Glubschaugen blinzelten. »Sie haben doch gesehen, mit wem ich hier bin.«

»Ich möchte mich mal umsehen.«

»Gott, sind Sie ein sturer Teufel!«

Elmer gab den Weg frei, sodass Sam das Zimmer betreten konnte. Mrs. Barnes war nirgends zu sehen.

Eines der Doppelbetten war offensichtlich benutzt worden. Zwar waren die Decken noch an ihrem Platz, aber das Bett war zerwühlt. Auf dem Nachttisch stand eine Flasche Scotch, daneben zwei Gläser. Über einer Stuhllehne hing ordentlich gefaltet eine Hose.

Sam kniete sich hin und blickte unter das Bett, was Elmer zum Glucksen brachte.

Sam zog die Tür zum Wandschrank auf. »Sagen Sie Mrs. Barnes bitte, dass sie aus dem Badezimmer kommen soll.«

»Meinen Sie wirklich, dass das nötig ist?«

»Ja.«

»Thelma versteckt sich nicht in der Badewanne, wenn es das ist, was Ihnen durch Ihren misstrauischen kleinen Kopf geht.«

»Ich möchte nur sichergehen.«

Mit einem lauten Seufzer trat Elmer auf die Badezimmertür zu. »Ticia? Mr. Wyatt möchte, dass du herauskommst.«

»Nein!«

»Tu, was er sagt, Liebling.« Elmer sah Sam finster an. »Ihnen ist bewusst, dass Sie sie schrecklich aufregen, oder?«

Die Tür ging auf, und Ticia Barnes kam heraus: Ihre Bluse war nun zugeknöpft, und um die Hüften trug sie ein Badetuch. Sie funkelte Sam an. Ihre Augen waren rot vom Weinen, aber sie hatte sich die dunklen Mascara-Schmierer abgewischt.

»Entschuldigen Sie bitte.« Sam ging an ihr vorbei ins Badezimmer und schob die Duschwand auf. In der Wanne war niemand, und er schob sie wieder zu. Als er sich umdrehte, fiel ihm die Toilette ins Auge. Der Deckel war geschlossen.

Er sah auf das leere Waschbecken, dann wieder zurück zur Toilettenschüssel.

Verrückt, aber er konnte nicht anders.

Sam bückte sich und hob den Deckel an.

Ein Gesicht blickte zu ihm auf. Er wich rasch zurück und rang keuchend um Atem, bis ihm klar wurde, dass er nur sein eigenes Spiegelbild im Wasser gesehen hatte. Mit einem Knall fiel der Deckel wieder zu.

»Was tun Sie denn da?«, fragte Elmer.

Sam würdigte ihn keiner Antwort und verließ das Badezimmer.

»Haben Sie sie gefunden?«, bohrte Elmer grinsend nach. »Hat sie sich im Töpfchen versteckt?«

»Vielen Dank für Ihre Unterstützung«, murmelte Sam und ging zur Tür.

Elmer blieb an seiner Seite. »Ich bin ein klitzekleines bisschen neugierig, Mr. Wyatt. Sind Sie mir hierhergefolgt?«

»So ist es.«

»Sie dachten, ich führe Sie zu Thelma? Ich bin untröstlich, dass ich Sie enttäuschen musste.« Elmer zog die Tür für ihn auf. »Haben Sie noch einen angenehmen Abend.«

»Wenn Sie wissen, wo sich Thelma aufhält …«

»Ich habe nicht den blassesten Schimmer. Gute Nacht.«

Sam ging zurück zu Melody. Kurz bevor er sie erreichte, hörte er, wie sich die Tür schloss.

»Kein Glück?«

»Ein Desaster.« Sie nahm den Schlüssel von ihm entgegen, und er folgte ihr ins Büro.

»Lassen Sie mich Ihnen einen Kaffee geben. Danach werden Sie sich sicher besser fühlen.«

»Klingt gut«, sagte er.

»Kommen Sie hier durch.« Hinter der Empfangstheke öffnete Melody eine Tür. »Trautes Heim, Glück allein.«

»Hier wohnen Sie?« Sam erschien der sanft ausgeleuchtete Raum sehr gemütlich.

»Das ist mein Zuhause. Ich habe noch zwei weitere Zimmer und eine Küche. Setzen Sie sich doch.«

Nachdem er sich auf die Couch hatte sinken lassen, lehnte er sich zurück.

»Milch oder Zucker?«

»Nur schwarz, bitte.«

»Wird gemacht.« Sie eilte durchs Zimmer, wobei ihr der Rocksaum gegen die Beine flatterte.

Sam schloss die Augen. Mach das Ganze nicht noch schlimmer, indem du dich mit dieser Frau einlässt. Einen Kaffee, mehr nicht.

Sie kam zurück, in jeder Hand eine Tasse. Eine reichte sie Sam und setzte sich neben ihn. Er sog ihr Parfüm förmlich in sich auf.

»Das muss ein merkwürdiges Leben sein«, sagte er.

»Was meinen Sie?«

»In einem Motel zu wohnen.«

»Mir gefällt es.«

»Treffen Sie viele interessante Menschen?«

Sie lächelte verschmitzt. »Dann und wann. Sie zum Beispiel, Sie sind sehr interessant.«

»Erinnern Sie sich noch daran, dass ich verlobt bin?«

»Verlobungen können aufgelöst werden.«

Er sah ihre Hände an. Sie hatte sie um die Tasse gelegt, sichtlich die Wärme des Kaffees genießend. An ihrer Linken trug sie keinen Ring. »Sie klingen, als ob Sie aus Erfahrung sprächen.«

»Aus erster Hand.« Sie sah ihm lange in die Augen, schien etwas in ihnen zu suchen. »Sie sind nicht der Typ, der andere einfach so fallen lässt«, sagte sie, den Blick immer noch fest auf ihn gerichtet.

»Ich versuche es zumindest.«

»Sie haben sehr freundliche Augen.«

»Äh ...« Sam spürte, wie er errötete, und zuckte die Achseln.

»Wer immer Ihre Verlobte ist, sie ist eine glückliche Frau.«

»Das sage ich ihr auch immer.«

»Das sollte ihr besser klar sein.«

Sam nahm einen Schluck von seinem Kaffee. »Ich sollte jetzt gehen.«

»Sind Sie nervös?«

»Ein wenig.«

»Dafür gibt es keinen Grund. Ich bin harmlos.«

»Sind Sie das?«

»Erinnern Sie sich noch daran, dass Sie verlobt sind?« Sie nippte an ihrem Kaffee und stellte die Tasse auf den Tisch. »Das hier gebe ich Ihnen jetzt besser mal wie versprochen zurück.« Lächelnd hob sie die Marke an. »Wenn wir schon nicht einander versprochen sind.«

Er sah zu, wie ihre Hände am Verschluss nestelten und die Marke von ihrem Pullover zogen. Nur zwei winzige Löcher blieben in der Wolle über ihrer Brust zurück.

Als sie ihm das kleine Metallschild auf die Handfläche gelegt hatte, faltete sie seine Finger darüber. »Sie sind der erste Mann in meinem Leben, dessen Marke ich tragen durfte.«

»Vielleicht können wir das ja irgendwann mal wiederholen.«

Ihr Blick wurde traurig, und sie drückte kurz seine geschlossene Hand. Dann ließ sie ihn los und stand auf, entfernte sich von ihm und rieb sich mit den Händen über den Rock. »Soll ich das Zimmer für Sie im Auge behalten?«

»Ich schätze, das bringt nicht viel.« Sam trank seinen Kaffee aus und stand ebenfalls auf. »Wenn natürlich eine andere Frau auftauchen sollte ... aber ich glaube kaum, dass das passieren wird.«

Er ging hinter Melody her durch die Tür ins Büro.

»Ich halte einfach die Augen offen.«

»Ich bin Ihnen sehr dankbar für all Ihre Hilfe – und den Kaffee.« Mit der Hand am Türknopf und dem Rücken zu Melody fühlte er sich verunsichert – so als ob er etwas Wichtiges vergessen hätte. Er drehte sich wieder zu ihr um und fragte sich, was es sein könnte. »Noch mal vielen Dank«, sagte er.

»Es war schön, Sie kennenzulernen, Sam Wyatt. Wenn auch nur für kurze Zeit.«

Er zog sie an sich, spürte ihre Weichheit und Wärme, ihre Lippen und die süße Feuchtigkeit ihres Munds. Dann ihre Wange, nass an seinem Gesicht – und er sah, dass sie weinte.

»Es tut mir leid«, flüsterte er.

Sie drückte ihre tränenden Augen an seinen Hals. »Ist schon in Ordnung. Ich hatte nur Angst, dass du einfach gehen würdest …«

»Ich muss.«

»… ohne einen Abschiedskuss.«

13

Als das Licht ausging, sah Lynn Horner gerade mit ihren beiden Jungs fern.

»O nein«, seufzte ihr älterer Sohn John.

»Hank?« Lynn konnte die aufrecht im Sessel sitzende Silhouette ihres Mannes nur vage erkennen.

»Vermutlich die Sicherung.« Er klang nur halb wach.

»Schaust du mal nach?«

»Ja«, sagte John. »Wir verpassen den besten Teil.«

»Und das wäre ja wirklich jammerschade.« Hank stemmte sich aus dem Sessel hoch.

»Dir ist es nur egal, weil du eingeschlafen bist.«

»Ich komme mit«, sagte Mike.

»Okay, dann los.«

Mike sprang von der Couch und stieß im Dunkeln mit seinem Bruder zusammen.

»Hey, pass doch auf, wo du hintrittst, du Trampel«, sagte Joe.

»Dann versperr mir nicht den Weg.«

»Jungs!«, mahnte Lynn.

Mike eilte hinter seinem Vater her. »Dad, warte auf mich!«

»Mach mal ein bisschen schneller«, erklang Hanks Stimme aus dem Flur. »Ich möchte auf gar keinen Fall, dass irgendjemand das Ende der Sendung verpasst.«

»O Mann«, murrte Joe. »Warum muss ausgerechnet jetzt so ein Scheiß passieren?«

»Das ist nicht das Ende der Welt«, entgegnete Lynn. Sie drehte sich auf der Couch um, schob den Vorhang beiseite und blickte hinaus auf die helle Straßenlaterne vor dem Fenster. Auf der anderen Straßenseite standen keine Häuser, in denen Lichter hätten brennen können. Die Bäume auf dem Golfplatz bogen sich unter den anstürmenden Böen. »Der Wind hat vielleicht einen Strommast umgeknickt.«

»Wäre *das* nicht einfach großartig?«

»Du kannst dir immer noch die Wiederholung ansehen.«

»Sicher. In sechs Monaten. Wenn wir da zu Hause sind. Und wenn der Fernseher nicht wieder kaputtgeht.«

»Du verpasst wahrscheinlich eh nur die Werbung.«

»Ja, ganz bestimmt.«

»Ich fand Stromausfälle schon immer toll. Früher ist das beinahe bei jedem Sturm passiert. Wir haben dann Kerzen herausgeholt und uns gruselige Geschichten erzählt ...«

»Klingt wie eine Hammerparty.«

»Mein Sohn, der Zyniker.«

»Warum brauchen die so lang?«

»Vielleicht hat ein Kobold sie erwischt.«

»Ganz sicher.«

»Sie aufgefressen.«

Joe lachte. »Du hast echt 'nen Knall.«

»Dämonen«, stöhnte sie. »Und Geister und Bestien mit langen Beinen ...«

»Jetzt komm mal wieder runter.«

»Morgen ist Halloween. Vielleicht sind sie dieses Jahr schon früher aus ihren Gräbern gekrochen – und suchen jetzt nach kleinen Jungs.«

»Mum.«

»Sie fühlen sich einsam in ihren Gräbern und Mausoleen. An Halloween krabbeln sie heraus und schnappen sich kleine Jungs. Sie nehmen sie mit sich – damit sie nicht mehr so allein sind.«

»Das ist eklig.«

»Zynische kleine Jungs mögen sie am liebsten.«

»Echt?«

»Weil man sich mit ihnen so gut unterhalten kann.«

»Manchmal glaube ich wirklich, dass du einen an der Waffel hast.«

»Wuuuuuh.«

»Hörst du jetzt bitte auf?«

»Wuuuuuuh!« Langsam und mit ausgestreckten Armen stand sie auf und taumelte auf Joe zu. *»Wuuuuuuuuuh.* Du kommst jetzt mit mir in mein Grab. Es ist so kalt und einsam da unten.«

»Mum!«

Das Zittern in seiner Stimme brachte sie zum Grinsen. »Und ich bekomme so einen *Riesenhunger* da unten.« Sie stürzte sich auf ihn.

Joe kreischte und rollte sich aus ihrer Reichweite. »Lass das!«, fuhr er sie an und kroch auf dem Teppich von ihr fort.

»Du kannst mir nicht entkommen.« Sie stapfte auf ihn zu.

»Würdest du *bitte* aufhören! Ich finde das nicht lustig.«

Lynn ließ die Arme sinken. »Spielverderber.« Sie ging zur Couch zurück und ließ sich mit einem Plumps nieder. »War wahrscheinlich doch nicht die Sicherung. Die hätten sie inzwischen schon repariert.«

»Na toll.«

Wenn der Strom bis zum Schlafengehen nicht wieder funktionierte, müsste sie den Reisewecker rauskramen. Wo hatte sie ihn bloß hingetan? Sie konzentrierte sich, und es fiel ihr wieder ein: Der Wecker war in ihrem Koffer, damit sie ihn nicht erst suchen musste, wenn sie das nächste Mal verreisten. Und der Koffer stand in der Garage. Zauberhaft.

»So ein Mist!«, sagte Joe. »Die Sendung ist inzwischen wahrscheinlich schon vorbei.«

»So was passiert ...«

Die Lichter und der Fernseher gingen wieder an.

»Da!«

»Siehst du? Wie ich's gesagt habe.« Joe zeigte auf den Fernseher. Aus den Lautsprechern erklang Musik, während der Abspann über den Bildschirm lief.

»Das ist ärgerlich. Aber es gibt Schlimmeres.«

»Das bezweifle ich.«

»Warum gehst du nicht nach oben und ziehst deinen Pyjama an?«

»Mum!«

»Es ist neun Uhr.«

»Das ist so unfair.«

»Du schwingst dich nach oben und machst dich fertig fürs Bett. Danach kannst du noch mal runterkommen und so lange fernsehen, bis Mike fertig ist.«

»Alles klar!« Er sprang auf die Füße und stürmte aus dem Zimmer. Lynn hörte ihn die Treppe hinaufpoltern.

Die Luft im Zimmer schien kälter geworden zu sein. Sie presste die Beine aneinander und wickelte sich noch fester in ihren roten Morgenmantel.

Hank musste aus irgendeinem Grund die Hintertür geöffnet haben.

Sie verschränkte die Arme und genoss den festen, warmen Druck auf ihre steifen Brustwarzen. Dann rieb sie die Beine aneinander, die so sehr von Gänsehaut überzogen waren, dass sie beinahe wehtaten.

Hatte er die Tür *offen gelassen*?

Sie stand von der Couch auf und ging aus dem Zimmer hinaus, durch den Flur zur Küche. Durch den Spalt unter der geschlossenen Schwingtür fiel ein Lichtstreifen.

Hank und Mike ließen sich wirklich ordentlich Zeit. Vielleicht machten sie sich ja gerade über den Biskuitkuchen her.

Lynn stieß die Tür auf und ging in die Küche, wobei ihr nackter Fuß in Blut trat, sodass sie ausrutschte und hinstürzte. Im Fallen griff sie nach dem Mülleimer, dessen Inhalt aus Kaffeesatz und Hühnerknochen sich über ihren Morgenmantel ergoss. Sie schob die Tür, die gegen ihre Schulter schwang, von sich weg und setzte sich schwer atmend auf. Blut floss auf dem Boden zu Pfützen zusammen, und es tropfte von der Ofentür.

»Hank!«, schrie sie.

Nachdem sie sich auf die Beine gekämpft hatte, trat sie hinter dem Kühlschrank hervor und sah Hank in der Nische auf der anderen Seite der Küche aufrecht am Tisch sitzen. Vor ihm auf dem Tisch lag Mike. Sein Hemd stand offen, und aus seinem Bauch ragten Messer und Gabel.

»Hank?«, keuchte sie.

Neben ihrem Fuß sah sie Hanks Arm auf dem Boden liegen. Sie riss den Mund auf, doch eine Hand erstickte ihren Schrei – sie war glitschig und stank nach Blut. Lynn wurde nach hinten gegen einen keuchenden Körper gezogen. Eine andere Hand schwang um ihren Körper herum und stieß mit einer Bratengabel nach ihrem Bauch. Schützend hob sie die Arme, und ein rasender Schmerz schoss wie eine Feuerwalze durch ihren Körper, als sich die langen Zinken in einen ihrer Unterarme bohrten.

Sie wand sich und trat mit den Beinen aus, sodass der Mann sie nicht mehr halten konnte und sie erneut hinfiel.

Dann warf sie sich zur Seite, rollte sich herum und schaffte es, auf Hände und Knie zu gelangen, bevor der Mann sie hinten am Mantelkragen packte und zu Boden schmetterte.

Sie landete hart auf dem Rücken, und mit einem festen Tritt gegen ihren Bauch trieb er ihr die Luft aus der Lunge. Lynn krümmte sich und hielt die Knie umklammert, bis der Mann sie wieder packte. Als er sie an den Fußgelenken hochhob, fielen ihr der Morgenmantel und das Nachthemd übers Gesicht.

Mit ihren Füßen in seinen Händen begann er, sich um die eigene Achse zu drehen. Er schwang sie im Kreis wie ein Vater, der mit seinem Kind Flugzeug spielt.

Schneller und schneller.

Sie zerrte ihre hochgerutschte Kleidung, die ihr die Sicht nahm, von den Augen weg. Sah ihren nackten Körper um einen großen, grinsenden Mann herumkreisen. Einer ihrer gestreckten Arme knallte gegen den Kühlschrank, doch sie hatte nicht mal genug Atem, um vor Schmerz aufzuschreien. Der sich drehende Mann trat näher an den Kühlschrank heran. In der nächsten Runde würde mehr als nur ihr Arm gegen ihn schlagen.

Lynn versuchte, sich einzurollen, aber die Fliehkraft hielt sie gestreckt, und ihr Gesicht krachte gegen die Kante des Kühlschranks.

Joe Horner spuckte ins Waschbecken und ließ Wasser über seine Zahnbürste laufen. Er trank ein wenig Wasser aus der hohlen Hand und spülte sich mit dem Rest die Zahnpasta von Lippen und Kinn.

Als er seine Zahnbürste wegpackte, bemerkte er einen Spritzer gestreifter Zahnpasta und ein paar Spucke-Rinnsale im Waschbecken. Mum würde meckern, wenn sie es sah. Aber erst würde Mike sich noch die Zähne putzen. Sollte er sich doch darum kümmern. Joe trocknete sich den Mund ab und lief schnell die Treppe hinunter.

Niemand war im Wohnzimmer.

Großartig!

Als er sich durch mehrere Kanäle geschaltet hatte, geriet er in eine Polizeiserie, die er schon einmal gesehen hatte – an einem wunderbaren Abend, als Jean ihre Babysitterin gewesen war. Mike und er durften damals ganz lange aufbleiben, wenn sie nur versprachen, es nicht zu erzählen.

Im Schneidersitz ließ er sich vor dem Fernseher nieder.

Wenn er sich richtig gut benahm, ließen Mum und Dad ihn vielleicht sogar die ganze Sendung sehen. Immerhin war er ja um die andere Sendung betrogen worden.

Aber er glaubte natürlich nicht ernsthaft daran.

»Nicht unter der Woche«, würden sie sagen.

Aber vielleicht blieben sie ja lange genug weg …

Als er Schritte im Flur hörte, seufzte er vor Enttäuschung.

»Dad, das ist eine richtig tolle …«

Doch der Mann, der ins Zimmer kam, war nicht sein Dad.

14

Auf der Fahrt zurück nach Ashburg hörte Sam leise Musik. Mit seinen Gedanken war er bei Melody und Cynthia – und seinem neuen Problem.

Er wollte Melody wiedersehen. Er wollte in ihre großen, lebenshungrigen Augen blicken. Er wollte ihrer Stimme lauschen, sie halten und die Wärme ihres Körpers an seinem spüren.

Melody und nicht Cynthia. Verdammt, wie konnte das passieren? Er hatte gedacht, er liebte Cynthia, würde sie heiraten. Es erschien ihm einfach nicht richtig, dass er ganz plötzlich eine andere Frau traf, wegen der er das alles aufgeben wollte.

O Gott, wie konnte er Cynthia so etwas antun?

»Ich werde nicht abhauen«, hatte er ihr heute Morgen noch gesagt.

»Den Spruch höre ich nicht zum ersten Mal«, hatte sie geantwortet.

Verdammt, sie *ging regelrecht davon aus*, dass er sie sitzen lassen würde. Als ob sie glaubte, sie verdiente es, dass die Männer, in die sie sich verliebte, irgendwann einfach verschwanden. Sie hatte im Leben schon ein paar harte Lektionen lernen müssen. Wenn Sam sie verließ, würde er seine eigene hinzufügen.

Er konnte es nicht tun.

Dann war es das also mit Melody.

Der Gedanke versetzte ihm einen Stich, und er musste gegen das Bedürfnis ankämpfen, hart auf die Bremse zu steigen, den Wagen zu wenden und zum Motel zurückzurasen. Er würde Melody in die Arme nehmen, sie küssen ... *Nein!*

Seine Hände schmerzten, so fest hatte er sie um das Lenkrad gekrampft.

Ich habe Cynthia gewählt. Ich kann jetzt keinen Rückzieher mehr machen. Dafür ist es zu spät. In ein paar Tagen werde ich Melody schon wieder vergessen haben.

Nein, ich werde sie nicht vergessen.

Aber ich kann sie nicht haben.

Es gibt vieles auf der Welt, das du nicht haben kannst. Und du findest dich damit ab, weil du gar keine andere Wahl hast.

Aber in diesem Fall habe ich eine Wahl. Ich könnte aufhören, Cynthia zu treffen, mir Entschuldigungen einfallen lassen ...

Das ist keine Option.

Ich kann das nicht tun.

Ich kann nicht.

Warum zur Hölle musste ich Elmer heute Abend hierherfolgen?

Mit aller Kraft schlug er auf das Lenkrad ein und war versucht, auch die Stirn dagegen zu rammen. Wurde er verrückt?

Da bemerkte er vor sich einen zitternden roten Schein am Himmel.

»Mein Gott«, keuchte er und trat das Gaspedal durch.

Als er die Straße entlangraste, vermutete er, es müsse das Sherwood House sein. So weit draußen an der Oakhurst Road standen nur wenige Häuser, und das der Sherwoods erschien ihm am wahrscheinlichsten.

Es war nicht ungewöhnlich, dass ein leer stehendes Gebäude in Flammen aufging.

Vielleicht waren Jugendliche oder ein Obdachloser eingebrochen und hatten ein Feuer angezündet. Oder der neue Eigentümer Glen Morley wollte sich den Kaufpreis von der Brandschutzversicherung zurückholen.

Ja, es war höchstwahrscheinlich Brandstiftung.

Als er um die Kurve bog, sah Sam das letzte Gebäude an der Oakhurst Road – das Haus von Clara Hayes. Damit war alles in Ordnung. Als Nächstes kam das Sherwood House in Sicht. Im Schein des Feuers schien es zu glühen, als die roten Lichter der Einsatzkräfte über seine Fassade strichen. Das Haus daneben brannte wie ein Scheiterhaufen.

Als er davor parkte und rasch aus dem Auto stieg, versuchte er, sich zu erinnern, wer darin wohnte, aber es fiel ihm nicht ein. Im Garten entdeckte er Berney, der am Heck des Feuerwehrtrucks stand, und rannte zu ihm.

»Da ist nichts mehr zu retten«, sagte Berney resigniert.

»Wer wohnt da?«

»Die Horners.«

»Konnten sie sich retten?«

Berney schüttelte den Kopf, in seinen Brillengläsern spiegelte sich die Feuersbrunst. »Keiner hat sie gesehen. Ein Nachbar hat den Notruf abgesetzt. Als wir gekommen sind …«

Mit dem lauten Krach berstender Balken brach ein Teil des Dachs ein. Funken stoben in den roten Himmel auf.

»Ich schätze, die hat's erwischt. Sie waren zu viert. Zwei Kinder.«

»Vielleicht waren sie ja gar nicht zu Hause.«

»Beide Autos stehen in der Garage.«

»Scheiße.«

»Heute war kein guter Tag. Überhaupt kein guter Tag.« Berney nahm seine Brille ab und rieb sich die Augen. »Bist du im Dexter-Fall weitergekommen?«

»Ich suche immer noch nach Thelma.«

»Gut, bleib dran. Sie ist unsere Hauptverdächtige.«

»Ja.«

Berney hielt sich die Brille vors Gesicht und betrachtete sie mit zusammengekniffenen Augen. »Verdammte Asche.« Er pustete auf die Gläser.

Sam drehte sich zum Feuer um. Die zwei weißen Wasserstrahlen, die in die Flammen schossen, schienen nichts zu bewirken. Irgendwann würde die Flut dem Brand jedoch ein Ende bereiten.

Zu spät, um das Haus zu retten.

Viel zu spät, um die Familie zu retten.

Während er zusah, fiel ein weiterer Teil des Dachs in sich zusammen. Die Hitze auf seinem Gesicht wurde immer intensiver, und er wandte sich ab.

Am Straßenrand hatte sich eine Handvoll Leute versammelt, ein paar von ihnen unterhielten sich miteinander, die meisten starrten wie gebannt auf das Feuer. Das eine oder andere Gesicht erkannte er: Basil White, Joan Trask, Cameron Watts. War auch Clara Hayes unter den Zuschauern? Sie war eine enge Freundin von Dexter gewesen. Ob sie wohl schon von seinem Tod erfahren hatte?

Er vermutete, dass inzwischen jeder Bescheid wusste.

Auf der Suche nach Clara Hayes streifte sein Blick das rot beleuchtete Gesicht eines Jungen im Teenageralter. Er kam ihm bekannt vor. Er sah ihn sich genauer an, und sein Herz tat einen Sprung.

Eric!

Er betrachtete alle, die um den Jungen herumstanden, konnte Cynthia jedoch nicht unter ihnen entdecken.

»Bis später«, verabschiedete er sich von Berney.

»Ja, bis später.«

Als Sam sich ihm näherte, sah der Junge weiterhin starr auf das Feuer. Er hatte die leuchtenden Augen seiner Mutter. Die gleiche fein geschnittene Nase, die hohen Wangenknochen. Nur sein Mund sah anders aus als ihrer – ein breiter Schlitz, beinahe ohne erkennbare Lippen. Den hatte er wohl von Scotty Harlan geerbt.

»Hi, Eric.«

Der Junge zuckte zusammen. Er sah Sam an und wich einen Schritt zurück, wobei er einer Frau auf den Fuß trat.

»Autsch!«, schrie sie erschrocken auf.

Eric sprang eilig von ihr weg.

»Ein ziemlicher Brand«, sagte Sam.

Eric sah ihn verwirrt an.

»Möchtest du ihn dir gern aus der Nähe ansehen?«

»Ein Polizist hat gesagt, dass wir Abstand halten sollen.«

Sam bedeutete Eric mit einer Geste, ihm zu folgen.

»Sind Sie sicher, dass das okay ist?«

»Ganz sicher.«

Eric betrat den Rasen.

Sam ging bis zum Führerhaus des Feuerwehrtrucks. Einen Moment später tauchte Eric neben ihm auf.

»Von hier aus kann man besser sehen.«

»Ja.« Eric gaffte das Feuer an.

»Ich vermute, die Bewohner sind tot.«

Eric zog die Nase kraus. »Ja, voll krass.«

»Du hast sie nicht gekannt, oder?«

»Nur vom Sehen. Vor allem Joe, der ein ziemlicher Penner war.«

»Jetzt nicht mehr.«

»Stimmt.«

»Ist deine Mutter auch hier?«

Er schüttelte den Kopf und warf Sam einen kurzen Blick zu, bevor er sich rasch wieder dem Feuer zuwandte.

»Wie bist du hergekommen?«

»Gegangen.«

»Weiß deine Mutter Bescheid?«

»Sie ist nicht zu Hause. Was werden sie mit den Leichen anstellen?«

»Sie bringen sie raus, sobald das Feuer gelöscht und die Glut abgekühlt ist. Das wird aber noch ziemlich lange dauern. Soll ich dich heimfahren?«

»Nein, passt schon.«

»Ach, komm schon, Eric.«

Er sah Sam finster an. »Ich möchte es nicht.«

»Warum nicht?«

»Spielt keine Rolle.«

»Bist du sauer wegen gestern Nacht?«

»Kann sein.«

»Weißt du, das kann ich gut verstehen. Ich fand es auch blöd. Eine bescheuerte Art, sich kennenzulernen. Was hältst du davon, wenn wir es vergessen und noch mal von vorne anfangen?«

»Warum sollten wir das tun?«

»Ich möchte, dass wir befreundet sind.«

»Ich brauche keinen Freund wie Sie.«

»Wie mich?«

»Sie wollen doch nur mit meiner Mutter rummachen.«

»Eric, deine Mutter und ich ...«

»Und jetzt machen Sie auf Friede, Freude, Eierkuchen und versuchen, mich auf Ihre Seite zu bringen, damit Sie nicht mehr hinter meinem Rücken durchs Haus schleichen müssen. Darauf scheiß ich.«

»Eric!« Sam griff nach der Schulter des Jungen.

Doch Eric schlug seine Hand beiseite, wirbelte herum und rannte zur Straße. Sam beschloss, dass es besser war, ihn gehen zu lassen. Wenn er den Jungen jetzt weiter bedrängte, würde er damit nichts erreichen. Sicher war es viel besser, sanft auf ihn einzuwirken und ganz langsam sein Vertrauen zu gewinnen.

Eine Weile betrachtete er noch das Feuer. Aus den Fenstern schlugen noch immer Flammen, durch das Gerippe der Dachbalken schnappten sie nach dem Nachthimmel wie Krallen.

Als sich Sam wieder umdrehte und die Menschenmenge nach Eric absuchte, war der Junge verschwunden.

15

Eric rannte am letzten Haus der Straße vorbei und versteckte sich hinter einem Telefonmast. Von dort spähte er zu den entfernt stehenden Schaulustigen hinüber. Da ihn niemand zu bemerken schien, lief Eric an der Hauswand entlang. Er ging durch das hohe Gras zum Hintergarten. Licht drang durch das Küchenfenster und fiel auf den Rasen darunter.

Vielleicht sah die alte Frau ja gerade jetzt heraus. Konnte sie ihn sehen, wenn er am Friedhofszaun entlang durch den dunklen Teil des Gartens ging? Könnte sein. Vielleicht war es sicherer, wenn er sich weiter dicht an der Hauswand hielt und unter dem Fenster vorbeischlich.

Die Hintertür fest im Blick, eilte er an den Stufen vorbei und ging neben der Fassade in die Hocke. Obwohl das Fenster hoch genug eingebaut war, um aufrecht darunter durchgehen zu können, ließ er sich auf alle viere nieder. Das Gras fühlte sich kühl und rutschig unter seinen Händen an. Die Knie seiner Jeans waren schnell vom Tau durchweicht. Als er unter dem Fenster angekommen war, hielt er den Atem an.

Sie stand hinter der Scheibe und starrte wütend auf ihn herunter – da war er sich sicher. Gleich würde sie das Fenster aufreißen und die Hand nach ihm ausstrecken, ihn am Nacken packen und ins Haus zerren …

Das ist total bescheuert, ermahnte er sich. Sie könnte gar nicht so weit nach unten greifen, selbst wenn sie es versuchte.

Sobald er das Fenster hinter sich gelassen hatte, sprang er auf und rannte los. Er hielt nicht an, bis er die Ecke des Hauses erreicht hatte. Als er sich umdrehte und schwer atmend gegen die Fassade lehnte, sah er nur die Glasscheibe und den verlassenen Garten.

Wie bescheuert war das überhaupt, vor einer alten Frau Angst zu haben? Er konnte sie doch jederzeit ganz leicht abhängen.

Als er sich von der Wand abdrückte, betrachtete er den Weg, der noch vor ihm lag. Ein Blumenbeet markierte den Rand des Grundstücks. Das musste er durchqueren und dann über eine ziemlich große freie Fläche bis zur Garage des Sherwood House sprinten.

Er lugte um die Ecke hinüber zur Oakhurst Road, sah niemanden und trat ins Freie. Plötzlich leuchteten Scheinwerfer auf. Mit einem erschreckten Keuchen sprang er wieder zurück und presste sich flach gegen die Wand, wo er eine Weile wartete, bevor er noch mal um die Ecke spähte. Das Auto war weg und auch sonst niemand in Sichtweite. So schnell er konnte, rannte er über den Rasen bis zum Blumenbeet, wo totes Laub unter seinen Füßen knirschte. Das Geräusch ließ ihn zusammenzucken, doch er lief weiter.

Immer noch keiner auf der Straße.

Immer noch keiner hinter ihm her.

Erst hinter der Garage fühlte er sich sicherer und hörte auf zu laufen. Nach Atem ringend, bahnte er sich langsam einen Weg durchs Unkraut und sah sich vorsichtig um. Das Haus schirmte ihn von der Straße ab.

Er hatte es geschafft!

Erleichtert ging er von der Garage bis zur hinteren Veranda des Hauses, wo er leise die Stufen hochstieg und die

Fliegengittertür aufzog. Die Scharniere quietschten, aber er hatte keine Angst mehr, gehört zu werden. Und so ließ ihn das Geräusch nur grinsen.

Was für ein großartiger Ort für eine Halloweenparty!

Der Verandaboden knarzte unter seinen Schritten. Dann drehte er den Knauf, stieß die Tür auf und trat ein.

In völliger Dunkelheit und Stille lag die Küche vor ihm. Langsam ging er durch sie hindurch bis zur Tür, die zum Esszimmer führte, und schob sie auf.

Hier roch es intensiv nach Farbe.

Nachdem er die Tür wieder hinter sich zugezogen hatte, schaute er angestrengt in die Finsternis, die so undurchdringlich war, dass er blinzeln musste, um sicherzugehen, dass seine Augen auch wirklich offen waren.

»Hallo?«, flüsterte er.

Er wartete und lauschte in die Stille, die so vollkommen war, dass er im Inneren seines Kopfes ein leises Summen hören konnte – ein hochfrequentes Geräusch, so als ob sein Gehirn ein Fernsehgerät im Stand-by-Modus wäre.

»Hallo?«, flüsterte er erneut. »Ich bin's, Eric.«

Als noch immer keine Antwort kam, ging er mit ausgestreckten Armen durch die Schwärze auf der Suche nach einer Wand. Bei jedem Schritt rechnete er damit, dass er sich das Schienbein stoßen oder stolpern würde. Was, wenn der Fußboden plötzlich zu Ende war und er ins Leere trat!

Sei nicht so ein Blödmann!

Er war nicht zum ersten Mal hier. Es gab keine Möbel, über die man stolpern konnte, kein Loch im Fußboden.

Sich langsam durch die Dunkelheit vorantastend, ging er vorsichtig weiter, bis sein Fuß gegen etwas stieß. Er geriet ins Taumeln, trat mit dem anderen Fuß auf etwas drauf, kam gänzlich aus dem Gleichgewicht und stürzte vorwärts in die Finsternis. Der Boden schien ihm aus dem Nichts entgegenzukommen, und er schlug hart mit Händen, Ellbogen und Knien auf.

»Was machst du hier?«, erklang ein Flüstern, kratzig und kaum zu hören. Es kam von irgendwo vor Eric.

»Ich wollte dich sehen.«

»Ich habe dir gesagt, dass du wegbleiben sollst.«

»Aber das Feuer im Haus nebenan. Ich hatte Angst, dass du die Party abblasen würdest.«

»Die wird nicht abgesagt. Hast du die Einladungen verteilt?«

Eric nickte.

»Hast du?«

»Ja.«

»Du hast sie all deinen Feinden geschickt, jedem, der dich jemals herumgeschubst, dich ausgelacht oder dich angespuckt hat?«

»Äh …«

»Antworte mir.«

»Ich habe sie allen *Jugendlichen* geschickt. Aber was ist mit den Erwachsenen? Da ist ein Kerl an meiner Schule, Mr. Doons. Er ist wirklich gemein zu mir, lässt mich Liegestützen in Pissepfützen machen. Und Ms. Majors. Ich habe es ihr schon ein bisschen heimgezahlt, aber sie hat mir vor der ganzen Klasse eine gescheuert.«

»Eine gescheuert? Warum?«

»Sie hat gesagt, ich habe ihr in den Ausschnitt geschaut.« Eric hörte leises, zischendes Gelächter. »Sie war aber selbst schuld. Sie hat sich die ganze Zeit vorgebeugt, und ihr Kleid war sehr weit ausgeschnitten. Sie hat nicht mal einen BH getragen.«

»Hattest du eine gute Aussicht?«

»Ja, aber dann hat sie mir eine geklatscht.«

»Lad sie ein.«

»Was ist mit Mr. Doons?«

»Den auch. Lad ein, wen immer du willst. Je mehr, desto lustiger.«

Eric grinste in die Dunkelheit. »Wir werden sie so richtig zu Tode erschrecken, oder?«

»Sie werden dir nie mehr Ärger machen.«

»Ich kann's gar nicht abwarten.«

»Es dauert ja auch nicht mehr lange.«

»Kann ich sehen, wie du hier alles dekoriert hast?«

»Jetzt nicht.«

»Bitte.«

»Niemals betteln, Junge.«

Eric wurde rot und nickte. »Mach ich nicht mehr, versprochen. Aber ist es richtig gruselig?«

»Richtig gruselig.«

»Worüber ich da gestolpert bin ... Gehört das auch zur Dekoration?«

»Ja.«

»O Mann, das wird die beste Halloweenparty aller Zeiten. Vielleicht können wir ja jedes Jahr eine veranstalten.«

»Klar.«

»Du gehst nicht wieder weg, oder?«

»Ich bleibe hier.«

»Super! Hey, vielleicht kommen du und Mum ja wieder zusammen. Wäre das nicht toll? Ihr könntet heiraten und ...«

»Sie will mich nicht.«

»Ich wette, dass sie dich total mögen wird, wenn sie dich erst mal richtig kennenlernt.«

»Nein.«

»Du könntest es wenigstens versuchen, Dad. Sie um eine Verabredung bitten oder so was.«

»Du verschwindest jetzt besser von hier. Und pass auf, dass dich niemand sieht.«

16

Als Sam nach Hause kam, sah er Cynthias Auto vor seinem Haus stehen. Er bog in die Einfahrt und ging schnell zur Eingangstür. Die Tür ging schon auf, als er gerade noch nach dem Schlüssel suchte.

Cynthia strahlte ihn an. »Kann ich dir behilflich sein?« Sie trug eines seiner weiten Flanellhemden, ihre Beine waren nackt.

Sam trat ein, schloss die Tür und nahm sie in die Arme. »Das hilft«, sagte er. »Sehr.« Sein Mund presste sich auf ihre vollen, offenen Lippen. Mit den Händen wanderte er ihren Rücken hinab und liebkoste ihre Pobacken durch den kuscheligen Flanell. Seine Hände schlüpften unter das Hemd und streichelten ihre Haut. Sam ließ sie nach oben wandern und spürte die weiche Wärme ihres Rückens. »Ich dachte, wir würden uns heute Abend gar nicht sehen.«

»Das dachte ich auch.« Sie drückte sich fest an ihn.

»Was ist passiert?«

»Ich habe in den Nachrichten von Dexter gehört. Ich dachte, du könntest ... etwas Gesellschaft gebrauchen.«

»Hast du lange gewartet?«

»Ich bin seit ungefähr neun hier.« Sie küsste ihn seitlich auf den Hals. »Du riechst nach Rauch.«

»Ich war bei einem Brand.«

»Einem Brand?« Ihre Lippen kitzelten ihn am Hals.

Er wollte ihr nicht von dem Feuer erzählen. Nicht jetzt. Er wollte nicht daran denken und auch nicht an Eric und Dexter. Oder an das Sleepy Hollow Inn, wo er Cynthia beinahe fallen gelassen hätte für eine lächelnde Blondine mit einer Polizeimarke an der Brust. Er wollte das alles vergessen, nur nicht, wie gut sie sich in seinen Armen anfühlte.

Aber er konnte es nicht.

»Ein Haus hat gebrannt, an der Oakhurst Road.«

Besorgt sah sie zu ihm auf. »Wessen Haus?«

»Das der Horners. Kennst du sie?«

»Lynn Horner? Ich kenne sie vom Elternbeirat.« Sie las die Wahrheit in Sams Augen. »O nein.«

»Ich bin gegangen, bevor sie im Haus nach ihren Leichen gesucht haben.«

»Sind sie alle ...«

»Nach allem, was wir wissen.«

»Wahnsinn.«

»Ich habe Eric dort gesehen.«

Er spürte, wie sie sich versteifte. »Eric? Was hat er da gemacht?«

»Zugeschaut. Da waren auch noch ein paar andere Schaulustige.«

»Er sollte zu Hause sein.«

»Ich vermute, er hat die Feuerwehrsirenen gehört und ist neugierig geworden. Feuer hat auf viele Menschen eine merkwürdige Anziehungskraft. Er sagte, du warst nicht zu Hause.«

»Du hast mit ihm gesprochen?«

»Nur kurz. Er schien nicht sehr begeistert zu sein, mich zu treffen. Ich habe angeboten, ihn heimzufahren, aber er ist davongelaufen.«

Cynthia seufzte und schloss die Augen. »So ein Mist. Ich hätte ihn nicht allein lassen sollen. Kann ich dein Telefon benutzen?«

»Natürlich.«

Sie sah ihn mit einem leisen Lächeln an und strich ihm zärtlich mit den Fingerspitzen über die Wange. »Ich wollte dich sehen.« Dann drehte sie sich von ihm weg.

Sam sah zu, wie sie den Raum durchquerte, sich über das Telefon beugte und wählte. Einen Moment lang betrachtete er die entblößten milchig weißen Rundungen ihrer Pobacken. Der Anblick erregte ihn so sehr, dass er schnell wieder wegsah. Stattdessen ging er in die Küche, wo er sich ein Bier aus dem Kühlschrank nahm. Als er es geöffnet hatte, ging er wieder ins Wohnzimmer.

Cynthia legte auf. »Er ist nicht drangegangen. Ich geh besser nach Hause.« Sie schenkte ihm ein hoffnungsvolles Lächeln. »Möchtest du mitkommen?«

»Wenn du willst.«

»Ja, das will ich.«

Auf dem Weg in die Küche trank Sam die Hälfte seines Biers und stellte die Dose zurück in den Kühlschrank.

Cynthia war nicht mehr im Wohnzimmer. Einen Augenblick später kam sie aus dem Schlafzimmer – in Schuhen, einer hellen Cordhose und einem weißen BH. Ihre Bluse zog sie auf dem Weg nach draußen an. Sam hielt ihr die Tür auf. »Das alles tut mir furchtbar leid«, sagte sie.

»Das muss es doch nicht.« Er knetete sanft ihren Nacken, und sie lächelte. Doch die Enttäuschung war ihr anzusehen, als sie aus der Tür traten.

In getrennten Autos fuhren sie zu ihrem Haus, das ein paar Blocks von seinem entfernt war. Sam wartete, während Cynthia durchs Haus lief und Erics Namen rief.

Kopfschüttelnd kam sie zu ihm zurück. »Er ist nicht da, Sam.«

»Hat er so etwas schon mal getan?«

»Sich in der Nacht davongestohlen? Nein. Zumindest nicht, soweit ich weiß. Verdammt, ich habe ihm vertraut. Wir haben ausgemacht, dass wir einander Bescheid geben, bevor wir das Haus verlassen. Damit wir uns keine Sorgen machen müssen und immer wissen, wo wir den anderen erreichen können. Er darf überhaupt nicht das Haus verlassen, wenn ich abends ausgehe.«

»Ich nehme an, dass dieses Mal die Versuchung einfach zu groß war.«

»Ja. Er war heute Abend ziemlich aufgeregt. Vielleicht wollte er nur, dass wir quitt sind. Eric ist es sehr wichtig, dass man immer quitt ist. Obwohl er wahrscheinlich gar nicht geglaubt hat, dass ich es herausfinde.« Sie seufzte. »Wie wär's mit einem Drink? Lass uns was trinken und ihm noch ein paar Minuten Zeit geben. Falls er immer noch nicht da ist, wenn wir ausgetrunken haben, gehen wir ihn suchen.«

»Einverstanden.«

»Ein Bier oder einen Gimlet?«

»Wie wär's mit Wodka mit einer Limonenscheibe?«

»Zu Befehl.«

Gemeinsam gingen sie in die Küche, wo Cynthia ein paar Gläser aus dem Geschirrschrank holte und Sam eine Flasche Gilbey's aus der Vitrine nahm.

»Weswegen war Eric denn so aufgebracht?«, fragte er.

»Zuerst haben wir über dich gesprochen, aber dann ging es plötzlich um seinen Vater. Eric ist der Ansicht, dass ich ihn um seinen Papa betrogen habe, weil ich Scotty Harlan nicht geheiratet habe.«

»Weiß er über Scotty Bescheid?«, fragte Sam überrascht.

»Glaubst du, ich hätte ihm gesagt, dass er das Ergebnis einer Vergewaltigung ist? Er hat schon genug Probleme und muss sich nicht auch noch *damit* herumschlagen. Ich habe ihm nur erzählt, dass wir einander kaum gekannt haben. Dass es uns eines Tages einfach so überkommen hat. Und dass Scotty die Stadt verlassen hat, bevor er geboren wurde. So ziemlich genau das, was ich ihm schon früher erzählt habe. Aber er ist richtig ausgerastet und hat immer wieder gesagt, dass ich diesen Widerling hätte heiraten sollen.«

»Wenn das seine Gefühle sind, solltest du ihm vielleicht doch die Wahrheit sagen.«

»Ich kann nicht.«

Als sie ihre Drinks gemacht hatten, trugen sie sie ins Wohnzimmer und setzten sich auf die Couch.

»Ich glaube, es könnte helfen«, sagte Sam, »wenn er mich kennenlernen würde.«

»Wahrscheinlich hast du recht.«

»Lass uns doch am Samstag gemeinsam etwas unternehmen. Am City College gibt es ein Footballspiel.«

»Er steht nicht so auf Football.«

»Was mag er dann?«

»Auf jeden Fall Kino.«

»Okay. Dann lass uns in Kino gehen. Er darf den Film aussuchen. Davor gehen wir in den Pizza Palace und essen zu Abend.«

»Das klingt gut.« Nachdenklich schaute sie in ihr Glas und nahm einen Schluck. »Ich möchte nur nicht, dass er noch mal verletzt wird.«

»Wird er nicht«, antwortete Sam. Plötzlich fing sein Herz an zu rasen. »Und du auch nicht.«

Sie blickte ihn fest an.

Ihm wurde der Mund trocken, und er trank einen Schluck. Als er das Glas auf den Tisch stellte, zitterte seine Hand. Er sah Cynthia an, die ihn noch immer nicht aus den Augen ließ. Er sah Furcht und Hoffnung in ihrem Gesicht, als ob sie wüsste, was ihm durch den Kopf ging.

»Möchtest du meine Frau werden?«

Sie schlug sich eine Hand vor den Mund und hielt die Fingerspitzen gegen ihre Lippen gepresst. »Meinst du das ernst?«, fragte sie durch ihre Finger hindurch.

»Ich weiß, dass es nicht der beste Zeitpunkt ist. Ich wollte dich eigentlich zu einem schicken Abendessen ausführen …«

»Du willst mich wirklich heiraten?«

»Das wollte ich schon immer. Seit wir uns kennen.«

In ihren Augen glitzerten Tränen. »Und du sagst das nicht nur … wegen Eric?«

»Nein, wegen dir.«

»Heiliger Jesus.« Sie wischte sich mit ihren langen Fingern die Tränen von den Wangen.

»Und, was sagst du dazu?«

Sie konnte gar nichts sagen. Stattdessen nickte sie nur und warf sich in Sams Arme. Nach einer Weile löste sie sich zwar von ihm, doch dann lächelte sie und umarmte ihn wieder. »Cynthia Wyatt«, sagte sie.

»Klingt gut.«

»Das klingt wunderschön. Oh, Sam.«

»Hmm?«

»Ich wünschte, wir könnten immer so zusammen sein.«

»Dann würden wir aber ganz schön schnell steife Nacken bekommen.«

Lachend küsste sie ihn.

Als plötzlich die Vordertür aufging und Eric hereinkam, zog sie sich schnell von Sam zurück und sah den Jungen ärgerlich an. »Wo bist du gewesen, junger Mann?«

»Hat *er* es dir nicht gesagt?«

»Du weißt genau, dass du das Haus nicht verlassen darfst, solange ich nicht da bin.«

Er zuckte die Achseln. »Ich wollte den Brand sehen.«

»Das spielt keine Rolle. Eine Regel ist eine Regel.«

»Tut mir leid.«

»Geh rauf in dein Zimmer.«

Bevor er die Treppe hochging, warf Eric Sam noch einen finsteren Blick zu.

»Ich spreche besser noch mal mit ihm«, sagte sie.

»Vielleicht sollte ich besser gehen.«

»Nein, es wird nicht lange dauern. Warum machst du dir nicht noch einen Drink? In ein paar Minuten bin ich wieder bei dir.«

Als seine Mutter klopfte und eintrat, knöpfte Eric gerade seinen Pyjama zu. »Was willst du?«, fragte er.

»Was glaubst du eigentlich, was du da machst?«

»Ins Bett gehen.«

»Lass die neunmalklugen Antworten, okay?«

»Ich wollte nur das Feuer sehen.«

»Woher wusstest du überhaupt, dass es gebrannt hat?«

»Die Feuerwehrwagen sind vorbeigefahren.«

»Die sind auf ihrem Weg zur Oakhurst Road sicher nicht hier durchgefahren. Das liegt überhaupt nicht auf dem Weg.«

Eric blickte mürrisch drein. »Ich war spazieren, und sie sind an mir vorbeigefahren.«

»Also warst du da schon draußen.«

»Ja.«

»Warum bist du aus dem Haus gegangen?«

»Mir war danach.«

»Wo wolltest du hingehen?«

»Nirgendwohin. Ich hatte einfach Lust auf einen Spaziergang.«

»Du musst doch irgendein Ziel gehabt haben.«

»Hatte ich aber nicht. Ich habe mich nur eingesperrt gefühlt. Es ist einfach nicht fair. Du kannst ausgehen, so oft du willst, und ich muss zu Hause bleiben.«

»Ich gehe aber nie, ohne dir vorher Bescheid zu geben. Ist dir denn gar nicht der Gedanke gekommen, dass ich mir Sorgen machen könnte?«

»Ich dachte, du merkst es gar nicht.«

»Hab ich aber.«

»Nur weil mir dieser blöde Cop über den Weg gelaufen ist.«

»Eric!«, fuhr sie ihn an.

»Was? Stimmt doch. Wenn er es dir nicht gesagt hätte, hättest du es nie herausgefunden.«

»Und du meinst, dann wäre alles in Ordnung?«

»Was du nicht weißt, macht dich nicht heiß.«

Sie starrte ihn verblüfft an. »Das meinst du doch nicht wirklich so, oder?«

»Klar. Was sonst?«

»Du findest, dass es in Ordnung ist, etwas Verbotenes zu tun – solange man nur nicht erwischt wird?«

Eric nickte.

»Das kannst du doch nicht im Ernst … Wo hast du diese Einstellung denn her?«

Er grinste. »Von dir.«

»Von mir hast du …«

»So, wie du herumdruckst und mit irgendwelchen Kerlen schläfst. Das ist in Ordnung, solange der kleine Eric es nur nicht merkt. Was er nicht weiß, macht ihn nicht heiß. Ist doch so, oder?«

»Nein!«

»Ach, echt?«

»Ich habe jedes Recht, mich mit Männern zu verabreden. Ich habe mich nach deiner Geburt zehn Jahre lang kein einziges Mal verabredet, und du hast wirklich den Nerv, mir moralische Vorhaltungen zu machen! Verdammt noch mal, Eric …«

»Du hättest Dad heiraten sollen.«

»Dein Vater war abscheulich und ist es wahrscheinlich immer noch – falls ihn noch niemand getötet hat.«

»Fahr doch zur Hölle.«

Sie gab ihm eine Ohrfeige.

Eric lächelte.

Sie wirbelte herum und verließ das Zimmer, wobei sie die Tür so fest hinter sich zuwarf, dass Eric von dem lauten Knall die Ohren schmerzten und er mit den Tränen kämpfte.

Sam hörte das laute Schlagen der Tür und verzog das Gesicht.

In was gerate ich da hinein?, dachte er.

Er nahm einen Schluck von dem eiskalten Wodka und fragte sich, ob er einen Fehler gemacht hatte. Was, wenn der Junge sich nicht fing?

Am besten würde er lange verlobt bleiben. Sehr lange. Und wirklich sichergehen, dass Eric nicht alles versaute. Falls es sich nicht so gut entwickelte, wäre ja vielleicht jeder besser dran, wenn die ganze Angelegenheit in Vergessenheit geriete.

Er erwartete, Cynthia jeden Moment wieder die Treppe herunterkommen zu sehen. Aber als die Minuten verstrichen, wurde er allmählich ungeduldig. Vielleicht hätte er doch nach Hause gehen sollen, aber dafür war es jetzt zu spät. Er konnte nicht einfach gehen, ohne sich zu verabschieden. Aber vielleicht war Cynthia ja so aufgeregt, dass sie ihm gar nicht mehr gegenübertreten wollte …

Als er leise Schritte hörte, stand Sam auf.

Cynthia kam die Stufen herunter, mit einer Hand hielt sie sich am Treppengeländer fest. Sie trug ein weißes Nachthemd, das Sam bisher noch nicht an ihr gesehen hatte.

»Geht es dir gut?«, fragte er.

»Das ist unsere Nacht, Sam. Eric wird sie uns nicht ruinieren.«

Als sie langsam auf Sam zuging, wehte das Nachthemd gegen ihren Körper, durchsichtig wie Gaze.

17

Eric lag im Bett und war hellwach. Er hörte, wie seine Mutter und Sam durch den Flur gingen, wie sie miteinander flüsterten – zu leise, um sie zu verstehen. Als seine Tür aufging, schloss er die Augen.

Jemand näherte sich mit leisen Schritten seinem Bett. Neben ihm sank die Matratze ein und er roch das Parfüm seiner Mutter, die ihm mit der Hand die Wange streichelte.

»Liebling?«

Stöhnend tat er so, als ob er gerade aufwachte. Als ihre Finger sanft über seine Stirn strichen, öffnete er die Augen. »Was?«

»Es tut mir leid, dass wir gestritten haben.«

»Mir auch.«

»Ich habe mir nur so große Sorgen gemacht, als du nicht zu Hause warst.«

»Tut mir leid.«

»Ich liebe dich so sehr.« Sie beugte sich nach unten und küsste ihn. »Wir versuchen beide, es besser zu machen, okay?«

»Okay.«

»Gute Nacht, Liebling.«

»Nacht.«

Er sah zu, wie sie zur offenen Tür ging. Das Licht, das aus dem Flur hereinfiel, schien durch ihr Nachthemd hindurch und ließ sie nackt erscheinen. Als sie sich umdrehte und die Tür zuzog, starrte er auf ihre Brüste.

Sie hat sich so für Sam angezogen, dachte er.

Für diesen beschissenen Mistkerl.

Wahrscheinlich wartet er genau jetzt in ihrem Zimmer auf sie. Und zieht sich aus.

Wenn Dad das wüsste ... Er *ist der Einzige, der mit ihr ins Bett gehen sollte – nicht dieser verdammte Cop.*

Eric stieg aus dem Bett, nahm seine Turnschuhe und ging zur Tür, wo er einen Augenblick lang lauschte. Als er nichts hörte, öffnete er die Tür und sah hinaus in den dunklen Flur, der verlassen vor ihm lag.

Er ging nach draußen und schloss leise die Tür. Auf Zehenspitzen schlich er durch den Flur zum oberen Treppenabsatz. Das Erdgeschoss lag in völliger Dunkelheit. Ein paar der Stufen knarzten, als er hinabstieg, aber niemand schien es zu hören.

In der Küche schaltete er das Licht an. Auf der Arbeitsfläche lag neben einer ausgehöhlten Limette ein Schälmesser. Das konnte er nicht gebrauchen. Nicht stabil genug.

Stattdessen zog er ein Fleischermesser aus dem Block. Die Klinge hinter dem Rücken versteckt, eilte er zur Vordertür, wo er sich die Turnschuhe anzog. Danach rannte er durch den Garten. Der kalte Wind, der durch seinen Pyjama blies, ließ ihn die Zähne zusammenbeißen. Während er rannte, blickte er zu den Fenstern im Zimmer seiner Mutter hoch. Sie waren unbeleuchtet.

Neben Sams Auto ging er auf die Knie und legte das Messer an einen Reifen. Doch die Spitze durchdrang nicht die Seitenwand. Er umklammerte das Heft des Messers mit beiden Händen und lehnte sich mit seinem ganzen Gewicht dagegen. Mit einem Mal drang es tief ein, und nach Gummi riechende Luft zischte ihm ins Gesicht.

Als die Ecke des Fahrzeugs nach unten sank, kroch er zum Heck. Er setzte sich auf das nasse Gras und stemmte die Füße gegen den Reifen. Er lehnte sich nach vorne, positionierte die Messerspitze und trat mit der Ferse gegen das Heft. Das Messer drang ein.

Eric zog es heraus und ging weiter um das Auto herum. Auf dem kalten Gehsteig sitzend, brachte er das Messer in Position und trat erneut zu. Es stach in den dritten Reifen wie in Butter.

Und ebenso in den letzten Reifen.

Das wird dir eine Lehre sein, dachte er.

Sein Kiefer schmerzte, so fest hatte er seine Zähne aufeinandergepresst. Er öffnete den Mund weit und versuchte, die Muskeln zu entspannen.

Dann zog er den nassen Pyjama von seinem Körper weg und blickte in beide Richtungen die Straße entlang.

Keiner da. Wieder sah er zu den Fenstern seiner Mutter hoch.

Sie sind zu beschäftigt, um mich zu sehen, dachte er.

Es war aber auch egal.

Sam würde wissen, wer das getan hat.

Vielleicht würde der blöde Mistkerl die Botschaft ja verstehen.

Eric rannte zurück zum Haus und hinein in die Wärme, wo er die Schuhe auszog. Mit den Schuhen in der Hand ging er leise in die erleuchtete Küche.

Auf der Messerklinge war schwarzer Abrieb von den Reifen zu sehen.

Wenn er es in den Block zurücksteckte, ohne es zu reinigen ... Wie sollte er es reinigen, ohne Geräusche zu machen? Seife und Wasser waren vermutlich sowieso nutzlos. Er benötigte Farbverdünner oder Nagellackentferner – irgendetwas in der Art. Franzbranntwein? Im Arzneischrank stand eine ganze Flasche.

Er löschte das Licht und verließ die Küche. Mit dem Messer hinter dem Rücken ging er zur Treppe. Der Flur im oberen Stockwerk war noch immer dunkel. Vorsichtig erklomm er die Stufen und zuckte jedes Mal zusammen, wenn das Holz unter seinen Füßen quietschte.

Oben angekommen, blickte er in den Flur. Die Tür zum Zimmer seiner Mutter war noch immer geschlossen. Er wandte sich nach rechts und ging auf Zehenspitzen ins Badezimmer.

Er verschloss die Tür, schaltete das Licht an und öffnete den Arzneischrank. Der Franzbranntwein schwappte in der Flasche hin und her, als er nach ihr griff und die klare Flüssigkeit auf ein Blatt Toilettenpapier schüttete. Es weichte durch und fühlte sich auf seinen Fingern merkwürdig an – brennend und kühl gleichzeitig.

Er rieb damit über das Messer, auf dem sich die schwarzen Gummischlieren rasch auflösten. Schon nach wenigen Augenblicken war die Klinge wieder glatt und schimmerte. Mit einem weiteren Blatt Toilettenpapier rieb er das Messer trocken, bevor er beide Blätter in die Toilettenschüssel warf und ohne nachzudenken die Hand ausstreckte, um die Spülung zu betätigen. Als seine Fingerspitzen den Spülknopf berührten, bemerkte er gerade noch rechtzeitig, was er gleich tun würde. Rasch zog er die Hand zurück.

Nachdem er die Flasche in den Arzneischrank zurückgestellt hatte, nahm er wieder die Schuhe und das Messer an sich. Leise öffnete er die Tür und ging den Flur hinunter, vorbei an der Treppe und bis in sein Zimmer, wo er die Turnschuhe abstellte. Gerade als er die Tür schließen wollte, vernahm er ein leises Keuchen.

Es kam aus dem Zimmer seiner Mutter.

Mit laut hämmerndem Herzen schlich er zu ihrer Tür und lauschte. Von der anderen Seite hörte er gedämpft die Geräusche von schwerem Atem und dem quietschenden Bett.

Erst da bemerkte er, dass die Tür einen winzigen Spalt offen stand. Sein Herz klopfte so heftig, dass er sich benommen fühlte und Übelkeit in ihm aufstieg. Sanft stieß er die Tür auf und vergrößerte so den Spalt.

Im Licht der Fenster sah er sie. Ihre miteinander verflochtenen und ineinanderstoßenden Körper zeichneten sich dunkel vor den Laken ab. Es gelang ihm nicht, sie auseinanderzuhalten.

Eric stieß die Tür weit auf, ging ins Zimmer und auf das Bett zu.

Sam war oben, Mum lag mit weit gespreizten Beinen unter ihm. Ihre Hände hielten seinen Rücken umklammert, während sein Hintern sich auf und ab bewegte. Sie wand sich, keuchte und stöhnte. Eric blieb am Fuß des Betts stehen. Das Messer hielt er so fest umklammert, dass ihm die Hand wehtat.

Was für grässliche Geräusche. Haut, die gegen Haut schlug. Nasse, klebrige Geräusche. Laute wie von grunzenden Schweinen.

»Mistschwein«, murmelte er.

»Eric?«, keuchte seine Mutter. »O mein Gott!« Sie versuchte, Sam von sich zu stoßen, aber er hielt sich an ihr fest. »Nein!«, schrie sie.

Sams Körper wurde steif und zuckte.

Schnell rollte er sich von ihr herunter.

Mum huschte über das Laken, griff sich das Nachthemd vom Boden und hielt es sich vor den Körper. Dann setzte sie sich aufrecht hin und schaltete die Nachttischlampe an.

»*Eric!* Leg das Messer weg!«

»Er ist nicht mein Dad.«

»Leg das Messer weg!«

Er schnitt sich in den Ballen seiner linken Hand. Aus der Wunde schoss Blut.

Mum schrie.

Sam warf sich vom Bett aus auf ihn, schlug ihm das Messer aus der Hand und schleuderte ihn zu Boden.

18

Beinahe zwei Stunden verbrachten sie in der Notaufnahme; die meiste Zeit mit Warten, weil auf dem Highway ein riesiger Truck ins Heck eines Autos gerast war. Eric und Cynthia saßen nebeneinander, schwiegen und starrten vor sich hin.

Als sie wieder zu Hause waren und Eric ins Bett gebracht hatten, sagte Cynthia schließlich, was sie auf dem Herzen hatte.

»Eric ist so aufgeregt. Vielleicht ... ich weiß nicht ... bleibst du heute besser nicht hier.«

»Er schläft ja jetzt.«

»Ich bin mir da nicht so sicher.«

»Wenn du wirklich möchtest, dass ich gehe, werde ich es tun. Aber ich glaube nicht, dass es klug wäre, Eric auf diese Weise zu belohnen. Du würdest ihn gewinnen lassen, ihm beibringen, dass es sich lohnt, so einen Auftritt hinzulegen, sich selbst zu verletzen, Reifen aufzuschlitzen ...«

»Da hast du wahrscheinlich recht.«

Sie gingen zu Bett, aber Sam konnte lange Zeit keinen Schlaf finden. Er lag neben Cynthia und starrte in die Dunkelheit, wohl wissend, dass sie ebenfalls wach lag. Sie sprachen nicht und berührten einander nicht. Als Sam schließlich doch noch einschlief, träumte er, er wäre wach.

In seinem Traum stand Eric am Fußende des Betts, bereit, mit dem Messer zuzustechen. Solange Eric glaubte, dass er schlief, war Sam sicher. Aber eine Spinne mit riesigem Körper trippelte die Wand herunter und machte sich bereit, auf Sams Gesicht zu krabbeln. Beiläufig fragte er sich, wie er die Spinne mit geschlossenen Augen so gut sehen konnte.

Die Augen sind offen!

Grinsend stürzte Eric sich auf ihn, die Klinge stach in seinen Bauch, steif und kalt.

Nach Atem ringend, setzte er sich auf – die Hände auf den Bauch gepresst.

Danach lag er eine Ewigkeit wach. Er wollte auf keinen Fall mehr einschlafen und in denselben Traum zurückkehren. Also hielt er seine Augen offen und versuchte, an etwas Angenehmes zu denken.

Und so wanderten seine Gedanken schon bald zu Melody Caine.

Sie befanden sich im Büro des Motels, Melody trug ihren weißen Pullover und den Schottenrock. Sam schloss die Augen, um sie noch deutlicher vor sich zu sehen.

»Wenn ich dein Deputy sein soll«, sagte sie, »brauche ich eine Marke.«

Er hielt sie ihr hin.

»Nein, damit es offiziell ist, musst du sie mir schon anstecken.«

Er versuchte, die Marke an ihrem Pullover zu befestigen, doch seine Finger zitterten, als er ihre Brust berührte.

»Ganz ruhig«, flüsterte sie. »Autsch. Du hast mich gestochen.«

»Ist es schlimm?«

»Ich weiß nicht.« Sie streifte sich den Pullover über den Kopf und zeigte ihm ihre milchweißen Brüste. Über einer

Brustwarze schimmerte ein Tropfen Blut. »Kannst du mich bitte gesund küssen?«

Mit seinen Lippen auf die Wunde gepresst, schmeckte er ihr warmes salziges Blut. Seine Zähne neckten ihr festes Fleisch, und seine Zunge beschrieb Kreise auf ihrer Haut.

»Oh, Sam«, stöhnte sie. »Oh, Sam. Ich liebe dich.«

19

Eine halbe Stunde vor Unterrichtsbeginn waren die Korridore im Hauptgebäude nahezu völlig verlassen. Im Erdgeschoss blieb Eric vor der Tür mit der Aufschrift »MR. DOONS, VIZE-REKTOR« stehen. Er sah sich um und vergewisserte sich, dass niemand ihn beobachtete. Dann bückte er sich, schob einen Umschlag unter der Tür durch und ging davon.

Im oberen Geschoss ging er an ein paar Mädchen vorbei, die vor einem offenen Schließfach standen. Sie schenkten ihm keine Beachtung. Er kam an einem offenen Klassenzimmer vorbei.

Was, wenn Ms. Majors Tür offen war?

Auf den letzten Metern stieg sein Puls, bis er schmerzhaft in seiner verletzten Hand pochte.

Ihre Tür war geschlossen.

Er sah sich zu den Mädchen um, doch sie standen mit dem Rücken zu ihm. Eric schlug sein Englischgrammatik-Buch auf und fischte einen Umschlag heraus. Dann bückte er sich, legte den Umschlag auf den Boden und schob ihn auf den Spalt unter der Tür zu.

Die Tür sprang auf.

Eric machte einen Satz zurück.

Ms. Major sah zuerst auf den Umschlag hinab, dann auf Eric, wobei sie die Fäuste in die Hüfte stemmte. Eric fiel auf, dass sie dasselbe Kleid anhatte wie an jenem Tag, als er ihre Brüste gesehen und sie ihn geohrfeigt hatte.

Mit dem Zeh gegen den Umschlag stoßend, sagte sie: »Ich nehme an, der ist für mich.«

Eric nickte.

Ms. Major streckte die Hand aus. Ihre Finger zitterten ein wenig, und Eric fragte sich, ob sie sich wohl vor ihm fürchtete. Wahrscheinlich nicht. Sie sah wütend aus, nicht ängstlich. »Gib ihn mir.«

Nachdem er den Umschlag aufgehoben hatte, legte er ihn ihr auf die Hand.

Sie drehte ihn hin und her, wobei sie Eric keine Sekunde aus den Augen ließ. »Ich gebe dir eine Chance. Du kannst ihn wieder an dich nehmen, ungeöffnet, und wir vergessen die Angelegenheit.« Sie hielt ihm den Umschlag hin.

Erics Hand pochte. Der Schmerz erschwerte es ihm nachzudenken. Er spürte das Bedürfnis, den Umschlag entgegenzunehmen und dann wieder zu gehen – weit, weit weg von Ms. Majors. Andererseits wollte er auch nicht vor ihr zurückweichen.

»Für was entscheidest du dich, Eric?«

»Ich nehme ihn wieder«, nuschelte er und streckte seine Hand aus. Gerade als seine Finger sich um den Umschlag schlossen, zog Ms. Majors ihn weg.

Sie lächelte schmallippig.

»Sie haben doch gesagt ...«

»Ich habe meine Meinung geändert. Ich kann's kaum erwarten herauszufinden, was du so dringend wieder zurücknehmen möchtest. Jetzt, wo ich dich erwischt habe.«

»Es ist nichts.«

»Darauf wette ich.« Sie schob einen Finger unter die Lasche und riss sie Zentimeter für Zentimeter auf. »Na, was haben wir denn da? Offensichtlich keine Ratte diesmal.« Sie zog den Briefbogen heraus und faltete ihn auseinander.

»Sei dabei«, las sie im spöttischen Ton vor. Den Rest las sie schweigend und mit gerunzelter Stirn. Lange Zeit starrte sie dann das Papier an, so als wollte sie Erics Blick nicht begegnen. Ihr Gesicht war rot geworden. Schließlich ließ sie die Einladung sinken. »Du gibst eine Party?«

Eric nickte. Dann lächelte er und gab sich Mühe, verlegen auszusehen. »Ich dachte, Sie würden vielleicht auch gern dabei sein, wenn Sie noch nichts vorhaben. Außer den Kindern werden ein paar von meinen Lehrern kommen – und Mr. Doons.«

»Aber warum ich?«

»Weil …« Er zuckte die Achseln. »Es tut mir leid – Sie wissen schon –, was passiert ist. Ich dachte einfach, Sie könnten kommen und Spaß haben, und wir müssten dann keine Feinde sein.«

»Das ist sehr aufmerksam von dir, Eric.« Sie las noch einmal die Einladung. »Du feierst im Sherwood House?«

»Ja. Wir haben es für die Party hergerichtet. Das wird total unheimlich werden.«

»Aber es steht doch leer, oder?«

»Meine Mum ist mit dem Besitzer befreundet.«

»Mit Glendon Morley?«

»Genau, er wird auch da sein. Genau wie meine Mum und ein paar von ihren Freundinnen.«

»Hört sich nach einer ziemlich großen Party an.«

»Ja, und ich hoffe, Sie werden auch kommen. Sie können auch jemanden mitbringen, wenn Sie wollen.«

Ms. Major faltete den Papierbogen zusammen und steckte ihn wieder in den Umschlag. »Mal sehen. Ich werde es versuchen. Es freut mich auf jeden Fall, dass du mich eingeladen hast.«

Eric lächelte.

Sie nickte ihm zum Abschied freundlich zu, ging in ihr Klassenzimmer und schloss die Tür hinter sich.

Sie war wirklich darauf reingefallen. Hatte ihm alle seine Lügen abgekauft. Sie klang sogar so, als würde sie wirklich gern zur Party kommen. Triumphierend schlug er sich aufs Bein – und schrie auf, als ihm der Schmerz den Arm hinaufschoss.

20

»Geht es dir gut?«, fragte Betty, als Sam am nächsten Morgen zum Dienst erschien.

»Geht so«, erwiderte er gähnend und goss sich einen Kaffee ein. »Cynthias Sohn hat sich gestern Abend geschnitten, und wir sind mit ihm in die Notaufnahme gefahren.«

»Hoffentlich nichts Schlimmes.«

»Sie haben beim Nähen ein Dutzend Stiche gebraucht.« Nach einem ersten Schluck setzte er sich an den Schreibtisch. »Und wie geht es *dir*?«

»Wie soll's mir gehen? Ohne Dexter wird nichts mehr so sein wie früher. Er war …« Ihr Mund wurde zu einem schmalen Strich. Mit bebendem Kinn griff sie nach einem Taschentuch und hielt es sich an die Augen.

Sam senkte den Blick.

Der Kaffeedampf schmerzte ihm in den trockenen Augen, als er einen weiteren Schluck nahm.

Gott, was für eine Nacht.

Betty schnäuzte sich. »Wie auch immer. Ich habe gehört, du warst gestern beim Brand dabei.«

»Ja.«

»Sie konnten die Horners nicht finden.«

»Was?«

»Offenbar haben alle geglaubt, dass sie verbrannt sind. Aber die Feuerwehr hat die Trümmer durchsucht und konnte ihre Leichen nirgends entdecken. Es sieht so aus, als wären sie gestern doch nicht zu Hause gewesen.«

»Das nenne ich Glück. Wo waren sie denn?«

Betty zuckte die Achseln. »Das weiß keiner. Sie sind noch nicht wieder aufgetaucht. Chet soll die Busbahnhöfe und Taxistände checken.«

»Berney glaubt, dass sie sich aus dem Staub gemacht haben?«

»Hank Horner ist inzwischen sein Hauptverdächtiger.«

»Er glaubt, dass Horner Dex getötet hat?«

»Dass er ihn getötet und dann Panik bekommen hat. Und letzte Nacht zusammen mit seiner Familie aus der Stadt abgehauen ist.«

»Und warum sollte er dann das Haus abbrennen?«

»Damit wir annehmen, dass er tot ist.«

»Wir glauben doch nicht, dass er tot ist, solange wir seine Leiche nicht finden.«

»Ach, du kennst doch die Leute.« Ein erschöpftes Lächeln huschte über ihr Gesicht. »Horner wusste es vermutlich nicht besser. Er wollte uns glauben machen, dass er und seine Familie zu Asche verbrannt sind.«

»Kein sehr cleverer Bursche.«

»Mörder sind in aller Regel nicht für ihren hellen Verstand berühmt.«

»Hat Berney auch schon eine Ahnung, was Horners Motiv gewesen sein könnte?«

»Noch nicht. Er geht heute Vormittag zu Horners Büro. Und du sollst weiter an Thelmas Spur dranbleiben. Ach ja: Und vor ein paar Minuten hat jemand für dich angerufen.« Sie überprüfte den Eintrag im Dienstbuch. »Eine Ms. Melody Caine.«

Der Name traf ihn wie ein Schlag. Ihm wurde der Mund trocken, und sein Herz begann zu rasen.

»Du sollst dich gleich bei ihr melden.«

Er schluckte. »Hat sie eine Nummer hinterlassen?«

Als Betty ihm die Ziffernfolge vorlas, notierte er sie mit zittriger Hand.

Von seinem Schreibtisch aus rief er sie an. Als er das Freizeichen hörte, hätte er beinahe sofort wieder aufgelegt. Er konnte auch zum Motel rausfahren und persönlich mit ihr sprechen. Die Idee war verlockend, aber er hatte sich vorgenommen, nicht mehr in ihre Nähe zu kommen. Und er würde sich an diesen Vorsatz halten.

Ich bin Cynthia versprochen, dachte er.

Wohl oder übel.

»Sleepy Hollow Inn«, meldete sich die bekannte leise Stimme.

»Melody, hier spricht Sam.«

»Ah, gut. Ich bin froh, dass du mich so schnell zurückrufen konntest. Ich hab was für dich, Sam. Wegen der Leute in Zimmer vier. Also, einer von ihnen – der Mann – hat telefoniert, nachdem du gegangen bist. Ich musste ihn durchstellen, weil er von seinem Zimmer aus angerufen hat. Möchtest du die Nummer haben?«

»Unbedingt.«

»Das dachte ich mir.«

Er notierte die Nummer, die sie ihm durchgab. »Das ist toll, Melody. Vielen Dank.«

»Lass mich wissen, wie das alles ausgeht, okay?«

»Mach ich.«

»Pass auf dich auf, Sam.«

»Du auch.«

Als sie auflegte, hörte er das Klicken in der Leitung. Einen Moment lang lauschte er der Stille aus dem Hörer und legte dann selbst auf.

»Was Wichtiges?«, fragte Betty.

»Könnte sein.« Er machte sich über das Telefonverzeichnis her und suchte den zur Nummer gehörenden Anschluss.

Eine Frau in Jeans und Sweatshirt öffnete ihm die Tür. Mit einem Blick erfasste Sam ihre straßenköterblonden Haare und das ausgemergelte Gesicht, das ihm bekannt vorkam. »Thelma?«

»Ich bin Marjorie.«

Sam überprüfte seine Notizen. »Sind Sie Mrs. Doons?«

»Das ist richtig.«

»Sie sehen wie ...«

»Thelma ist meine Schwester.«

»Sind Sie Zwillinge?«

»Wir liegen ein paar Jahre auseinander. Möchten Sie Thelma sprechen? Sie ist nicht da.«

»Wohnt sie bei Ihnen?«

Die Frau nickte.

»Dürfte ich mit Ihnen sprechen?«

»Kommen Sie herein.«

Er folgte ihr ins Wohnzimmer, wo er sich hinsetzte. »Mein Name ist Sam Wyatt.«

»Sie sind wegen Dexter hier.«

»Ja.«

»Das ist so fürchterlich.«

»Wo ist Thelma?«

»Sie verbringt den Tag bei unserer Mutter in Dendron.«

Schon wieder Dendron. Als ob das Schicksal Sam dorthin führen wollte, zurück zum Sleepy Hollow Inn und zu Melody. »Lebt Ihre Mutter in Dendron? Könnten Sie mir Ihre Adresse geben?«

»Das hätte wirklich nicht viel Sinn. Thelma wird heute Abend wieder zu Hause sein. Soll sie Sie nicht einfach anrufen, sobald sie wieder da ist?«

»Ich würde sie gern so schnell wie möglich sprechen.«

Marjorie seufzte. »Wenn Sie darauf bestehen. Sie wohnt in 354 Tenth Street.«

»Vielen Dank.« Er machte einen entsprechenden Eintrag in seinem Notizbuch. »Wann ist Thelma in der Stadt angekommen?«

»Dienstagmorgen.«

»Und sie wohnt seither hier bei Ihnen?«

Marjorie nickte. »Wenn Sie glauben, dass sie irgendwas mit Dexters Tod zu tun hat, irren Sie sich. Es ist nur ein unglücklicher Zufall, dass sie diese Woche hier ist. Sie kommt so zwei- oder dreimal pro Jahr hierher zurück, seit sie sich von Dexter getrennt hat. Und es ist nie etwas passiert. Wenn sie ihn wirklich hätte umbringen wollen, hätte sie schon viele Gelegenheiten dazu gehabt. Für sie war Dexter bereits in dem Moment, als sie ihn verlassen hat, nur noch Geschichte.«

»Warum ist sie diese Woche hier?«

»Morgen habe ich Geburtstag.«

»Sie kommt aus Milwaukee, um mit Ihnen Geburtstag zu feiern?«

»Nein, sie lebt schon seit Jahren nicht mehr in Milwaukee. Sie ist zwar mit Babe Rawl dahin gezogen, aber sie waren nur ungefähr sechs Monate lang zusammen. Er hat sie ganz mies behandelt. Sie geschlagen und gezwungen ... Die schmutzigen Details lasse ich wohl besser weg. Auf jeden Fall hatte sie genug von ihm und hat ihn verlassen. Die meiste Zeit des Jahres lebt sie in Hayward.«

»Wissen Sie, wo sie Mittwochnacht war?«

»Sie war hier.«

»Ist sie ausgegangen?«

»Ja, warum? Sie ist zur Sunset Lounge gefahren.«

Die Sunset Lounge. Sam war am selben Abend dort gewesen, mit Cynthia. Natürlich hat er da nicht nach Thelma gesucht. Damals wusste er noch nicht mal, wie sie aussah. Gut möglich, dass sie am Nachbartisch gesessen hat. »War sie allein dort?«

Marjorie schüttelte den Kopf. »Sie ist mit Ticia Barnes hingegangen.«

Sam zog die Augenbrauen hoch.

»Sie sind alte Freundinnen. Ticia war unsere Nachbarin, als wir noch in der Tenth Street gewohnt haben.«

»Wann genau ist Thelma zur Lounge gefahren?«

»So gegen neun. Am besten fragen Sie Ticia. Sie hat sie abgeholt.«

»Und wann ist Thelma zurückgekommen?«

»Das weiß ich nicht.«

»Sie haben gesagt, sie hat die Nacht hier verbracht.«

»Hat sie auch. Phillip und ich fanden es nicht nötig, auf ihre Rückkehr zu warten. Wir sind zu unserer üblichen Zeit zu Bett gegangen. Vielleicht hat Phillip sie ja kommen hören, aber ich fürchte, ich habe wie eine Tote geschlafen. Ich habe nicht die leiseste Ahnung, wann sie gekommen sein könnte. Dass sie da war, weiß ich aber sicher, weil sie mit uns gefrühstückt hat.«

»Um wie viel Uhr war das?«

»Um sieben.«

»Und sie hat nicht erwähnt, wann sie nach Hause gekommen ist?«

»Mit keinem Wort.«

»Hat sie erzählt, was sie getan hat?«

»Nur, dass sie und Ticia viel Spaß hatten.«

»Hat sie gesagt, ob sie jemanden kennengelernt hat?«

»Nein, aber warum sprechen Sie nicht mit Ticia? Ich bin sicher, dass sie Ihnen mehr erzählen kann.«

21

In der Essenspause um halb elf machte sich Eric auf den Weg in die Schulbibliothek. Wenn alle Schüler in den Gängen herumliefen, war das der einzige sichere Platz. Er war erst zwei Wochen an der Schule gewesen, als er diesen Zufluchtsort entdeckte. Davor hatte er alle Pausen in Angst und Schrecken verbracht.

An jenem Tag hatte Nate Houlder ihn gejagt und gedroht, er würde ihm die Scheiße aus dem Leib prügeln.

Eric hatte es gerade noch bis zur Bibliothek geschafft und war hineingerannt – dicht verfolgt von Nate.

»Schluss damit!«, rief Mr. Carlson. In der ruhigen Bibliothek klang seine Stimme wie Donnerhall.

Eric blieb stehen, doch Nate lief weiter und packte ihn am Arm.

»Lass ihn los!«

Nate schleifte ihn in Richtung Tür.

Mit puterrotem Gesicht sprang Mr. Carlson hinter dem Ausleihschalter hervor. Als er auf sie zustürmte, blähte sich sein Cordsakko.

Nate zögerte kurz und grinste dann, als ob er den Bibliothekar nur für einen Witzbold hielte. Dann zog er Eric weiter hinter sich her zur Tür.

»Verdammt, du kleiner …!« Carlson drosch Nate mit der Hand auf den Unterarm, und Eric gelang es, sich den plötzlich schlaffen Fingern zu entwinden.

»Sie haben mich *geschlagen*«, knurrte Nate.
»Ich habe dir gesagt, dass du ihn loslassen sollst.«
»Alter, ich verklag Sie.«
»Nur zu. Aber jetzt haust du erst mal von hier ab.«
Zornig starrte Nate ihn an.
Carlson versetzte ihm einen Stoß.
»Hey, schubsen Sie mich nicht!«
»Raus mit dir.«
Nate drehte sich um. »Ich geh schon, ich geh ja schon.«
»Nicht schnell genug.« Carlson folgte ihm, trat gegen einen seiner Füße und brachte Nate so ins Stolpern. Nur durch einen beherzten Griff an die Türklinke konnte er einen Sturz verhindern.
Im Hinausgehen hatte er noch mal über die Schulter geblickt. »Verdammte Schwuchtel. Ihr zwei verdient euch wirklich.«
Bei dieser Erinnerung musste Eric lächeln. Als er ihm damals in die Bibliothek nachgejagt war, hatte Nate ihm einen großen Gefallen getan. Seit er diesen Zufluchtsort hatte, war Erics Leben an der Ashburg High viel leichter geworden: Er wurde während der kleinen und großen Pausen nicht mehr gejagt, geschlagen oder in Mülleimer gestopft. Stattdessen konnte er sie in der Sicherheit der Bibliothek verbringen, lesen oder sich mit Mr. Carlson unterhalten.
Natürlich war es noch immer ein Problem, unbehelligt dorthin zu gelangen. Und auch heute hielt er, während er sich einen Weg durch seine Mitschüler bahnte, angespannt Ausschau nach Nate und Bill sowie einem halben Dutzend anderer Jungs, die nichts Besseres im Sinn hatten, als ihn zu quälen.
Als er dicht neben sich eine Bewegung wahrnahm, machte er einen großen Ausfallschritt und wirbelte herum. Doch

es war nur Beth, die ihn mit geschlossenem Mund anlächelte, so wie sie es immer tat, seit sie eine Zahnspange trug.

»Was ist mit deiner Hand passiert?«

»Ach, nichts. Ich habe mich gestern Abend an einer Glasscherbe geschnitten.«

»Wo gehst du hin?«

»In die Bibliothek.«

»Ich auch. Für mich gibt's keine Schokoriegel mehr.«

»Du bist nicht dick.«

Das entlockte ihr ein leises Lachen, und für einen kurzen Moment sahen sie einander an. Beths Augen leuchteten hell, doch dann schlug sie sie nieder, als ob sie sich schämte. »Ich bin aber auch nicht wirklich dünn.«

»Wer sagt denn, dass du das sein musst?«

»Na ja, so gut wie jeder.«

Während sie sich unterhielten, blickte er Beth verstohlen an. Sie war nicht größer als er, hatte hellbraunes Haar und Sommersprossen auf Wangen und Nase. Er kannte sie, seit sie vor drei Jahren nach Ashburg gezogen war. Sie hatte sich nie über seine Größe oder seine Art lustig gemacht, und sie war nicht hübsch genug, um ihn einzuschüchtern. Er kam gut mit ihr zurecht.

»Gehst du zur Halloweenparty?«, fragte er sie.

»Welche?«

»Welche?« Ihre Frage verwirrte ihn. »Die im Sherwood House.«

»Glaubst du, die findet wirklich statt?«

»Na klar. Ich habe eine Einladung bekommen.«

»Ich auch. Aber ich kann mir nicht vorstellen, dass das Haus für eine Party aufgesperrt wird. Es ist doch schon seit Jahren komplett mit Brettern zugenagelt.«

»Heute Nacht wird es offen sein.«

»Du klingst ja sehr überzeugt.«

»Es ergäbe ja auch keinen Sinn, wenn irgendjemand all die Einladungen verschickt und dann keine Party feiert.«

»Ich glaube, dass es nur ein Scherz ist.«

Eric schüttelte den Kopf. »Ich habe gehofft ...«

»Was?« Sie lächelte ihn an.

»Ich habe gehofft, dass du auch kommst.« Er streckte die Hand aus, um die Bibliothekstür zu öffnen.

»Warte. Lass uns noch nicht reingehen.«

Ihre Blicke begegneten sich wieder. Als er sie erröten sah, spürte er, wie ihm ebenfalls die Hitze ins Gesicht stieg.

»Aleshia gibt heute Abend eine Party.«

»Ehrlich?« Eric versuchte, seine Enttäuschung zu verbergen. Wenn Aleshia eine Party feierte, würden weder sie noch Beth zum Sherwood House kommen. Und wie viele andere wohl auch nicht? Vielleicht war er ja der Einzige ...

»Eric, würdest du mich gern zu Aleshias Party begleiten?«

»Ich?« Vor seinem geistigen Auge tauchte Aleshia auf, ihr geschmeidiger Körper, ihr Lächeln. Auf ihrer Party würde er sie stundenlang betrachten können, mit ihr sprechen, sie vielleicht sogar irgendwie berühren und die Wärme ihrer Haut spüren. »Ich würde sehr gern ...«

Beth zuckte die Achseln. »Ich weiß, dass das sehr kurzfristig ist. Du hast wahrscheinlich schon andere Pläne.«

»Eigentlich schon.«

»Das ist schon in Ordnung. Ich kann jemand anderen fragen.«

»Nein, tu das nicht. Ich gehe mit dir hin.«

»Du musst aber wirklich nicht.«

»Ich möchte es. Es ist nur ... Ich habe da ein Problem ...« Er seufzte. »Ich will zum Sherwood House.«

»Warum das denn, um Himmels willen?«

»Ich glaube, weil es seit so vielen Jahren verriegelt ist. Ich war immer neugierig, wie es wohl darin aussieht. Du nicht?«

»Ein ganz klein wenig vielleicht.«

»Und es scheint so ein toller Ort für eine Halloweenparty zu sein.«

»Ungefähr so wie ein Friedhof.«

»Genau das reizt mich. Und auch, dass es so ein großes Geheimnis ist, wer hinter dieser Party steckt. Ich möchte hingehen und es herausfinden.«

»Ich weiß nicht.« Beth schüttelte den Kopf. »Ich habe Aleshia versprochen, dass ich zu ihrer Party komme. Wenn du wirklich zu der im Sherwood House gehen musst ... dann frage ich vielleicht doch besser jemand anderen wegen heute Abend.«

»Nein, echt. Tu das nicht.«

»Und was ist mit dem Sherwood House?«

»Es wird ja eh keinen großen Spaß machen, wenn niemand hingeht.«

Beth lächelte. Und diesmal versteckte sie dabei nicht ihre Zahnspange. Sie strahlte.

22

»Was wollen *Sie* denn schon wieder?«

»Es tut mir leid, dass ich Sie noch mal stören muss, Mrs. Barnes …«

»Dann tun Sie es einfach nicht. Ich bin sehr beschäftigt. Meine Tochter veranstaltet heute Abend eine Party, und ich habe eine Zillion Dinge zu tun.«

»Ich werde Sie nicht lange aufhalten.«

Sie blickte ihm über die Schulter, so als ob sie erwartete, dass sich hinter ihm ihre Nachbarn auf der Straße versammelt hätten. »Kommen Sie besser rein.«

Sam folgte ihr durch den Vorraum. Im Esszimmer stieg Ticia über einen Staubsauger und nahm dann auf dem Sofa Platz, wobei sie die Hände im Schoß ihrer Sassoon-Jeans gefaltet hielt.

»Wenn es wegen gestern Abend ist …«, begann sie. »Ich weiß wirklich nicht, was Sie mein Privatleben angeht.«

»Darum geht es nicht. Wo waren Sie Mittwochabend?«

Ihre blasse Haut errötete. »Was wollen Sie damit andeuten?«

»Die Frage steht mit Chief Boyanskis Ermordung im Zusammenhang. Bitte antworten Sie.«

Sie starrte auf ihre Hände und blinzelte mehrmals.

»Na gut«, sagte sie schließlich. »Es gibt nichts, für das ich mich schämen müsste. Ich war in der Sunset Lounge.«

»Allein?«

Ihre Augen wurden zu schmalen Schlitzen. »Sie wissen es doch schon längst, oder? Sonst würden Sie mir doch gar nicht diese Fragen stellen.«

»Ich weiß weniger, als ich möchte.«

»Ich war mit Thelma unterwegs. Ich habe sie bei ihrer Schwester abgeholt.«

»Wann?«

»Gegen neun.«

»Wann sind Sie von der Lounge wieder weggefahren?«

»Um Mitternacht.«

»Ist Thelma mit Ihnen gekommen?«

Mrs. Barnes' Blick war noch immer starr auf ihre Hände gerichtet. »Ich verstehe nicht, was ...«

»Sie ist nicht mit Ihnen gekommen?«

»Wir haben Freunde getroffen. Nach ein paar Drinks sind wir getrennte Wege gegangen.«

»Wann sind Thelma und ihr Freund gegangen?«

»Ein bisschen früher. Ich schätze, ungefähr um halb zwölf.«

»Mit wem ist sie gegangen?«

»Das wissen Sie nicht?«

»Deswegen frage ich ja Sie.«

Ticia lächelte. »Ich enttäusche Sie nur sehr ungern, aber ich kenne den Namen des Mannes nicht.«

»Sie und Thelma saßen wie lange – zwei Stunden – mit ihm zusammen, und Sie haben seinen Namen nicht aufgeschnappt?«

»Er war an der Bar. Thelma ist zu ihm rübergegangen, und ich bin mit Elmer am Tisch sitzen geblieben.«

»Sie waren mit Elmer Cantwell zusammen?«

»Er kennt den Mann auch nicht. Wir fanden es beide ein bisschen leichtsinnig von Thelma, dass sie mit einem völlig Fremden abgezogen ist. Und Elmer war auch ein wenig enttäuscht. Ich bin sicher, dass er sich uns angeschlossen hat, weil er sich Chancen bei Thelma ausgerechnet hat. Er kannte mich da ja noch kaum.« Bei dem Gedanken trat ein befriedigtes Lächeln auf Ticias Gesicht. »Ich kann aber sagen, dass seine Enttäuschung nur von kurzer Dauer war.«

»Sie haben Thelma nicht mehr gesehen, nachdem sie mit dem Unbekannten davongegangen war?«

»Hätten wir das sollen?«

»Haben Sie oder haben Sie nicht?«

»Nein, wir haben die beiden danach nicht mehr zu Gesicht bekommen.«

»Haben Sie Thelma seither noch mal gesehen?«

»Sie hat mich am nächsten Morgen angerufen, um mir zu erzählen, wie wundervoll es gewesen ist.«

»Hat sie erwähnt, was sie getan haben?«

Ticia grinste. »*Ganz ehrlich*, Mr. Wyatt. Ich glaube, die Indizien deuten alle in eine eindeutige Richtung, wenn Sie mir den kleinen Scherz entschuldigen wollen.«

»Hat sie gesagt, wo sie hingegangen sind?«

»Ich nehme mal an, irgendwohin, wo sie ungestört waren.«

»Aber sie hat nicht gesagt, wohin?«

»Nein. Das müssen Sie Thelma selbst fragen.«

23

»Eric Prince?« Aleshia verdrehte die Augen, als sie und Beth in der Mittagspause nebeneinander hergingen. »Er ist so ein Schwachkopf. Du hättest bestimmt jemand Besseren als Eric Prince finden können.«

»Ich mag ihn.« Beth sprang zur Seite, um den Zusammenstoß mit einem Jungen zu vermeiden, der dicht an ihnen vorbeirannte.

»Okay, wenn's danach geht. Ich mag kleine Cremetörtchen. Das bedeutet aber noch lange nicht, dass ich mit einem von ihnen *ausgehen* muss.«

Achselzuckend nahm Beth einen Bissen von ihrem Truthahnsandwich. Mum hatte es für sie gemacht und einen so winzigen Spritzer Mayonnaise daraufgetan, dass es viel zu trocken und kaum zu essen war. Trotzdem schaffte sie es irgendwie, den Bissen in ihrem Mund herunterzuschlucken. »Es ist nichts verkehrt an Eric.«

»Es ist auch nichts verkehrt an Cremetörtchen.«

»Die Jungs hacken bloß auf ihm rum, weil er kleiner ist als sie.«

»Wenn du das glauben möchtest, dann tu dir keinen Zwang an.«

»Er ist *nicht* schwul.«

Aleshia lächelte. »Ist das eine Tatsache?«

»Hier ist jeder schwul, der gute Noten schreibt und sich nicht für Football interessiert.« Sie warf ihr Sandwich in einen Mülleimer, wo es mit einem dumpfen Geräusch aufprallte. »Eric ist nur sensibler als die meisten anderen Jungs.«

»Du musst zugeben, dass er etwas feminin ist.«

»Vielleicht ein bisschen. Das stört mich aber nicht. Er hat eben keinen Vater.«

»Ich wusste schon immer, dass er aus dem Ei geschlüpft ist.«

»Komm – wie kannst du Härte und Männlichkeit von einem Jungen erwarten, der nie einen Vater als Vorbild hatte?«

»Da bin ich überfragt. Als was werdet ihr gehen?«

»Wir haben uns noch nicht entschieden. Wir treffen uns nach dem Cheerleader-Training und gehen ein paar Ideen durch. Weißt du schon, was du tragen wirst?«

Aleshia warf sich in Pose – das Kinn hochgereckt, eine Augenbraue hochgezogen und die Finger tief in ihren Haaren vergraben. »Vielleicht komme ich als ich selbst. Die göttliche Aleshia, deren Körper in Männern brennende heidnische Lust entfacht.«

»Na dann, viel Glück bei dem Versuch«, sagte Beth und tanzte lachend aus dem Weg, als Aleshia nach ihr trat. Dabei rammte sie jemanden mit der Schulter und stolperte über ihre eigenen Füße. Rasch griffen Hände nach ihr und zogen sie zu Boden, wo sie rücklings auf einem kräftigen Jungen landete.

»Hey, was haben wir denn heute im Angebot?«

Sie erkannte die Stimme. Und während sie sich auf ihm wand, erhaschte sie einen Blick auf das Grinsen und die Koteletten von Nate Houlder.

»Ich weiß ja, dass du verrückt nach mir bist, aber das hier ist einfach lächer…«

Beim Versuch aufzustehen hatte sie ihm den Ellbogen in die Rippen gebohrt.

»Uff! Jesus Christus!« Als er ihren Ellbogen wegstieß, plumpste sie wieder auf ihn – ihre Wange an seinem kratzigen Kinn, ihre Brüste gegen seine Brust gedrückt, ihre Hüften zwischen seinen gespreizten Beinen.

Beth versuchte zwar, sich von ihm wegzudrücken, doch er hielt sie fest.

»Lass los!«

»Nate Houlder!«, blaffte Aleshia ihn an.

Um sie herum hatten sich ein paar Zuschauer versammelt, die lachten, pfiffen und Kommentare abgaben.

»Steck ihn ihr rein, Houlder!«

»Gib's ihr!«

»Lass sie los!«

»Du blöder Ochse.«

Indem er gegen sie stieß und seinen Schoß gegen ihren rammte, ließ er sie auf sich hüpfen wie einen Gummiball.

»Hör auf!«, schrie sie.

»Mach weiter, Houlder!«

»Lass sie *in Ruhe*!«

»Schieb ihr einen Gruß von mir mit rein!«

»Oooh, Baby«, stöhnte Nate. »Oooh, Baby, ich steh drauf, ich steh drauf.«

»Ein Lehrer kommt!«

Ohne Vorwarnung stieß Nate sie zur Seite, sodass sie hart auf dem Asphalt landete und gegen die Füße der zurückweichenden Menge rollte. Durch einen Tränenschleier sah sie, wie Nate die Gaffer beiseitestieß und abhaute.

Aleshia und Mary Lou halfen ihr hoch.

»Na, dann wollen wir mal!«, rief Mr. Doons, als er sich durch die Schulter an Schulter stehenden Schüler kämpfte.

»Macht Platz. Was ist denn hier los?« Er ergriff Beths Arm. »Was ist hier los?«

»Nichts.«

»Ach ja? Und warum weinst du dann?«

»Nate Houlder«, sagte Aleshia.

»Er hat sie umgeschubst«, erklärte Mary Lou.

»Nein«, meldete sich ein Junge. »*Sie* hat *ihn* geschubst. Ich habe es genau gesehen.«

»Sie haben miteinander gerungen«, sagte ein kleines Mädchen mit Brille.

»Okay, junge Dame. Du kommst mit mir.« Er zog Beth am Arm.

»Ich habe *gar nichts* gemacht.«

»Mitkommen.« Er zerrte sie durch die Menge und über den Asphaltplatz.

Beth kämpfte gegen ihre Tränen an. Alle sahen zu. »Bitte«, flehte sie.

»Wir werden in meinem Büro darüber reden.«

In ihrem Magen bildete sich ein eiskalter Klumpen. Das konnte doch nicht sein. Noch nie war sie ins Rektorenbüro zitiert worden. Sie fühlte sich hilflos und zitterte vor Angst.

Sie kamen an einem der Lehrer vorbei: Mr. Jones, der sie verwirrt ansah.

»Sie müssen nicht so an mir zerren«, sagte sie zu Mr. Doons.

Er schenkte ihr keine Beachtung.

»Ich bin keine Verbrecherin.«

Über die Stufen zum Hintereingang hinauf zog er sie ins Gebäude. Wenigstens war niemand in den Gängen, da es den Schülern während der Mittagspause untersagt war, im Schulhaus herumzuwandern. Sie gingen einen Korridor entlang und gelangten auf halber Höhe zu einer Tür.

Auf der Rauchglasscheibe stand: »MR DOONS, VIZEREKTOR«.

»Hinein«, sagte er und ließ ihren Arm los.

Sie betraten ein Zimmer mit Teppichboden, gesäumt von einem Dutzend leerer Stühle an den Wänden. Mrs. Houston, eine Sekretärin mit silbergrauen Haaren, blickte von ihrer Schreibmaschine auf.

»Setz dich hin«, sagte Mr. Doons. »Um *dich* kümmere ich mich später.«

Beth nahm Platz, und Mr. Doons ging hinaus.

Mrs. Houston begann wieder zu tippen.

»Voll so, als ob ich sie vögeln würde. Du hättest dabei sein sollen, Billy-Boy. Die kleine Fotze wusste nicht, ob sie sich vor Angst einscheißen oder blind werden sollte.«

Bill war froh, dass er es verpasst hatte. Er kannte Beth aus ein paar gemeinsamen Kursen hier und an der Junior High. Und ihm gefiel die Vorstellung nicht, wie sie von Nate schikaniert wurde. Sie war ein uneitles und freundliches Mädchen. Wenn Nate jemanden fertigmachen wollte, sollte er sich eine der Zicken schnappen. Von denen gab es hier mehr als genug.

»Warum *sie*?«, wollte Bill wissen.

»Wie ich schon gesagt habe, Alter: Sie ist in mich reingerannt.« Er grinste. »Sie ist das, was man ein ›Zufallsopfer‹ nennt. Ich meine, du kannst ja wohl kaum einfach so zu einem Mädchen hingehen und sie auf den Boden werfen. Dann würdest du echt bis zum Hals und ohne Rettungsring in der Scheiße stecken. Aber wenn sie *dich* umwirft, dann sieht die Sache doch gleich ganz anders aus.«

»Du hättest das nicht tun sollen. Nicht mit ihr.«

»Sag mal, was geht denn bei dir ab? Wirst du jetzt ein totaler Schwuli? Erst setzt du dich voll für die Bennett ein und jetzt für diese Beth. Hast du deinen Sinn für Humor verloren?« Er schüttelte den Kopf und sah angewidert aus. »Und ich Trottel wollte dir gerade meinen Plan erklären, wie du mit hundertprozentiger Garantie die Bennett in die Kiste bekommen kannst.«

»Den habe ich schon gehört: Du hältst sie am Boden fest und ich ...« Es war ihm unmöglich, »ficke sie« zu sagen.

»Ficke sie?«, vervollständigte Nate den Satz für ihn. »Nichts so Barbarisches, du Spacko. Das wäre Vergewaltigung, und dafür würden wir einfahren. Nein, nein, nein. Was mir vorschwebt, ist Verführung.«

Bills Grinsen war anzusehen, dass er Nate für verrückt hielt. »Ein Plan mit hundertprozentiger Garantie?«

»Einhundert Prozent.«

»Das glaube ich erst, wenn's klappt«, sagte Bill und spürte, wie die Begierde in ihm wuchs. Was wäre, wenn er Ms. Bennett wirklich irgendwie verführen könnte? »Lass hören.«

»Die Kunst der Verführung, mein lieber Freund, besteht darin, dass du mit der zu Verführenden allein bist und die Natur den Rest erledigen lässt.«

»Na sicher.«

Nate legte den Kopf in den Nacken und schloss die Augen. »Unsere Liebesgeschichte beginnt mit einem platten Reifen. Du wirst zufällig Zeuge des Unfalls und eilst der gestrandeten Kraftfahrerin zu Hilfe.« Er öffnete ein Auge und sah Bill an. »Kannst du mir so weit folgen?«

»Schau mal: Doons kommt.«

»Oh, Shit! Bis später.« Nate rannte davon.

»Stehen bleiben«, schrie Doons ihm hinterher.

Als Bill lachte, fing er sich einen wütenden Blick des Vizerektors ein. »Stopp! Komm sofort zurück, Houlder!«

Doch Nate lief unverdrossen weiter und verschwand um eine Ecke.

»Arschloch«, brummte Doons. Dann fixierte er Bill. »Wisch dir das Grinsen aus dem Gesicht, Kearny.«

Beth saß noch immer im Wartebereich von Mr. Doons' Büro. Sie nahm tiefe Atemzüge und versuchte, zur Ruhe zu kommen. Aber der Gedanke an die Konfrontation mit dem Vizerektor war viel zu furchterregend. Ihre Hände waren kalt und taub. Ihr Cheerleader-Pullover war unter den Armen völlig durchgeschwitzt. Immer mehr Tropfen liefen an den Seiten hinunter und durchnässten ihren BH.

Das war ja sogar noch schrecklicher, als auf eine ärztliche Untersuchung zu warten. Und sie hatte gedacht, dass nichts schrecklicher sein könnte.

Schließlich verkündete das Läuten der Glocke das Ende der Mittagspause.

Jetzt würd es nicht mehr lange dauern.

Um Wärme in ihre kalten Hände zu bekommen, klemmte Beth sie sich zwischen die Oberschenkel.

Nate, dieser Widerling. Das hier war alles seine Schuld.

Vom Gang hörte sie Stimmen, Gelächter und das Schlagen von Spindtüren.

Was wäre, wenn sie jetzt einfach aufstünde und hinausginge? Das würde überhaupt nichts ändern. Doons würde sie aus dem nächsten Kurs holen lassen – oder sogar selbst kommen und sie herauszerren.

Aber wie? Er kennt ja gar nicht meinen Namen, oder?

Aber den konnte er ganz einfach herausfinden.

Außerdem würde er sie früher oder später zwischen zwei Kursen oder so abfangen. Aber vielleicht hatte er sie dann ja bereits wieder vergessen.

Mrs. Houston sah sie an. Beth versuchte zurückzulächeln, aber ihre Lippen zitterten, und die Frau widmete sich wieder ihrer Schreibmaschine.

Sie würde nicht versuchen, mich aufzuhalten ...

Die Tür ging auf, und Mr. Doons trat ein. »In mein Büro, Elizabeth.«

Er kennt *meinen Namen!*

Beth erhob sich. Auf wackligen Knien ging sie vor ihm her, an Mrs. Houstons Schreibtisch vorbei und durch die offene Tür.

Nachdem Doons die Tür hinter sich geschlossen hatte, ging er um den Schreibtisch herum und ließ sich auf einen Drehstuhl sinken. Mit den Ellbogen auf die grüne Schreibunterlage gestützt, beugte er sich vor. »Nimm Platz.«

Sie setzte sich ihm gegenüber auf einen Klappstuhl. Ihr bebte das Kinn und sie hielt die Lippen fest aufeinandergepresst.

»Also, Elizabeth, erzähl mir, was passiert ist.«

»Ich habe gerade ... gerade mit Aleshia gesprochen und bin rückwärts gelaufen. Dabei bin ich mit ihm zusammengestoßen.«

»Mit Nate Houlder.«

»Ja.«

»Und dann?«

»Dann sind wir hingefallen.«

»Houlder hat dich umgestoßen?«

»Wir sind ... nur hingefallen.«

»Und er hat dich nicht mehr aufstehen lassen?«

»Nein, ich meine: genau. Er hat mich am Boden festgehalten.«

»Warum?«

»Ich weiß es nicht.«

»Was hat er dann getan?«

»Nichts.« Ihre Kehle fühlte sich eng und schmerzhaft an. Beim Versuch zu schlucken musste sie beinahe würgen.

»Wo waren seine Hände?«

»Hinter mir, glaube ich.«

»Glaubst du?«

Sie nickte.

Mr. Doons' Blick fiel kurz auf ihre Brüste und kehrte dann wieder zu ihrem Gesicht zurück. Mit Daumen und Zeigefinger rieb er sich die Haut zwischen Nase und Lippe. »Hat Houlder dich an irgendwelchen intimen Stellen berührt?«

Sie schüttelte den Kopf.

»An deinen Brüsten?«

»Nein.«

»Deinen Genitalien oder deinem Gesäß?«

»Nein«, sagte sie mit leiser Stimme, kaum mehr als ein Hauch.

»Du klingst nicht sehr sicher.«

»Er hat das *nicht getan*!« Tränen traten ihr in die Augen, sie wischte sie mit dem Ärmel weg.

»Ich mag keine Lügner, Ms. Green.«

»Er hat mich nicht so berührt!«

»Ein Zeuge hat mir gesagt, dass er dir eine Hand ins Höschen gesteckt hat.«

»Das ist *gelogen*!«

Sein Gesicht lief rot an. »Nennst du mich einen Lügner?«

»Nein«, schluchzte sie. »Nicht Sie. Den Zeugen. Wer auch immer Ihnen das erzählt hat.«

»Ich habe es aus einer sehr vertrauenswürdigen Quelle. Warum beschützt du Houlder?«

»Das mache ich gar nicht!«

»Seid ihr ein Paar?«

»Nein!«

»Warum hast du ihn dann die Hand in dein Höschen stecken lassen?«

»Das habe ich nicht. Das hat *er* nicht …«

Doon seufzte.

»Er hat das *nicht getan*!«

»Vielleicht hast du es ja nicht bemerkt. Also gut, Elizabeth, dann lassen wir es für heute dabei bewenden. Mrs. Houston soll dir eine Entschuldigung ausstellen, damit du wieder in deinen Kurs gehen kannst.«

24

Nach dem Mittagessen fuhr Sam zur Oakhurst Road. Auf Höhe der Horners verlangsamte er den Wagen. Einzig der Schornstein und eine halbe Wand standen noch, der Rest des Hauses war zu einem verkohlten Schutthaufen zusammengefallen.

Das Sherwood House wirkte daneben beinahe fröhlich. Sam überlegte, dass es gar nicht so ein düsterer Ort wäre, wenn jemand einzöge und es renovierte.

Als er an Clara Hayes' Grundstück vorbeikam, bemerkte er verwundert, dass die Morgenzeitung noch immer auf dem Rasen lag. Warum sie sie wohl noch nicht hereingeholt hatte?

Auf der anderen Seite der Straße sah er eine Gruppe Golfspieler, die in leuchtenden Farben gekleidet auf dem Grün des dritten Lochs standen. Einer der Männer winkte ihm zu. Obwohl er den Mann aus der Entfernung nicht erkennen konnte, drückte er zur Erwiderung zweimal auf die Hupe.

Danach versuchte er, sich daran zu erinnern, woran er gedacht hatte, bevor er den winkenden Golfer sah.

Irgendwas mit dem Sherwood House.

Dass es durch eine Renovierung viel gewinnen würde.

Vielleicht konnte Morley es ja an die Horners verkaufen, wenn sie je wieder auftauchen sollten. Immer vorausgesetzt, Hank war nicht Dexters Mörder.

Obwohl Sam nicht viel über Hank Horner wusste, glaubte er nicht wirklich daran, dass er etwas damit zu tun hatte. Der Hausbrand und das Verschwinden seiner Familie waren ganz sicher kein ausreichender Beweis.

Allerdings fand er es merkwürdig, dass das Feuer ausgerechnet am Tag nach Dexters Ermordung ausgebrochen war. Vielleicht gab es da wirklich einen Zusammenhang, wenn auch nicht den, auf den Berney hoffte. Vielleicht hatten die beiden Männer ja denselben Feind gehabt. Wer auch immer Dexter in Stücke gehackt hatte ...

Sam stöhnte, als er sich wieder daran erinnerte, wie er den Toilettendeckel angehoben und auf Dexters im Wasser treibenden Kopf hinuntergestarrt hatte.

»Wer auch immer Dex getötet hat, hat auch die Horners auf dem Gewissen«, sagte er laut. Der Klang seiner eigenen Stimme verscheuchte die böse Erinnerung. »Hat dann das Haus angezündet, um alle Spuren zu vernichten, die er oder sie hinterlassen haben. Wo sind also die Leichen, wenn sie nicht im Haus sind ...?« Er schnalzte mit der Zunge. »Wenn sie nicht im Haus sind ...?«, wiederholte er. »Hinter dem Haus vergraben?«

Er erinnerte sich, was »hinter dem Haus« der Horners lag.

Der Oakhurst-Friedhof.

Dendron konnte warten. Wenn er Thelma nicht heute Nachmittag sah, würde er sie eben abends aufsuchen.

Er bremste, wendete das Auto und fuhr zum Oakhurst-Friedhof zurück.

Das schmiedeeiserne Tor des Oakhurst-Friedhofs stand weit offen. Sam fuhr hindurch und folgte der schmalen Straße bis zum Parkplatz. Bis auf einen schwarzen Coup de Ville und einen Pick-up stand er leer. Sam parkte und stieg aus. Er beobachtete das trockene Laub, das ihm entgegenwehte.

Im Sonnenlicht sah das Gras auf den sanft wogenden Hügeln saftig grün aus, und in einem kleinen Anfall von Nostalgie dachte er darüber nach, was für ein wunderbarer Tag es wäre, um ein wenig Football zu spielen.

Ein wunderbarer Tag, aber kein wunderbarer Ort.

Die Tür zum Büro der Friedhofsverwaltung ging auf, und ein grauhaariger Mann trat heraus. Die Schöße seines Jacketts flatterten im Wind. Als er Sam bemerkte und auf ihn zukam, legte sich ein Lächeln auf seine Züge.

»Wyatt.«

»Brandner«, antwortete Sam und schüttelte seinem alten Freund die Hand.

»Was macht ein netter Kerl wie du an einem solchen Ort?«

»Ich wollte dich gerade das Gleiche fragen«, sagte Sam.

»Zu windig für Tennis. Aber das perfekte Wetter für eine Bloody Mary. Willst du dich mir anschließen?«

»Glaub mir, das würde ich sehr gern.«

»Du bist aber mit Ermittlungen beschäftigt, oder?«

»Stimmt.«

Das Lächeln verschwand aus Brandners Gesicht. »Eine üble Sache, das mit Dexter. Ich habe gehört, dass du ihn gefunden hast.«

»Ja.«

»Er war ein guter Mann. Du kommst sicher auch am Sonntag zur Beisetzung, oder?«

»Natürlich.«

»O Mann. Es geht mir an die Nieren, wenn jemand, den ich kenne ... Na ja, es ist halt mein Beruf. Aber irgendwann mal schmeiße ich alles hin und kaufe mir eine Bar.«

»Ich hoffe, du machst das bald.«

»Willst du mit einsteigen?«

»Sag mir nur, wann.«

»Ich gehe davon aus, dass du eine Menge gespart hast mit all deiner Schufterei.«

»Einen ganzen Haufen. Jetzt muss ich aber erst ein bisschen Schnüfflerarbeit erledigen.«

»Dann schnüffel mal los.«

»Ich weiß, dass du nachts nicht tot hier erwischt werden möchtest ...«

»Touché!«

»Aber weißt du vielleicht, ob hier gestern Nacht etwas Außergewöhnliches passiert ist?«

Brandner rieb sich das Kinn und schüttelte dann den Kopf. »Du meinst nicht den Brand, nehme ich an.«

»Die Leichen der Horners wurden nicht gefunden.«

»Und du glaubst, dass sie in meinen Knochengarten hinübergegangen sind?«

»Das würde ich gern herausfinden. Wenn sie ermordet worden sind, hat der Täter sie vermutlich nicht weit weggeschafft.«

»Warum sollte er sie überhaupt wegschaffen?«

»Frag mich nicht. Aber wenn sie nicht im Haus waren, wo sollten sie sonst sein?«

»Zu Besuch bei Tante Mary?«

»Möchtest du mitkommen?«, fragte Sam.

»Wohin?«

»Ich will den Bereich hinter ihrem Haus überprüfen.«

»Ich nehme an, meine Bloody Marys können auch noch warten.«

Seite an Seite gingen sie zum anderen Ende des Parkplatzes, dann einen Grashügel hinauf und durch zwei gut gepflegte Grabstätten hindurch.

»Wenn ich daran denke, dass ich als kleines Kind hier gespielt habe ...«, sagte Brandner. »Meine Cousine hat mir das ausgetrieben. Wir haben damals Fangen gespielt und sind unbekümmert zwischen den Gräbern herumgeflitzt. Hab ich dir je davon erzählt?«

Sam hatte die Geschichte schon ein paarmal bei einem gemeinsamen Bier gehört, aber er schüttelte den Kopf.

»Sie – meine Cousine – ist in das Loch eines Erdhörnchens getreten. Sie hat in das Loch geschaut und gar nicht mehr aufgehört, da hineinzustarren. Ich sagte: ›He, was machst du da?‹ Und die kleine Hexe hat gesagt: ›Da unten ist irgendjemand und zwinkert mir zu.‹«

»Hast du selbst nachgesehen?«

»Machst du Witze? Ich bin so schnell gelaufen, als ob der Teufel hinter mir her wäre. Und ich bin ein Jahr lang nicht mehr hierher zurückgekommen. Verdammt, ich bekomme immer noch jedes Mal eine Gänsehaut, wenn ich hier ein Erdhörnchenloch entdecke. Und davon gibt es jede Menge. Ich habe oft den Verdacht, dass die kleinen Scheißviecher Fleischfresser sind.«

»Du machst besser so schnell wie möglich deine Bar auf.«

»Als ob ich das nicht selbst wüsste. Dieses Geschäft ist nichts für Leute mit schwachen Nerven. Ich hätte alles verkaufen sollen, als mein Vater starb.«

»Warum hast du es nicht getan?«

»Ich nehme an, aus Pflichtgefühl der Familie gegenüber. Pflichtgefühle kriegen dich am Ende immer.«

Vor ihnen, durch die Grabmale und Bäume hindurch, sah Sam den schmiedeeisernen Zaun, der die Grenze des Friedhofs markierte. Nicht weit dahinter ragte der dunkle Schornstein der Horners auf.

Brandner zog ein finsteres Gesicht. »Meinst du, irgendjemand hat ihre Leichen über meinen Zaun geschmissen?«

»Vielleicht hat er sie hier drüben vergraben.«

»Der Ort wäre eine logische Wahl.«

»Gibt es hier irgendwelche frischen Gräber?«

»Offene? Nein. Und ich bin sicher, Willie wäre es aufgefallen, wenn jemand eins ausgehoben hätte. Er ist ein Säufer, aber weder taub noch blind.«

»Es ist ein großer Friedhof.«

»Er macht regelmäßig die Runde. Das ist zumindest seine Aufgabe.«

Sie erreichten den Zaun, und Sam sah durch ihn hindurch auf den Brandschutt. Der Wind trug den beißenden Geruch nach verkohltem Holz zu ihnen herüber.

Mit dem Rücken zum Zaun inspizierte er die nähere Umgebung. Die Grabsteine, Grabmale und Baumgruppen boten genug Deckung, um Leichen dahinter zu verstecken oder in gebückter Haltung ein Grab auszuheben.

»Ich hoffe, du täuschst dich mit deinem Verdacht«, sagte Brandner.

»Wir sollten auf jeden Fall nachsehen.«

Sie begannen, den Zaun abzulaufen. Gelegentlich trennten sie sich, wenn einer von ihnen den Erdboden hinter einem Baum oder einem Grabstein genauer überprüfte.

»Wenn die Horners wirklich ermordet worden sind«, sagte Brandner, »müsste man annehmen, dass es der gleiche Kerl war, der auch Dex getötet hat.«

»Daran habe ich auch schon gedacht.«

»Dachte mir schon, dass du daran gedacht hast. Ist dir außerdem auch aufgefallen, dass wir uns mittlerweile direkt hinter dem Sherwood House befinden?«

»Was ist damit?«

»Es erscheint mir ein wenig merkwürdig, dass zwei Familien, die direkt nebeneinander wohnen, abgeschlachtet worden sein sollen.«

»Mit fünfzehn Jahren Zeitabstand.«

»Wie viele Massenmorde hatten wir denn in Ashburg? Zwei. Mit fünfzehn Jahren dazwischen, aber Tür an Tür. Kommt mir komisch vor. Wenn ich nach den Leichen der Horners suchen würde – was ich dank dir gerade tue –, würde ich auch im Sherwood House nachsehen.«

»Das mach ich vielleicht noch.«

»Sehr gut. Und danach lass uns all das vergessen und ... Sieh mal einer an.«

Als Brandner hinter einem Grabstein in die Hocke ging, lief Sam rasch zu ihm. Er hörte seinen Freund sagen: »Hier lagen Körper. So viel steht fest.«

Auf dem Gras neben dem Grabstein lag ein zusammengefallener Schlauch aus pinkfarbenem Latex.

»Lebendige«, fügte Sam hinzu.

»Meiner Erfahrung nach«, sagte Brandner, »benutzen Leichen nur selten Kondome.«

25

Glendon Morley kam hinter seinem Schreibtisch hervor, um das junge Paar zu begrüßen, das sein Maklerbüro betrat. Zunächst war er vom Erscheinungsbild der beiden irritiert.

Die Frau war zwar auf ihre ganz eigene Weise recht hübsch, doch in ihrem Gesicht war keinerlei Make-up. Ihr dichtes braunes Haar hatte sie zu einem Pferdeschwanz zurückgebunden, und sie trug ein weit geschnittenes, fadenscheiniges Kleid, das selbst genäht aussah. Alles in allem machte sie jedoch einen sehr gepflegten Eindruck. Glendon vermutete, dass sie trotz ihres Äußeren kein armes Mädchen vom Land war, sondern nur wie eines wirken wollte. Wahrscheinlich kam sie aus der Künstlerszene.

Der Mann an ihrer Seite war ein Riese, an die zwei Meter groß und mit verwegen aussehenden schwarzen Haaren und Augen, die so intensiv waren, dass Glendon unter ihrem Blick ein wenig nervös wurde. Er trug ein beiges Cordsakko, das dringend aufgebügelt werden müsste. Darunter ein T-Shirt, auf dem eine abscheuliche trollartige Figur aufgedruckt war. Unter seinem anzüglich grinsenden Gesicht standen die Worte »Vertrau mir«. Eine blaue Jeans und Laufschuhe von Adidas vervollständigten sein Outfit.

»Mr. Morley?«, fragte der Riese und hielt ihm die Hand hin.

»Ganz richtig«, antwortete Glendon. Er schüttelte die starke Hand des Mannes und lächelte die Frau an.

»Mein Name ist Harold Krug, und das ist meine Frau, Seana.«

»Sehr angenehm. Sind Sie auf der Jagd nach einem Haus?«

Harold verzog die Lippen zu einem schiefen Filmbösewicht-Grinsen, wie geschaffen, um ein Kind zu erschrecken. »Ich glaube, wir haben schon gefunden, was wir suchen.«

»Wunderbar. Wollen Sie sich nicht setzen? Möchten Sie einen Kaffee?«

»Gern. Für mich bitte schwarz.«

»Und Sie, Seana?«

»Ich hätte lieber Tee, wenn Sie welchen dahaben.«

»Einen Tee, sehr gern.« Er ließ sie an seinem Schreibtisch zurück und ging in den hinteren Bereich des Büros. Während er die Getränke einschenkte, versuchte er, sich ein Bild von Harold und Seana zu machen. Sie waren nicht von hier, so viel stand fest. Sie zogen sich merkwürdig an – ein bisschen wie die College-Studenten, die er in letzter Zeit bei Footballspielen gesehen hatte. Sie schienen weder arm noch dumm zu sein, doch Harold verdiente sein Geld ganz offensichtlich nicht als seriöser Geschäftsmann. Glendon hielt es für ziemlich wahrscheinlich, dass sie Lehrer waren.

»Woher kommen Sie?«, fragte er, als er mit den beiden Tassen zurückkam.

»Aus Maine«, sagte Harold.

»Aber hallo! Dann sind Sie ganz schön weit weg von zu Hause.«

Harold lächelte und nickte. Er lümmelte mit übereinandergeschlagenen Beinen im Sessel neben Glendons Schreibtisch.

»Und Sie möchten sich hier in Ashburg niederlassen?«

»Zumindest für eine Weile.«

Glendon reichte Seana die Styroportasse mit dem Tee. »Sie könnten sich keine nettere kleine Stadt aussuchen. Ich selbst wohne schon mein ganzes Leben in Ashburg, und keine zehn Pferde könnten mich von hier wegbringen.« Er gab Harold seinen Kaffee. »Was machen Sie beruflich?«

»Ich schreibe Bücher.«

»Ach?« Er versuchte, sein Lächeln aufrechtzuerhalten, obwohl er die Chancen auf einen erfolgreichen Abschluss rapide sinken sah. »Welche Art Bücher schreiben Sie denn?«

»Okkulte Thriller.«

»Wie *Der Exorzist*?«

»So was in der Art.«

»Meine Tochter hat den Film gesehen.« Er kicherte. »Sie hat gebibbert vor Angst.«

»Ich interessiere mich für das Sherwood House.«

»Sie möchten es kaufen?«

Harold nickte und führte eine Zigarette zum Mund. »Stört es Sie, wenn ich rauche?«

»Kein Problem. Ich selbst rauche Zigarren.« Er schob Harold einen makellos sauberen Glasaschenbecher zu.

»Danke sehr.«

»Sie möchten also ein wenig persönliche Recherche für einen Ihrer Romane betreiben, Harold?«

»Zum Teil.« Die Zigarette hüpfte zwischen seinen Lippen. »Wir haben gehört, dass es in einem schlechten Zustand ist. Kann man darin wohnen?«

»Natürlich. Das ist überhaupt kein Problem.«

»Was ist der aufgerufene Preis?«

Glendon nannte ihn.

Harold blickte ihn durch den Zigarettenrauch an. »Klingt einigermaßen vernünftig. Was meinst du, Seana?«

Sie zog eine Augenbraue hoch und nickte.

»Die meisten Banken möchten fünfzehn Prozent Eigenkapital sehen.«

»Kein Problem.« Harold grinste.

Die lässige Einstellung des Mannes zum Preis ermutigte Glendon. Vielleicht war er ja ein Schriftsteller mit Geld.

»Schön«, sagte Glendon. »Darf ich Ihnen das Haus dann mal zeigen?«

»Lassen Sie uns gehen.«

Sie erhoben sich von ihren Plätzen.

»Sie wissen, was dort geschehen ist?«

»Ich würde gern mehr darüber wissen«, sagte Harold.

»Wie haben Sie davon gehört?«

»Ich stehe in Kontakt mit jemandem von Ihrer Highschool. Mit dem Bibliothekar. Sein Name ist Nick Carlson.«

»Ach?«

»Er sagt, dass es seit den Morden leer steht.«

»Das ist richtig.« Glendon schaltete die Lichter aus und hielt ihnen die Eingangstür auf. Als Harold und Seana nach draußen gegangen waren, schloss er hinter ihnen ab. »Mein Auto steht dort drüben.«

Sie gingen zu dem braunen Fleetwood hinüber.

»Keiner in der Stadt wollte dort wohnen nach den damaligen Ereignissen.«

»Sherwood war der Rektor der Highschool?«

»Der Vizerektor, soweit ich mich erinnere. Ich kann Ihnen sagen, die Stadt war vollkommen erschüttert von den Morden. Es kam nie heraus, wer sie begangen hat, und ich glaube, die Hälfte der Menschen hier hat nur darauf gewartet, dass der Killer noch mal zuschlug. Hat er aber nicht. Wer immer es war, muss weitergezogen sein.«

Glendon entriegelte die Beifahrertür und öffnete sie. »Vorne ist genug Platz für uns alle.«

Als sie eingestiegen waren, ging er um das Auto herum zur Fahrertür. »Wollen Sie über das Haus schreiben, Harold?«

»Ich interessiere mich eher für die Atmosphäre dort.« Er zeigte wieder sein schiefes Grinsen. »Ich schreibe einfach besser, wenn ich mich fürchte. Ich jage mir gern selbst Angst ein.«

»Also, in diesem Haus sollten Sie das hinbekommen.« Glendon ließ den Motor an und fuhr auf die Straße. »Schreiben Sie auch, Seana?«

»Nein. Ein Neurotiker in der Familie reicht vollauf.«

»Wird das Ihr erstes Haus sein?«

»Wir haben schon eins in der Nähe von Portland«, sagte sie.

»Ist es bereits verkauft?«

»O nein, das behalten wir.«

»Das ist unser Zuhause«, erklärte Harold.

»Sie haben also nicht vor, ganz nach Ashburg umzuziehen?«

»Nur für ein oder zwei Jahre.«

»Dann machen Sie auf jeden Fall ein gutes Geschäft. Hier und da ein paar Renovierungsarbeiten, und Sie werden das Haus mit einem ordentlichen Gewinn wieder los. Dass Sie darin wohnen, sollte es auch von seinem Fluch erlösen, sodass niemand mehr Angst hat, es zu kaufen.«

»Immer vorausgesetzt, wir werden nicht abgeschlachtet«, sagte Harold mit funkelnden Augen.

Glendon brach in schallendes Gelächter aus. »Ich bin mir sicher, dass Sie sich *darüber* keine Sorgen machen müssen.«

Er steuerte seinen Fleetwood in die Einfahrt. Da er das Anwesen in letzter Zeit ziemlich vernachlässigt hatte, wucherte überall Unkraut durch den Kies, und der Garten war völlig verwildert. Darüber würde er sich, sofern die beiden es ihm abkauften, allerdings keine Gedanken mehr machen müssen.

Außerdem hätte er dann auch mit seiner Investition recht behalten. Wirklich alle hatten gesagt, er wäre verrückt, als er das Sherwood House für einen Spottpreis bei einer öffentlichen Auktion ersteigerte. Und in letzter Zeit war er fast bereit gewesen, ihnen zuzustimmen. Aber wenn die Krugs es jetzt nahmen, würde er einen sehr guten Schnitt machen. Und über einen fünfhundertprozentigen Gewinn lachte dann keiner mehr.

»Am Rasen muss was gemacht werden«, gab er zu, als er den Motor abstellte.

»Mit einem Traktor«, entgegnete Harold.

Glendon lachte. »Wenigstens werden Sie nicht von Nachbarn gestört werden. Hinter dem Haus liegt der Friedhof und davor ein Golfplatz. Mrs. Hayes, die da drüben wohnt, ist eine ältere Dame, die kaum noch aus dem Haus geht. Und ich bin sicher, dass in nächster Zeit niemand auf dem Grundstück der Horners bauen wird.«

Sie stiegen aus dem Auto. »Es gibt im Moment keinen Strom im Haus.« Glendon hob den Kofferraumdeckel an und holte einen starken, batteriebetriebenen Handscheinwerfer heraus, dann ging er voran durch das Unkraut. Als er sich umdrehte und lächelte, bemerkte er, wie der Wind Seanas Kleid gegen ihren Körper wehte und es eng an ihre Brüste und die schlanken Beine drückte, so als ob der Stoff nass wäre. Wirklich keine schlecht aussehende Frau. Wenn sie sich nur ein bisschen herrichten würde.

An der Treppe zur Veranda blieb er stehen. Die Farbe auf dem Geländer wellte sich und blätterte ab wie tote Haut nach einem Sonnenbrand. »Es könnte wahrscheinlich einen neuen Anstrich vertragen.«

Harold grinste. »Ich finde es toll, so wie es ist.«

Sie stiegen die Stufen hinauf. »Wenn das Haus rundum hübsch und adrett wäre, hätte es wohl nicht mehr die Atmosphäre, von der Sie gesprochen haben.«

»Sehr wahr, Mr. Morley.«

»Nennen Sie mich doch bitte Glendon, Harold.«

Harold nickte.

Glendon steckte einen Schlüssel in das Vorhängeschloss. »Wir mussten hier ein paar zusätzliche Schlösser anbringen. Sonst wäre hier drinnen wer weiß was passiert. Sie wissen ja, wie Teenager sind. Vor ein paar Jahren sind welche ins Haus eingebrochen. Sie haben aber nur ein bisschen die Wände beschmiert.« Nachdem er das Vorhängeschloss entfernt hatte, schloss er die Eingangstür auf. »Wenn Sie es kaufen, schicke ich jemanden herüber, der die Bretter von den Fenstern nimmt. Die Scheiben sind übrigens noch alle intakt.«

Er öffnete die Tür, woraufhin Tageslicht in den Eingangsbereich fiel und den Fuß der Treppe beschien. »Wir lassen am besten die Tür offen stehen. Das verschafft uns ein wenig zusätzliches Licht.«

Im Haus nahm er einen merkwürdigen Geruch in der abgestandenen Luft wahr – nach frischer Wandfarbe. War etwa wieder jemand eingebrochen?

»Gibt es hier Gespenster?«, fragte Harold.

»Das wird zumindest gemunkelt.« In Wahrheit hatte Glendon zwar noch nie etwas Derartiges gehört, aber da der Mann sich ja so sehr die richtige Atmosphäre wünschte, tat er ihm einfach den Gefallen. »Man sagt, um Mitternacht spuken die Geister der Sherwoods durch alle Räume.«

»Das will ich doch hoffen«, sagte Harold.

Glendon schaltete den Scheinwerfer an. »Das Wohnzimmer ist hier drüben.« Er zeigte ihnen den Weg. Mit jedem Schritt roch es immer stärker nach Farbe. Von der Tür des Wohnzimmers aus ließ er den weiten Lichtstrahl durch den Raum wandern. Was er sah, ließ ihn keuchend zurückweichen, und er stieß mit Harold zusammen.

»Sind da *Gitter* vor den Fenstern?«, fragte Harold.

»Irgendetwas stimmt hier nicht.«

Mit einem lauten Knall fiel die Vordertür ins Schloss.

Als er herumfuhr, erhaschte er einen flüchtigen Blick auf eine blasse Gestalt, die im Eingangsbereich stand. Sein Lichtstrahl erhellte die bewegungslose Silhouette eines Mannes. Ein Polizist? Die Uniform, die er trug, war voll dunkler Flecken, wie von getrocknetem Blut. Das Gesicht unter der Krempe des Cowboyhuts kam ihm vage bekannt vor. Alt, faltig, vage weiblich und schlaff wie eine schlecht sitzende Maske.

»Wer sind Sie?«, flüsterte Glendon.

»Harry?«, stieß Seana hervor.

Harold griff nach ihrer Schulter und zog sie eng an sich. »Gibt es hier einen Hinterausgang?«

»Zugesperrt«, sagte Glendon. »Von außen.«

Erst als der schweigsame Mann den Arm hob, bemerkten sie die Axt in seiner Hand.

Seana stöhnte.

»Gibt es gar keinen Weg nach draußen?«, fragte Harold.

»Er steht davor.«

»Geben Sie mir das da«, sagte Harold und entriss Glendon den Scheinwerfer, den er gleich darauf in Richtung Tür schleuderte.

»Was tun Sie …?« Als die Lampe zerbrach und das Licht verlosch, verstummte Glendon. Ein paar Sekunden lang sah er ein Nachleuchten, dann nur noch Dunkelheit.

»Der Blinden-Bluff«, flüsterte Harold, dessen Stimme nicht mehr aus der Nähe zu kommen schien.

»Lassen Sie mich hier nicht allein!«, kreischte Glendon.

Als dann plötzlich die Vordertür aufflog, blendete ihn das helle Tageslicht. In seinem Schein sah er Harold und Seana, die die Treppe hinaufliefen und ihn *allein* zurückließen.

»Warten Sie!«, schrie er.

Doch dann sah er seine Chance: Die schreckliche Gestalt mit der Axt war verschwunden. War der Mann aus dem Haus gerannt?

Glendon raste auf die Tür zu – die krachend vor ihm ins Schloss fiel.

Panisch warf er sich gegen das Holz und tastete nach dem Türknopf. Schluchzer drangen ihm aus der Kehle, als er erkannte, dass der Mann das Haus gar nicht verlassen hatte. Stattdessen hatte er sich hinter der Tür versteckt – und kam nun in der Dunkelheit auf ihn zu.

»Nein. Bitte!«, schrie er. »Bitte nicht! Bitte!«

Etwas strich über seine Haare. Er zuckte zusammen, wobei er sich die Stirn an der Tür schlug.

»Bitte«, schluchzte er. »Bitte nicht ...«

Etwas krachte in seinen Rücken, genau unterhalb der Schulterblätter. Es spaltete ihn und brannte. Die *Axt*! Es wurde herausgezogen und war verschwunden.

»Nein!«, kreischte er.

Er riss an der Tür, aber sie wollte nicht aufgehen. Glendon spürte einen scharfen Ruck, hörte einen krachenden Einschlag. Schmerz zerriss seinen Rücken. Das Einzige, was er spüren konnte, war der Kopf der Axt, der tief in seinem Fleisch steckte, eingekeilt zwischen den Rippen. Er fühlte, wie er sich hin und her bewegte, als der Mann versuchte, ihn wieder herauszuziehen.

Seine Beine wurden taub, dann fiel er mit dem Gesicht voran zu Boden.

Die Axt löste sich. Und schlug wieder in seinen Rücken ein. Und noch mal.

Obwohl der Schmerz zu einem permanenten Dröhnen in seinem Kopf geworden war, schien ein Teil seines Verstands ruhig zu sein, beinahe vernünftig. Er sagte ihm, dass sein Angreifer Jim Sherwood sein musste. Jims Geist? *Er hält mich für einen Einbrecher. Wenn ich ihm nur klarmachen könnte, dass ich sein alter Freund Glen bin ...*

Erneut wurde sein Körper von einer Explosion aus Schmerz zerrissen.

In der Finsternis hob und senkte sich das Beil regelmäßig wie der Kolben einer Maschine. Es schlug in seinen Rücken ein, seine Schultern, seinen Hintern. Glendon wollte den Mann anschreien, er solle aufhören.

Doch ihm versagte die Stimme.

Für *wen* hält er mich?

Ein Spiel aus seiner Kindheit fiel ihm ein.

Wer hat Angst vorm Schwarzen Mann?

Niemand!

Und wenn er aber kommt?

Dann laufen wir!

Harold zog Seana hinter sich her an der Hand durch die Dunkelheit.

»Was sollen wir denn jetzt tun?«, flüsterte sie.

»Pssst.«

Er ging langsam, tastete sich an der Wand entlang.

Es war schwer zu glauben, dass ihm so etwas wirklich passierte. Eingesperrt in einem leer stehenden Haus, gejagt von einem Axtmörder. Unzählige Male hatte er Situationen wie diese in Filmen gesehen, darüber in Büchern gelesen und mehr als einmal auch selbst in seinen Romanen beschrieben.

Kleine Nebenrollen überlebten unter solchen Umständen nie. Die Hauptfigur triumphierte dagegen am Ende normalerweise. Das schien ihm nicht ganz fair zu sein.

In seinem nächsten Roman würde er die Geschichte anders aufziehen. *Irgendwer* musste allerdings ins Gras beißen.

Aber nicht wir!

Harold fand eine offene Tür und zog Seana mit sich in den dahinterliegenden Raum. Dann schob er die Tür zu, betastete den Türgriff und fand einen Verriegelungsknopf. Als er ihn hineindrückte, drang ein schwaches Klickgeräusch aus dem Schloss.

»Das wird nicht ... Er hat eine Axt.«

»Ich weiß.« Harold fand einen Lichtschalter und legte ihn um. Nichts passierte. Er fischte ein Streichholzbriefchen aus seinem Cordsakko, klappte es auf und brach ein Streichholz heraus.

Als er es angezündet hatte, sah er in seinem flackernden Schein, dass sie in ein Badezimmer geflüchtet waren.

Während Seana auf den Toilettendeckel sank und sich erschöpft übers Gesicht rieb, trat Harold ans Waschbecken. Nervös lächelte er sein Spiegelbild in der Tür des Badezimmerschranks an. Das Abbild seines Gesichts, auf dem die Schatten tanzten, sah dämonisch aus. Rasch blickte er hinunter aufs Waschbecken. Er drehte an einem der Hähne, der quietschte, aus dem aber kein Wasser kam.

»Wir werden ihn also nicht aus dem Haus spülen können«, flüsterte er grinsend.

Er öffnete den Badezimmerschrank und fand ihn leer vor. Als die Flamme ihm die Finger versengte, ließ er das

Streichholz ins Waschbecken fallen und entzündete das nächste.

Eine große Badewanne. Eine Duschvorhangstange mit Metallringen, aber kein Vorhang.

Am anderen Ende der Badewanne befand sich das einzige Fenster im Badezimmer, durch das jedoch kein Licht drang. Auf der Innenseite des Fensters war ein schmiedeeisernes Gitter angebracht. »Wofür sind die Gitter da?«, murmelte er.

»Damit wir nicht rauskönnen.«

»Dieser Kerl plant voraus.«

»Ich bin froh, dass du deinen Sinn für Humor nicht verloren hast.«

»Den hebe ich mir immer bis zum Schluss auf.«

»Was sollen wir tun?«

Er löschte das Streichholz. In der Dunkelheit flüsterte er: »Hast du deine Pistole dabei?«

»O Harold.«

»Habe ich auch nicht vermutet ...« Er fuhr zusammen, als etwas gegen die Tür donnerte. *»Jesus!«* Harold machte ein paar schnelle Schritte durch die Dunkelheit, wobei er gegen Seana knallte und sie beide hinfielen. *»Hier«,* sagte er und schob ihr das Streichholzbriefchen in die Hand. »Zünd sie für mich an.«

»Was hast du ...«

Ein weiterer Schlag ließ die Tür erzittern.

Hastig ging Harold von Seana fort, öffnete die Schnalle seines Gürtels und zog ihn aus den Schlaufen.

»Licht.«

Seana riss ein Streichholz an. Im flackernden Licht der Flamme sah Harold den zersplitterten Spalt im Türblatt und machte einen Schritt zur Seite. Die Axt schlug erneut ein, ließ die Tür erzittern. Im Spalt erschien eine Ecke des Axtkopfs. Ein weiteres Mal wurde die Tür erschüttert, wobei in alle Richtungen Splitter davonflogen, und die Axt brach durch das Holz. Harold hakte seinen Gürtel unter den Kopf, wickelte ihn um den Schaft und riss mit einem festen Ruck an der Axt. Als er merkte, dass sie nicht mehr gehalten wurde, zerrte er sie hastig durch den Spalt hinein.

»Du hast sie!«, schrie Seana.

»Schnell in die Wanne!«

Die Waffe fest umklammernd, rannte er zu Seana und ergriff sie am Arm, was das Streichholz zum Verlöschen brachte. Dann zog er sie zur Wanne, in die sie beide hineinkrochen.

»Leg dich hin«, flüsterte er.

»Aber …«

»Er hat eine Pistole.«

»Bis du sicher?«

»Ja.«

Er drückte sie auf den Boden der Wanne und kauerte sich neben ihren Kopf hin, die Axt schlagbereit erhoben. Da sein Herz so heftig schlug, dass er meinte, sich gleich übergeben zu müssen, holte er ein paarmal tief Luft.

Sie warteten.

»Vielleicht hat er keine Munition«, flüsterte Seana.

»Ich werde nicht rausgehen und es überprüfen.«

»Was sollen wir tun?«

»Abwarten.«

26

Als er von der Oakhurst Road wegfuhr, erinnerte sich Sam an Brandners Worte: »Wenn ich nach den Leichen der Horners suchen würde ... würde ich auch im Sherwood House nachsehen.«

Die Idee erschien ihm richtig, und er konnte es sich zumindest von außen ansehen, die Türen kontrollieren, überprüfen, ob alles in Ordnung war. Doch als er beim Haus ankam, sah er den Wagen von Glendon Morleys Maklerbüro davor parken. Es hatte nicht viel Sinn, sich umzusehen, solange Glendon im Haus war. Wenn etwas nicht in Ordnung war, würde der Immobilienmakler es sicher melden.

Also fuhr Sam weiter.

Und er hielt auch nicht an, als ihm auffiel, dass Clara Hayes' Zeitung noch immer auf dem Rasen lag.

Er hatte bereits viel Zeit auf dem Friedhof verbracht.

Nach einer gründlichen Untersuchung des Areals am nördlichen Zaun waren Brandner und er auch noch das restliche Gelände abgegangen. Außerdem hatte er auf ihrem Weg Benny, den Friedhofswärter, befragen können, der ihm jedoch nichts von Bedeutung erzählen konnte. Die ganze Prozedur hatte zwei Stunden in Anspruch genommen.

Wenn er jetzt noch mehr Verzögerungen riskierte, konnte er die Fahrt nach Dendron genausogut gleich streichen und auf Thelmas Rückkehr warten.

Aber er wollte nicht warten. Stattdessen hatte er vor, die Fahrt auf die Chance hin zu machen, dass er Thelma noch im Haus ihrer Mutter erwischen würde. Er wollte dorthin fahren, selbst wenn er sie nicht antreffen sollte.

Sam war sehr nervös.

Ich werde nicht anhalten, dachte er. *Es gibt keinen Grund, aufgeregt zu sein, weil ich nicht anhalten werde. Wenn ich am Sleepy Hollow Inn vorbeikomme, werde ich einfach weiterfahren. Ich habe einen Job zu erledigen.*

Und danach?

Nein!

Es kann doch nicht schaden, wenn ich anhalte und Melody für ihre Hilfe danke. Ohne ihren Anruf hätte ich keine Ahnung, wo ich Thelma finden kann.

Ich danke ihr am Telefon.

Ich kann sie nicht wiedersehen. Ich kann nicht.

Als das Motel in Sicht kam, hämmerte Sams Herz so schnell und stark, dass er sich ganz benommen fühlte. Er suchte das Anwesen ab, konnte sie aber nicht entdecken. Er starrte die Fenster des Büros an, drehte seinen Kopf und blickte so lange wie möglich über die Schulter zurück, bis das Motel außer Sichtweite geriet.

Er hatte nicht mal einen kurzen Blick auf sie erhaschen können. Und so machte sich ein schmerzhaftes Gefühl des Verlusts in ihm breit, wie bei einem Kind, dessen Geburtstag vergessen wurde.

Ich kann immer noch auf dem Rückweg anhalten, sagte er sich.

Aber ich werde es nicht tun.

Lieber nicht.

Es kann doch nicht schaden, wenn ich mich bei ihr bedanke.

Doch, und wie. Es könnte alles kaputt machen.

Das Haus in der Tenth Street mit der Nummer 354 war klein und wirkte sehr gepflegt. Ein Lattenzaun umsäumte den sauber getrimmten Rasen. In der Einfahrt parkte ein Honda Civic.

Sam hielt am Straßenrand, stieg aus und ging schnell auf die Vordertür zu – darauf erpicht, endlich die Jagd zu Ende zu bringen, die in den letzten beiden Tagen so viel von seiner Zeit in Anspruch genommen hatte. Er erwartete keinen ernsthaften Widerstand, sondern vermutete, dass Thelma sich gelassen geben würde, selbst wenn sie für den Mord an Dexter verantwortlich sein sollte. Als er sich der Tür näherte, beschlichen ihn jedoch Zweifel. Sollte er die örtliche Polizei einschalten? Er müsste sie ohnehin verständigen, wenn es zu einer Verhaftung kam.

Aber das konnte warten.

Nach allem, was er wusste, war Thelma wahrscheinlich eh schon längst wieder nach Ashburg zurückgekehrt.

Aus reiner Vorsicht stellte er sich seitlich neben die Tür, bevor er den Klingelknopf betätigte. Als das Klingeln ertönte, legte er die Hand auf den Kolben seines Revolvers.

Die Tür ging auf, und eine zierliche weißhaarige Frau sah zu ihm heraus. »Ja bitte?«, fragte sie.

»Ist Thelma da?«

»Ja, sie ist hier. Sie müssen Mr. Wyatt sein.«

Er nickte.

»Marjorie hat angerufen. Sie hat uns gesagt, dass wir auf Sie warten sollen, aber das war schon vor einer Ewigkeit.«

»Ich hatte noch etwas zu erledigen«, sagte er und wünschte sich, er hätte den Besuch nicht so lange aufgeschoben.

»Wollen Sie nicht reinkommen?«

Er folgte ihr ins Wohnzimmer, wo Thelma in einem Schaukelstuhl saß und ihn über den Rand eines Cocktailglases hinweg beobachtete. In ihren Augen sah er den gleichen unverschämten Ausdruck, den er auch schon von ihrem Foto her kannte. Sie wirkte allerdings deutlich älter: dünn, mit blassem Teint und harten Gesichtszügen.

»Es war gar nicht so schwer, mich zu finden, oder?«, fragte sie grinsend und trank einen Schluck. »Mutter, könntest du bitte kurz mal verschwinden?«

»Möchte Mr. Wyatt gern etwas zu trinken?«, fragte die ältere Frau.

»Nein, möchte er nicht«, antwortete Thelma.

»Es gibt keinen Grund, unhöflich zu sein, Liebling.«

»Und keinen, höflich zu sein. Dieser Mann möchte mich für den Mord an Dexter verhaften.«

»Ich bin nicht hier, um Sie zu verhaften.«

»Das glaube ich erst, wenn ich es sehe.«

»Ich möchte nur ...«

»Ich weiß, ein paar Fragen stellen. *Wiedersehen*, Mutter.«

Mit verärgerter Miene huschte die alte Frau aus dem Zimmer.

»Okay«, sagte Thelma. »Also, was wollen Sie wissen?«

»Lassen Sie uns mit dem Anfang beginnen.«

»Wie wär's, wenn wir es hinter uns bringen? Sie haben das meiste doch eh schon von Elmer, Ticia, Marjorie und von was weiß ich noch wem gehört.«

»Ich würde gern Ihre Version hören.«

Sie seufzte. »Es stimmt also, was Elmer über Sie sagt. Na gut: Ich komme Dienstag in die Stadt, checke bei meiner Schwester ein, esse mit ihr und ihrem Mann zu Abend und mache mich dann beschwingt auf den Weg zur Sunset Lounge, wo ich meinen alten Freund Elmer treffe. Wir heben ein paar, fahren später in seinem Volvo los, breiten am achten Loch des Golfplatzes eine Decke aus und machen Schacka-Schacka. Können Sie folgen? Die automatischen Rasensprenger gehen an, und wir werden pitschnass. Ficken Sie niemals auf einem Golfplatz. Elmer bringt mich zu Marjorie zurück, und ich hau mich aufs Ohr. Am Mittwoch treffe ich Elmer zum Mittagessen. Er geht mit mir einkaufen, damit ich ein paar Sachen für Marjorie besorgen kann. Ich esse mit der Familie zu Abend und fahre danach mit Ticia zur Sunset Lounge. Wir treffen Elmer dort, und ich lerne Joe kennen.«

»Wer ist Joe?«

»Joe Schmoe, woher zur Hölle soll ich wissen, wer er ist? Joe und ich ziehen los und haben Spaß miteinander.«

»Wann?«

»Elf oder zwölf. Ich habe nicht ausgestempelt. Wer weiß?«

»Wissen Sie noch, wohin Sie gegangen sind?«

»Nicht mehr zum Golfplatz. Darauf können Sie wetten.«

»Wohin?«

»Jetzt kommen wir zum spannenden Teil, dem Teil der Geschichte, auf den Sie schon die ganze Zeit gewartet haben. Sie glauben, Ich wäre zu Dexters Haus gegangen und hätte ihn in Stücke gehackt, richtig?«

»Und, war es so?«

»Es tut mir leid, dass ich Sie enttäuschen muss.«

»Wohin sind Sie stattdessen gegangen?«

»Zu den Starren und Steifen. Zum Oakhurst-Friedhof.« Sie wirbelte die Eiswürfel in ihrem Glas herum und nahm einen weiteren Schluck. »Man hat nicht wirklich gelebt, solange man nicht zwischen den Gräbern Schacka-Schacka gemacht hat. Das macht die ganze Sache gleich viel aufregender. Sehr viel aufregender – so wie in der Öffentlichkeit zu vögeln, nur ohne das Aufsehen.«

»Wie lange waren Sie da?«, fragte Sam.

»Ungefähr eine Stunde.«

»Es kann aber niemand bezeugen, dass Sie da waren, oder?«

»Nur Joe. Ich bin sicher, dass wir ihn aufstöbern können, wenn es notwendig sein sollte.«

»Das hoffe ich für Sie.«

Sie schüttelte den Kopf und lächelte. »Ich glaube nicht, dass das nötig sein wird.«

»Warum nicht?«

»Ach, weil ich etwas beobachtet habe, das Sie interessieren dürfte.« Sie führte das Glas zum Mund. »Raten Sie mal, was ich gesehen habe.«

»Warum verraten Sie es mir nicht einfach?«

»Ich hätte es Ihnen schon längst gesagt, wenn Sie nicht darauf bestanden hätten, dass ich Ihnen all diesen unnützen Klatsch und Tratsch erzähle.«

»Was haben Sie auf dem Friedhof gesehen?«

»Nicht was, sondern wen.«

»Okay.«

»Ich habe Dexter gesehen.« Sie befeuchtete ihre Lippen und trank einen weiteren Schluck. »Es war pures Glück, dass ich ihn bemerkt habe. Wenn ich zu diesem Zeitpunkt unter Joe gewesen wäre ... Die meisten Männer bevorzugen diese Stellung, wissen Sie?«

Sam gab keine Antwort.

Thelma kicherte. »Sie mögen das Gefühl, dass sie die Kontrolle haben, werden unsicher, wenn das Mädchen oben ist. Aber Joe ist nicht so. Also bin ich fröhlich auf ihm geritten und habe zufällig zu dem alten Haus hinübergesehen, in dem all diese Menschen ermordet wurden – das Sherman House?«

»Sherwood.«

»Wie auch immer. Ich sah also gerade zufällig in diese Richtung und beobachtete, wie Dexter durch die Hintertür ins Haus ging.«

»Er ging ins Sherwood House?«

»Das habe ich Ihnen doch gerade gesagt. Ich habe gesehen, wie er hineinging, aber nicht mehr, wie er herauskam.«

»Sind Sie sicher, dass es Dex war?«

»Ich konnte natürlich nicht sein Gesicht erkennen, aber er hatte Dexters Statur. Und er trug eine Polizeiuniform und einen Stetson. Es war ganz klar Dexter.«

»Warum haben Sie das niemandem gemeldet?«

»Warum sollte ich? Seine Angelegenheiten gehen mich nichts mehr an. Besonders jetzt nicht mehr.« Sie lutschte an einem Eiswürfel, was sie ein wenig nuscheln ließ, als sie hinzufügte: »Gott möge seiner Seele gnädig sein.«

27

»Hey, du Schwanzwedler!«

Bill tat, als würde er Nate nicht hören, und bemühte sich stattdessen weiterhin, seine Schulbücher in den aus allen Nähten platzenden Spind zu stopfen. Gerade als die Bücher zur Lawine zu werden drohten, warf er die Metalltür zu und drehte sich erst dann zu seinem Freund um. »Hat Doons dich schon erwischt?«

»Doons könnte nicht mal Scheiße erwischen, selbst wenn er darüber stolpert.«

»Wo hast du dich versteckt?«

»In der Mädchenumkleide.«

»Hätt ich mir denken können.«

»Ich sag dir, mein Schwanz ist jetzt schon so lange hart, dass ich allmählich das Gefühl habe, er ist aus Granit.«

Bill schüttelte den Kopf. »Du musst den ganzen Nachmittag damit verbracht haben, dir diesen Satz auszudenken.«

»Nee. Ich bin von Natur aus lustig.«

Sie machten sich auf den Weg durch den überfüllten Korridor. Dabei beobachtete Bill ein ums andere Mal, wie Nate mit Schülern zusammenstieß, die ihm in den Weg kamen. Ausschließlich Mädchen und kleinere Jungs. Wenn sich allerdings Jungs näherten, die größer waren als er, machte er einen Schritt zur Seite.

Bill folgte ihm, bis vor ihnen eine vollbusige Blondine auftauchte und Nate seinen Kurs so änderte, dass er in sie hineinlief.

»Pass doch auf!«, schnauzte sie ihn an.

»Du hast voll meinen Arm gebumst.«

»Du erzählst nur Scheiße.«

Nate drehte sich zu Bill um. »Meinen Arm gebumst. Schnallst du das? Gebumst?«

»Extrem lustig.«

»Was ist los mit dir? Immer noch sauer wegen deiner süßen Beth? Oder wegen Ms. Bennett? Es ist echt Zeit, dass wir unser Tänzchen mit der Bennett beginnen, wenn du weißt, was ich meine. Jetzt oder nie, Mann oder Memme, Weltmeister oder Hausmeister. Hallo, hallo, wen haben wir denn hier?«

Jetzt sah auch Bill, dass Eric Prince in ihre Richtung kam.

»Hey, Arschgesicht«, rief Nate.

Sobald Eric Nate erblickte, blieb er stehen.

»Hey, du Spacko, komm mal her.«

Eric machte einen zögerlichen Schritt vorwärts. Mehrere Schüler rempelten ihn im Vorübergehen an.

Nate stellte sich vor ihn hin. »Süßes oder Saures.«

»Ich habe kein …«

»Wie viel hast du denn dabei?«

Eric machte eine hilflose Geste mit der Hand.

»Dann schau halt nach, du Kackbirne.«

Eric steckte seine bandagierte Hand in eine der Vordertaschen an seiner Jeans und förderte einen Kamm und ein Taschentuch zutage.

»Versuch die andere Tasche.«

Mit schmerzverzerrtem Gesicht nahm er seine Bücher in die bandagierte linke Hand.

»Was ist mit deiner Hand passiert?«

»Ich habe mich geschnitten«, sagte Eric und griff in seine Tasche.

»Ich wette, du hast sie dir beim vielen Wichsen wundgerubbelt.«

Als Eric die rechte Hand wieder aus der Tasche zog, streckte er sie Nate hin und öffnete die Finger. »Mehr hab ich nicht.«

Bill sah auf die kleinen Münzen.

»Das ist alles?«

»Ja.«

»Wie soll ich von so einem Almosen leben? Sag mir das mal.«

»Ich weiß nicht.«

»Behalt es«, sagte Nate und schlug so fest von unten gegen Erics Hand, dass die Münzen durch die Luft segelten. Ein paar trafen ein in der Nähe stehendes Mädchen im Gesicht. »Komm, Bill, lass uns gehen.«

Als sie weitergingen, sah Bill zu Eric zurück, der noch immer am selben Fleck stand, umgeben von redenden, schubsenden und lachenden Schülern, die sich um ihn herumbewegten wie ein Fluss, der einen Fels umspült. In diesem Moment tat er Bill ein bisschen leid, bis er sah, wie sich der Mund des Jungen zu einem höhnischen Grinsen verzog. Ein Anblick, bei dem ihm ein Schauder über den Rücken lief. Rasch blickte er wieder nach vorne.

»Okay, das ist mein Plan für die Bennett.«

»Ich werde dich nicht ihre Reifen aufstechen lassen«, sagte Bill, als sie aus dem Gebäude gingen und die Betonstufen hinunterstiegen. »Warum vergessen wir das Ganze nicht einfach?«

»Moment, Moment. Du hast meinen neuen Plan ja noch gar nicht gehört. Wir werden es folgendermaßen machen:

Wir steigen in mein Auto und warten beim Lehrerparkplatz. Wenn sie rauskommt, folgen wir ihr nach Hause. Wie hört sich das an?«

»Ich weiß nicht.«

»Wir halten Abstand. Sie wird gar nichts davon mitbekommen.«

»Und was machen wir, wenn wir bei ihr ankommen?«

»Was möchtest du denn tun?«

»Nichts.«

»Dann werden wir auch nichts tun.«

»Und warum fahren wir dann überhaupt hin?«

»Damit wir wissen, wo sie wohnt, du Dildo.«

28

Aus der Ferne sah Eric den Cheerleaderinnen beim Training zu. Zunächst fühlte er sich immer noch ein wenig zittrig von seinem Zusammenstoß mit Nate, doch schon bald lenkten die Sprünge und Drehungen der Mädchen ihn ab. Wie sie ihre nackten Beine in die Luft warfen!

Sie waren alle so schön.

Ganz besonders Aleshia. Ihre schlanken Schenkel schimmerten wie Gold in der Nachmittagssonne. Jedes Mal, wenn sie sich um die eigene Achse drehte, wirbelte immer ihr Faltenrock hoch, was Eric einen freien Blick auf ihre Schenkel und den grünen Slip, den sie drunter trug, verschaffte. Und immer wenn sie hochsprang und die Arme in den Himmel warf, rutschte ihr Pullover ein ganzes Stück hoch und entblößte für einen Moment ihren Bauch.

Er wusste, dass sie in der Schule niemals einen BH trug.

Wenn sie doch nur ein wenig höher springen würde ...

Einmal schlug sie ein Rad, und der Pulli rutschte beinahe bis zu ihren Rippen, bevor sie auf den Füßen landete und der Stoff wieder an seinen Platz zurückfiel. Er stellte sich vor, wie sie noch ein Rad schlug und der Pulli dabei weiter und bis über ihre kleinen weißen Brüste rutschte.

Hatte er etwa eine Erektion? Als er nach unten sah, erkannte Eric, dass sich seine Cordhose ausbeulte. Ganz schnell faltete er die Hände vor der Wölbung und sah zu Beth hinüber.

Obwohl sie nicht annähernd so hübsch aussah wie Aleshia, war Beth doch ziemlich süß. Beim Cheerleading machte sie einen viel enthusiastischeren Eindruck als die anderen. Im Vergleich zu ihr wirkten die anderen Mädchen faul, beinahe gelangweilt.

Ihre Arme flogen nach vorne, sobald sie sangen: »Treibt sie zurück, treibt sie zurück, weiiit zurück.« Am Ende des Jubelrufs machte sie einen hohen Satz in die Luft, krümmte dabei den Rücken, winkte mit den Armen und warf die Füße hinter sich in die Luft. Eric blickte schnell zu Aleshia hinüber und erwischte sie mitten im Sprung und mit hochgerutschtem Pulli, sodass er ihren weißen glatten Bauch sah.

Er stellte sich vor, wie seine Hände über ihren Bauch glitten bis unter den Pullover, wo es warm und dunkel war, und wie sie sanft ihre Brüste umfasst hielten, wobei seine Handflächen die samtene Haut kaum berührten.

»Hi, Eric!«, rief Beth und winkte ihm zu. »Wir sind beinahe fertig.«

Er nickte. »Okay.«

Um Beth drängten sich ein paar der Mädchen, und er nahm an, dass sie über ihn sprachen. Er wünschte nur, er könnte sie verstehen, aber sie sprachen leise und waren zu weit entfernt.

Was, wenn sie die Beule in seiner Hose bemerkt hatten?

Wie sollte er Beth dann noch ins Gesicht blicken können?

Die Mädchen kicherten aber nicht und nahmen ihr Training schon bald wieder auf.

Eric drehte sich weg und marschierte an der Seitenlinie des Felds entlang, mit dem Rücken zu den Cheerleaderinnen. Obwohl er sich sehr wünschte, sie weiter beobachten zu können, wollte er sich auch nicht mit einem gut sichtbaren Ständer blamieren. Also ging er weiter und hörte ihren Schlachtrufen zu.

»Wir sind die Spartans, die mächtigen, mächtigen Spartans! Wo immer wir sind, kennt uns jedes Kind. Denn wir sind die Spartans ...«

Vor sich erblickte er das Footballteam, das gerade ein Gedränge trainierte. Da der Trainer dabei war, würde wohl keiner der Idioten es wagen, Eric auf die Nerven zu gehen. Um ganz sicherzugehen, änderte er jedoch seinen Kurs und ging zur Schule hinüber.

Im Gehen blickte er zu den Cheerleaderinnen zurück und sah sie in einer Linie stehen und die Beine hochwerfen.

Schließlich gelangte er zum Hauptgebäude. Er setzte sich auf die Stufen und wartete auf Beth. Von hier aus konnte er die Gesänge der Cheerleaderinnen kaum noch hören. Er sah den Mädchen beim Tanzen und Springen zu, aber sie waren sehr winzig und kaum noch voneinander zu unterscheiden. Beth stach als einziges untersetztes Mädchen heraus, aber er hätte nicht sagen können, welches von den anderen Aleshia war.

Während er wartete, drang die Kälte des Betons allmählich durch den Stoff seiner Hose. Es kam ihm vor, als ob er auf einer Eisplatte säße. Also erhob er sich von der Treppe und legte sein Grammatikbuch unter, sodass sein Hintern sich gleich viel wärmer anfühlte.

Dann öffnete er seinen Ringblock auf einer unbeschriebenen Seite und begann zu kritzeln. Eric zeichnete einen Revolver, der jedoch ganz krumm geriet und dessen Lauf aufwärts zeigte, so als ob Superman ihn verbogen hätte. Sein Bowie-Messer geriet dagegen ziemlich gut. Dazu malte er ein paar Flecken – Blut, das von der Klinge tropfte. Von seinem Erfolg ermutigt, versuchte er sich sogleich an einer P-40 Kittyhawk. Der Rumpf sah gut aus, aber er hatte Schwierigkeiten mit den Tragflächen und dem Heckflügel. Davon unbeeindruckt machte er trotzdem weiter und zeichnete das Maul eines Hais auf die Motorenabdeckung. Als er fertig war, sah das Kampfflugzeug zwar ein bisschen windschief, dafür aber richtig böse aus.

Als Nächstes zeichnete er ein Rechteck auf die Rückseite des Blatts und stellte es sich als den Torso eines Mädchens vor. Aleshias Torso. Er setzte Brüste darauf. Sie waren nur zwei Kreise mit Punkten in der Mitte, aber als sein Stift über das Papier kratzte, konnte er beinahe spüren, wie weich sie waren.

Plötzlich hörte er ganz in der Nähe Stimmen.

Die Cheerleaderinnen hatten ihr Training beendet und kamen in seine Richtung.

Mit ein paar raschen Strichen zeichnete er eine Nase zwischen die Brüste und einen grinsenden Mund darunter. Dann platzierte er Ohren an die Seiten des Torsos und setzte ein Büschel Haare obendrauf.

»Okay, dann bis heute Abend«, sagte Beth, als sie sich aus der Gruppe löste. Während die anderen Mädchen um die Schule herumgingen, kam sie zu Eric herüber.

»Ich hoffe, du musstest nicht zu lange warten.«

»Nein, es hat Spaß gemacht.« Er stand auf, um seine Bücher einzusammeln, und sah, dass sie keine dabeihatte. »Brauchst du noch irgendwas von drinnen?«

Sie schüttelte den Kopf und lächelte. »Ich habe alle Hausaufgaben schon in der Freistunde gemacht.«

»Ich wünschte, das hätte ich auch.«

Gemeinsam machten sie sich auf den Weg.

»Was hast du auf?«, fragte Beth.

»Ungefähr sechs Kapitel aus *Huckleberry Finn.* Ich hinke diese Woche ein bisschen hinterher.«

»Du hast Ms. Bennett, oder?«

»Ja. In der vierten Stunde.«

»Ich habe sie in der ersten. Sie wird übrigens auch auf der Party sein.«

»Auf Aleshias?«

»Ja. Sie ist die einzige Lehrerin, die Aleshia eingeladen hat. Apropos, als was sollen wir uns für die Party verkleiden?«

»Ich weiß nicht. Was meinst du?«

»Es wäre toll, wenn wir als Paar gehen könnten. So wie Laurel und Hardy oder die Blues Brothers.«

»Wie wär's mit Tarzan und Jane?«

Sie lachte und knuffte ihn in die Schulter. »Das ist furchtbar. Und außerdem würden wir erfrieren.«

»Wir sind doch drinnen.«

»Du kannst als Tarzan gehen, wenn du möchtest. Ich werde mir was anziehen.«

Eric machte ein nachdenkliches Gesicht. »Eigentlich sollten wir als etwas Gruseliges gehen. Immerhin ist ja Halloween. Wir müssen uns als Gespenster, Vampire oder irgend so was verkleiden.«

»Du hast recht. Irgendwelche Ideen?«

»Ich möchte als etwas richtig Schauriges gehen.«

»Zum Beispiel?«

Eric zuckte die Achseln.

»Es muss etwas Einfaches sein«, sagte Beth, als sie den leeren Lehrerparkplatz überquerten. »Wir haben nicht mehr viel Zeit.«

»Hast du alte, zerrissene Klamotten? Ein abgelegtes Kleid oder irgendwas, das du ruhig kaputt machen kannst?«

»Ich denke schon.«

»Das ist toll.«

»Was ist toll? Was hast du vor?«

»Was ist das Gruseligste, das du dir vorstellen kannst?«

Sie zuckte die Achseln. »Ich weiß nicht. Darüber habe ich noch nie nachgedacht. Ein Psycho wahrscheinlich. Du weißt schon, wie diese Jungs, die Mädchen vergewaltigen und sie zu Tode foltern.« Bei dem Gedanken zog sie die Nase kraus. »Ich fänd es aber nicht sehr lustig, mich so anzuziehen.«

»Was ist mit lebenden Toten?«

»Du meinst Zombies?«

»Ich dachte an *Die Nacht der lebenden Toten.*«

»Den habe ich nie gesehen. Ich habe gehört, der soll eklig sein.«

»Der ist großartig. Aber egal. Wir können uns als lebende Tote verkleiden – wenn es dir nichts ausmacht, runtergerockt auszusehen.«

»Nein, das ist okay.«

»Hast du Lust?«

»Klar. Ich denke schon.«

»Gut. Dann zieh ein Kleid an, das du nicht mehr brauchst.«

»Das ist alles?«

»Ich bringe noch ein paar andere Sachen mit.« Er grinste. »Das wird ganz großartig.«

29

Als es auf der Straße nach Ashburg zu dämmern begann, schaltete Sam die Scheinwerfer an. Er war allein in seinem Streifenwagen.

Thelmas Aussage war ihm glaubwürdig erschienen, und so hatte es keinen Sinn, sie mitzunehmen.

Sie hatte Dexter nicht ermordet, da sie zur Tatzeit mit diesem Joe auf dem Friedhof gewesen war. Das Kondom war Sams Ansicht nach Beweis genug für ihre Behauptung. Es könnte natürlich auch jemand anderem gehört haben, aber der Fundort passte zu ihrer Geschichte. Und von diesem Platz aus hätte sie einen uneingeschränkten Blick auf das Sherwood House gehabt.

Als er mit hohem Tempo die dunkle Straße entlangfuhr, erinnerte er sich daran, dass Ruth gesehen hatte, wie Dexter in jener Nacht von zu Hause weggefahren war. Zwischen viertel nach zehn und halb elf, als sie zu ihrem Auto ging, um Zigaretten zu holen. Es konnte sehr gut sein, dass Dexter sich da auf den Weg zum Sherwood House gemacht hatte.

Wo Thelma ihn dann nach Mitternacht beobachtet hatte – sah, wie er hineinging, aber nicht mehr herauskam.

Was zum Teufel hatte er da getan?

Außer Dienst und dennoch in Uniform.

Beim Anblick der hellen Neonreklame des Sleepy Hollow Inn schweiften Sams Gedanken von seinen Ermittlungen ab. Er starrte auf die beleuchteten Bürofenster und die aufgezogenen Vorhänge. Hinter einer der Scheiben nahm er eine Bewegung wahr, konnte aber nicht erkennen, ob es sich um Melody handelte. Sein Fuß hob sich wie von selbst vom Gaspedal und berührte stattdessen die Bremse. Als sein Wagen sich der Einfahrt des Motels näherte, schlug Sam mit der flachen Hand gegen das Lenkrad, worauf ein kurzer, scharfer Schmerz durch seinen Arm schoss. Mühsam zwang er seinen Fuß auf das Gaspedal zurück.

Ein paar Augenblicke lang betrachtete er das Motel im Außenspiegel, dann fuhr er um eine Kurve und sah statt der hellen Lichter nur noch Dunkelheit hinter sich.

Ob Melody wohl an einem der Fenster stand und zusah, wie sein Auto vorbeifuhr? Würde sie die gleiche Enttäuschung wie er empfinden – die gleiche hungrige und schmerzhafte Sehnsucht?

Sam schüttelte den Kopf.

Vergiss Melody.

Melody ... *eine Melodie, von der die Seele glüht.* Was zum Teufel war das? Ein Gedicht?

»Von der die Seele glüht«, wiederholte er. »Wie schön du bist, geliebte Maid! Wie wird das Herz mir schwer! Und lieben wird's dich immerdar, bis trocken Strom und Meer! Ach ja. Burns. Robert Burns. Bis trocken Strom und Meer!«

An dieses Gedicht hatte er seit zehn Jahren nicht mehr gedacht. Im ersten Jahr am College hatte er es für Donna auswendig gelernt. Gott, er war so verrückt gewesen nach Donna. Das Gedicht trug er ihr eines Abends am Flussufer vor, bevor sie sich zum ersten Mal liebten.

Guter alter Robert Burns.

Die Erinnerung bekam einen faden Beigeschmack, als ihm wieder einfiel, dass Donna ihn schließlich wegen Roy verlassen hatte. Er hatte sie vor Roy gewarnt, der ein perverser Sadist war, wofür sie ihn aber nur ausgelacht hatte. Sie hatte gesagt, er wäre nur neidisch.

Er konnte nur hoffen, dass Donna die Wahrheit nicht auf die harte Tour hatte herausfinden müssen.

Komisch, dass er nach so langer Zeit wieder an Donna denken musste. Nur wegen des Gedichts – *eine Melodie, von der die Seele glüht.*

Immer wieder Melody.

Ich kenne sie doch kaum. Warum kann ich sie einfach nicht vergessen?

Sam zwang sich, über den Fall nachzudenken. Dexter. Das Sherwood House. Warum war Dexter so spät dorthin gefahren? Um jemanden zu treffen? Aber weshalb in Uniform? Es war sicher etwas Dienstliches, sonst wäre er in Zivil gewesen. Es gab in jener Nacht zwar keine Notrufe in dieser Gegend, aber vielleicht hat ihn ja jemand zu Hause angerufen.

Clara Hayes? Sie wohnte gleich neben dem Sherwood House und war mit Dexter befreundet. Vielleicht war ihr ein Herumtreiber oder etwas Ähnliches aufgefallen, und sie hatte Sam gebeten, nach dem Rechten zu sehen.

Sam erinnerte sich an die Morgenzeitung, die am Nachmittag zuvor noch immer auf ihrem Rasen gelegen hatte.

Außerdem hatte er sie nicht bei dem Brand gesehen.

Im nächsten Augenblick trat Sam das Gaspedal ein wenig tiefer durch. Als er gleich darauf um eine Kurve beschleunigte, war ein Auto direkt vor ihm. Er betätigte die Lichthupe, und das Auto machte ihm Platz, sodass er überholen konnte.

Sam fuhr so schnell, wie er konnte, bremste nur vor Kurven kurz ab und gab auf den Geraden sofort wieder Gas.

Bis endlich Clara Hayes' Haus in Sicht kam, vor dem die Verandabeleuchtung brannte. Außerdem fiel ein schwacher Lichtschimmer durch die Vorhänge am Panoramafenster.

Weiterhin fiel Sam auf, dass Morleys Auto noch immer in der Einfahrt zum Sherwood House stand.

Er fuhr an den Straßenrand und parkte vor Clara Hayes' Grundstück. Dann schaltete er die Scheinwerfer aus, stellte den Motor ab und stieg aus. Auf dem Weg über den Rasen zur Eingangstür blies ihm ein kühler Wind ins Gesicht. Er hob den *Clarion* auf und entfernte im Gehen das Gummiband. Die Schlagzeile auf der ersten Seite lautete: CHIEF BOYANSKI ERMORDET.

Auf der Vordertreppe fand er halb hinter einer Staude versteckt eine weitere Zeitung, die er ebenfalls aufschlug. Es war die Donnerstagsausgabe des *Clarion*.

Er drückte den Klingelknopf.

Als es innen läutete, hörte er, wie ein Motor angelassen wurde. Das Auto vor dem Sherwood House fuhr rückwärts die Einfahrt hinunter und bog – weiterhin im Rückwärtsgang – in die Straße ein, wo es beschleunigte.

»He!«, schrie Sam.

Mit dem Geräusch von berstendem Metall und Glas krachte es frontal in Sams Streifenwagen.

»Verdammt, Morley!«

Er sprang von der Treppe und rannte quer über den Rasen.

Morleys Auto bewegte sich nicht.

Als er sich näherte, fuhr das Beifahrerfenster hinunter.

»Morley, was zum Teufel ...?«

Zwei schnell hintereinander abgefeuerte Schüsse ließen Sam jäh verstummen. Er warf sich zu Boden, und als er hart auf dem Asphalt landete, fuhr Morleys Auto bereits wieder los. Sam zückte seinen Revolver und gab seinerseits vier Schüsse ab. Über das Bellen seiner Waffe hinweg konnte er hören, wie die Kugeln in das davonfahrende Auto einschlugen. Die letzte ging allerdings daneben, woraufhin er noch mal sorgfältig das sich entfernende Ziel anvisierte. Doch dann beschloss er, nicht mehr zu schießen. Auf diese Entfernung war es einfach zu riskant.

Nachdem er sich aufgerappelt hatte, rannte er die wenigen Meter bis zum Streifenwagen.

Obwohl die Frontpartie stark eingedrückt war, ließ der Motor sich noch starten, und Sam fuhr auf die Straße. Als er in einiger Entfernung vor sich Morleys Auto nach rechts abbiegen sah, trat Sam das Gaspedal bis zum Bodenblech durch.

Er versuchte, das Abblendlicht einzuschalten. Kaputt. Aber das Einsatzlicht und die Sirene funktionierten noch.

Während er dahinraste, griff er nach dem Funkgerät. »Wagen fünf an Einsatzzentrale. Können Sie mich hören?«

»Was gibt's, Wagen fünf?«

»Ich verfolge einen braunen Fleetwood. Er ist gerade von der Oakhurst in die Maple Street abgebogen. Der Verdächtige ist bewaffnet. Hat das Feuer eröffnet. Irgendwelche Einheiten in der Nähe? Over.«

Er ging vom Gas, driftete um eine Kurve auf die Maple Street und entdeckte das Auto einen Block vor sich. Sie befanden sich in einer Wohnstraße, auf deren beiden Seiten Autos parkten. Die weit voneinander aufgestellten Laternen ließen große Teile der Maple Street unbeleuchtet, und nur das kreisende Einsatzlicht durchschnitt die Dunkelheit.

Sein Funkgerät knackte. »Wagen drei hat sich gemeldet. Wie lautet Ihre derzeitige Position?«

»Ich bewege mich westwärts auf der Maple und nähere mich der Tenth Street.«

Ein paar Meter voraus tauchte plötzlich eine in weiße Laken gehüllte Gestalt auf, sie kam hinter einem parkenden Auto hervor und trat auf die Straße. Sam stieg auf die Bremse. Er sah, wie sich das Gespenst zu ihm umdrehte und seine Einkaufstüte fallen ließ. Eine kleine Hexe packte das Gespenst am Laken und zog es zurück.

Sam riss sein Lenkrad nach links.

Der geparkte Kombi sah in seinem roten Einsatzlicht blutig aus.

Im letzten Augenblick vor dem Aufprall warf er die Arme in die Luft, dann wurde er von Schmerz durchflutet, allerdings nur für einen Augenblick.

Chet Goodman, der Fahrer von Wagen drei, fuhr auf der Maple von Osten kommend, bis er mitten auf der Straße ein Auto sah. Erst dachte er, es käme ihm entgegen. Doch dann bemerkte er, dass es sich nicht bewegte.

Er hielt einige Meter entfernt an.

Die Karosserie war hinter dem gleißenden Licht der Scheinwerfer beinahe unsichtbar. Er richtete seine Taschenlampe darauf. Ein brauner Fleetwood.

»Wagen drei an Einsatzzentrale.«

»Was gibt's, Wagen drei?«

»Das verdächtige Fahrzeug steht auf der Maple, zwischen der Eleventh und Twelfth Street. Von Wagen fünf ist nichts zu sehen. Ich gebe ihm einen Moment, damit er uns einholen kann.«

Im Schein der Taschenlampe, die er auf die Windschutzscheibe gerichtet hielt, war niemand zu sehen.

Er zog seine Browning aus dem Holster, stieg aus dem Wagen und ging hinter der geöffneten Tür in Deckung. Nachdem er seine Waffe durchgeladen hatte und eine Kugel im Lauf steckte, zielte er auf die Windschutzscheibe des Fleetwood.

»Gibt es ein Problem, Officer?«, fragte eine Stimme hinter ihm.

Er blickte über die Schulter, und ein großer, lächelnder Mann schoss ihm ins Gesicht.

30

»Ih, bäh!«, schrie die Frau in der Tür.

Eric stöhnte sie dramatisch an, woraufhin sie den Kopf schüttelte, in sich hineinlachte und ihm ein Tablett voller Schokoriegel hinhielt.

»Ich sammle keine Süßigkeiten«, sagte er.

»Ziehst du dich etwa immer so an?«

»Ich bin hier, um Beth abzuholen.«

»Oh! Dann musst du Eric sein. Komm doch bitte rein. Beth wird gleich fertig sein.«

Eric betrat das Haus.

»Martin!«, rief die Frau.

Ein Mann mit einem Spültuch in der Hand kam aus der Küche. Als er Eric erblickte, zog er eine Grimasse und sagte: »Puh.«

»Das ist Eric Prince. Er geht mit Beth zur Party.«

»Hallo, Eric.« Martin ging mit besorgter Miene auf ihn zu. »Geht's dir gut?« Er schüttelte ihm die Hand. »Du siehst aus wie ein in der Mikrowelle aufgewärmter Toter.«

»Das ist nur verbrannter Korken«, erklärte Eric. »Und ein bisschen Vampirblut.«

»Sie gehen als Leichen.«

»Die lebenden Toten«, präzisierte Eric.

Martin nickte und begutachtete das Kostüm eingehender.

Eric sah an sich selbst hinunter: Die Vorderseite seines schmutzigen, löchrigen Hemds war aus der Hose gezogen.

An einem Knie war die Hose zerrissen, und durch ein Loch im anderen Hosenbein sah man den Oberschenkel. Vielleicht hatte er seine Kleidung ein wenig zu sehr zerfetzt. Auf keinen Fall wollte er, dass Beths Eltern ihn für schamlos hielten. Jetzt wünschte er sich, er hätte das Hemd nicht über der linken Brustwarze aufgeschlitzt. Andererseits wurde der Riss beinahe vollständig von dem alten Sportsakko verdeckt, das er in einem Trödlerladen erstanden hatte.

»Ich würde sagen, du siehst wie ein richtiger Leichnam aus«, bescheinigte Martin ihm schließlich.

»Vielen Dank.«

In diesem Moment betrat Beth den Raum. »Oh, wow«, sagte sie. »Du siehst ja umwerfend aus.«

»Du auch.«

Sie winkte ab. »Besser habe ich es nicht hingekriegt. Hast du was für mein Gesicht dabei?«

Eric zog einen angekokelten Korken und Vampirblut aus der Tasche.

»Wir machen uns besser mal wieder über das schmutzige Geschirr her«, sagte ihre Mutter. »Habt einen schönen Abend, ihr zwei.« An Beth gewandt, fügte sie hinzu: »Zwölf Uhr.«

»Okay.«

»Viel Spaß«, wünschte ihr Vater. »Hat mich gefreut, dich kennenzulernen, Eric.«

»Ganz meinerseits«, antwortete er mit leiser Stimme.

Er blickte ihnen nach, als sie in die Küche gingen. Dann drehte er sich zu Beth um und lächelte.

»Du richtest mich besser ein wenig her«, sagte sie.

»Jetzt?«

»Warum nicht? Sind meine Klamotten okay?«

»Total okay.« Die weiße Bluse spannte sich straff über ihre vollen Brüste. Die Ärmel ließen ihre Handgelenke unbedeckt. Ihr grüner Faltenrock reichte ihr bis über die Knie, und sie trug alte, abgewetzte Slipper. »Macht es wirklich nichts, wenn die Sachen schmutzig werden?«, fragte Eric.

»Wir wollten sie eh in die Kleidersammlung geben. Das ist alles schäbiges altes Zeug.« Sie betrachtete Eric von Kopf bis Fuß und grinste. »Allerdings nicht so schäbig wie deins, aber daran könnte man ja noch was machen.«

»Könnte man«, sagte er und errötete.

»Okay, wollen wir uns jetzt mal an mein Gesicht wagen?«

»Hier«, sagte er und reichte ihr den Korken. »Den kannst du dir auf der Haut verschmieren.«

»Mach du das besser.«

Sie trat näher an ihn heran. Als er den leichten, süßen Duft ihres Parfüms roch, wurde sein Mund trocken.

»Wenn du möchtest«, murmelte er.

»Ich möchte es.«

Er strich ihr mit dem verkohlten Korken leicht über die Haut unter den Augen, was allerdings wenig Wirkung zeigte. »Ich muss ihn anzünden.« Er riss ein Streichholz an und hielt es an den Korken, bis der Stummel Feuer fing. Kurz darauf blies er ihn wieder aus und wartete, bis er abgekühlt war.

Beth beobachtete seine Augen, während er ihre helle Haut schwärzte und ihr Schmutzflecken auf die Wangenknochen rieb. Dazu dicke Runzeln, die von ihren Nasenflügeln bis zu den Mundwinkeln hinabführten. Zuerst machte es ihn nervös, dass sie ihn ununterbrochen anblickte, doch dann fing er an, sich darüber zu freuen. Zuletzt malte er ihr noch Schatten auf Wangen und Kinn.

»Jetzt das Blut.«

Er quetschte die Tube aus und tupfte die sirupartige rote Flüssigkeit in ihre Mundwinkel, wo sie über ihr Kinn hinunterfloss. Bevor auch nur ein Tropfen auf den Boden fallen konnte, verwischte er das Blut mit den Fingern.

»Mehr«, verlangte sie.

Er drückte sich das Vampirblut auf die Fingerspitzen und verschmierte es auf Mund, Wangen und Kinn. Wie glitschig und weich sich ihre Haut anfühlte!

»Fertig.«

Beth nahm seine Hand und wischte sie auf der Bluse über ihrem Bauch ab. »Lass sehen.«

Sie gingen zum Spiegel über dem Kamin.

»Fantastisch!«, sagte sie. »Wir sind vielleicht ein Paar.«

»Ja. Du siehst sogar noch schlimmer aus als ich.«

Sie verwuschelte sich die Haare, bis sie in alle Richtungen abstanden und ihr ein paar Strähnen übers Gesicht hingen. Dann machte sie das Gleiche bei Eric.

»Besser, oder?«, fragte sie.

»Sehr gut.«

»Lass uns gehen.«

Sie verließen das Haus und gingen durch Beths Garten zum Gehsteig.

»Brrrrr«, machte Beth.

»Willst du meine Jacke haben?«

»Nein, vielen Dank. Ich habe ja noch ein bisschen Arbeit vor mir.«

»Hmm?«

Im Gehen zog sie das Hemd vorne aus dem Rock. Sie wägte die Wirkung ab und stopfte es an einer Seite wieder hinein. Dann lüpfte sie ihren Rock und riss am Saum. Doch er gab nicht nach. »Hast du ein Messer oder irgendwas anderes, das scharf ist?«

»Ja, das hier. Das habe ich auch selbst verwendet.« Plötzlich hielt er ein kleines Taschenmesser in der Hand, klappte die Klinge aus und reichte es ihr.

»Ah, das ist gut.« Sie durchtrennte den Saum. Mit dem Messer zwischen den Zähnen machte sie einen langen Riss in die Vorderseite ihres Rocks.

»Augenblick«, sagte sie. Sie blieben unter einer Straßenlaterne stehen. Beth zupfte an der Schulter ihrer Bluse, stieß das Messer in den Stoff und machte einen kleinen Schlitz. Dann hakte sie die Finger in das Loch und zerrte es auseinander, bis das Gewebe aufriss. Als sie fertig war, hing ihr der linke Ärmel von der Schulter und war mit der Bluse nur noch unter der Achsel verbunden. »Wie findest du das?«

Im Schein der Laterne sah ihre Schulter weich und glatt aus. »Sehr gut.«

»Noch ein Riss, würde ich sagen.« Sie sah an sich hinab. »Die Frage ist nur, wo.«

»Ganz egal wo.«

»Ich möchte nicht, dass mein BH zu sehen ist. Wie wär's mit hier drunter?«

»Toll.«

Sie packte die Bluse unter ihrer rechten Brust und stieß ein Loch hinein. Mit dem Messer zwischen den Zähnen steckte sie beide Zeigefinger in die Öffnung und begann zu ziehen. Der Stoff platzte auf, sodass sich der Riss nach oben verlängerte und das straff gespannte Gewebe über der Wölbung ihrer Brust auseinanderklaffte. »Oh, Mist«, sagte sie und blickte auf das nun gut sichtbare schwarze Körbchen ihres BHs. »Was soll ich denn jetzt machen? So kann ich doch nicht auf die Party gehen.«

»Das geht doch.«

»Aleshias Mutter wird da sein. *Und* Ms. Bennett. Außerdem würden alle Jungs gaffen und sich wie Vollidioten benehmen. Ich gehe besser noch mal nach Hause und ziehe mich um.«

»Was würden deine Eltern dazu sagen?«

»O Mann. Ich versuche, mich hineinzuschleichen …«

»Ich habe eine Idee. Lass uns miteinander tauschen.«

»Danke dir, aber ich glaube nicht, dass meine Bluse dir passen wird.«

»Aber ich kann auch nur das Sakko tragen.« Er zog es aus. Dann blickte er in beiden Richtungen den Gehweg entlang, konnte aber außer ein paar weit entfernten Süßigkeitensammlern niemanden entdecken. Schließlich begann er, sich das Hemd aufzuknöpfen.

»Ich kann dein Hemd nicht nehmen.«

»Zieh es einfach über deins an.«

»Du wirst schrecklich frieren.«

Bibbernd reichte er Beth das Hemd und zog sein Sportsakko wieder über, dessen Innenfutter sich auf der nackten Haut kühl und glatt anfühlte. Mit zitternden Händen schloss er die beiden Knöpfe.

Beth schlüpfte in sein Hemd. »Jetzt sehen wir *echt* durchgeknallt aus.«

»Je durchgeknallter, desto besser.«

Als sie weitergingen, rieb sich Eric mit dem schwarzen Korken über Hals und Brust. Dann nahm er das Vampirblut und verkleckerte es auf seiner Haut.

»Willst du auch noch was?«

»Nein, danke.«

Er packte die Tube weg. »Weißt du, wie wir uns bewegen müssen?«

Beth sah ihn unsicher an. »Zeig mal, wie du es machst.«

»Ungefähr so.« Er trottete dahin, die Arme hingen ihm steif an den Seiten herab, der Mund stand offen, und die Augen starrten weit aufgerissen ins Leere. »Und vergiss nicht zu stöhnen. Die Grundidee ist, dass wir die lebenden Toten sind und jeden fressen wollen, den wir sehen.«

»Lecker.«

Dicht nebeneinander taumelten sie über die Straße. Als sie sich langsam die Straße entlangschleppten, stieg gerade eine Gruppe Kinder von einer unbeleuchteten Veranda und ging über den Rasen auf den Gehsteig zu.

»Lass uns denen mal ein bisschen Angst einjagen«, flüsterte Beth.

Vor ihnen trat ein kleines Mädchen im Wonder-Woman-Kostüm vom Gehsteig auf die Straße und starrte sie an. Ein Cowboy zog seinen Revolver. Er drückte ab und schrie: *»Peng, peng, peng!«*

Eric und Beth staksten auf sie zu. Der Cowboy sprang ihnen aus dem Weg, aber Darth Vader blockierte ihnen den Durchgang.

»Was sollt ihr denn darstellen?«, verlangte er zu wissen.

Beth ächzte und griff nach ihm.

Er ging einen Schritt zurück und trat einem Häschen, das hinter ihm stand, auf den Zeh. Das Häschen schubste ihn weg und blaffte ihn an. »Pass doch auf!«

Darth Vader ignorierte es. »Ich habe keine Angst vor euch Schleimis.«

Mit tiefer Stimme brummte Eric: »Wir werden euch auffressen.«

»Ach ja? Du und wer noch?«

»Ich«, sagte Beth. »Schmatz, schmatz.«

»Verpisst euch doch«, quäkte er und rannte um sie herum, bis er mit Wonder Woman zusammenprallte und sie ins

Gras stieß. Eric ging zu dem Mädchen, um ihm aufzuhelfen, aber es schrie vor Angst, sprang auf die Füße und rannte davon.

Daraufhin kehrte Eric wieder zu Beth zurück.

»Das lief ja nicht so gut«, bemerkte sie.

»Was für ein fieses Kind.«

Von da an gingen sie normal, wenn sie Süßigkeitensammlern begegneten, und gerieten nicht mehr in Schwierigkeiten. Als sie die Straße überquerten, hielt ein Auto vor ihnen an. Die hinteren Türen öffneten sich, und zwei Gestalten stiegen aus, bevor das Auto schließlich weiterfuhr.

»Die gehen vermutlich auch zur Party«, sagte Beth.

»Ist das Aleshias Haus?«

»Ja. Lass uns mit der Show anfangen.«

Mit steifen Armen und unter viel Gestöhne schlurften sie über den Bürgersteig.

31

»Ich weiß nicht, ob ich das gut finde.«

»Was weißt du nicht, du Eierschaukler? Heute ist Halloween! Wir sind nur auf der Jagd nach Süßigkeiten.« Nate fuhr langsam an Ms. Bennetts Haus vorbei, bis er ans Ende des Blocks gelangte, wo er das Auto am Straßenrand anhielt.

»Vielleicht sollten wir das Ganze wirklich einfach vergessen«, sagte Bill.

Nate schaltete die Scheinwerfer aus. »Ach komm. Wozu haben wir denn extra herausgefunden, wo sie wohnt, wenn wir sie jetzt nicht auch besuchen? Los geht's.« Nate stieg aus dem Auto.

Bill zögerte und schwang dann die Beifahrertür auf. Beim Aussteigen traf ihn unvermittelt der kalte Wind, und er wünschte, er hätte wärmere Kleidung gewählt. Ganz sicher hätte er statt der Sandalen wenigstens Schuhe und Socken über die Füße streifen sollen.

Nate öffnete den Kofferraum und zog seine Jacke aus, dann drehte er sich mit ausgebreiteten Armen zu Bill um. »Wie sehe ich aus?«

»Kalt.«

»Das macht mir nichts.«

Genau wie Bill trug er Sandalen und eine Jeans, die an den Knien fransig abgeschnitten war. In dem Seil, das er als Gürtel um seine Hüften gebunden hatte, steckte ein

Messer in einer Scheide. Doch während Bill ein gestreiftes T-Shirt anhatte, das ihn zumindest ein bisschen vor der Kälte schützte, trug Nate nur eine offene Lederweste. Auf seiner Brust prangte ein Totenschädel mit gekreuzten Knochen.

»Ich wusste gar nicht, dass du so ein Künstler bist.«

»Ich bin ein Mann mit vielen Talenten.« Er zog sich eine schwarze Klappe über das linke Auge, dann griff er erneut in den Kofferraum und holte zwei Einkaufstüten heraus. »Für unsere Leckereien«, sagte er und reichte eine Bill.

Dann gingen sie nebeneinander zu Ms. Bennetts Haus, wo an der vorderen Veranda das Licht brannte. Eine Kürbisfratze grinste sie durch das Panoramafenster an.

»Mach aber echt keinen Scheiß«, mahnte Bill.

»Scheiß? Ich?«

»Wir klingeln nur an ihrer Tür, sagen ›Süßes oder Saures‹, und dann war's das auch schon wieder.«

»Was sonst?«

»Ich meine das ernst.« Bill rückte das rote Bandana zurecht, das er sich um den Kopf gebunden hatte, dann betastete er die große Kreole, die ihm vom rechten Ohr hing und fragte sich, ob er sie abmachen sollte. Er wollte nicht wie ein Trottel aussehen.

»Worauf wartest du denn noch?«

»Seh ich okay aus?«

»Zum Niederknien. Der krasseste Freibeuter, der je auf den Sieben Meeren gesegelt ist.«

Bill streckte den Finger nach der Türklingel aus.

»Außer dass dein Ding raushängt.«

Bill drückte auf den Knopf, dann berührte er seinen Reißverschluss, obwohl er genau wusste, dass Nate nur einen Witz machte. Er war tadellos zugezogen.

»Du hast dir Sorgen gemacht.«

»Und wie.«

Die Tür ging auf.

Ms. Bennett lächelte sie mit rußverschmiertem Gesicht an. Sie trug einen unförmigen Filzhut, ein rotes Flanellhemd und dazu eine viel zu große braune Hose, die von Hosenträgern gehalten wurde. Eines der Hosenknie zierte ein getupfter Flicken.

»Süßes oder Saures«, sagten Bill und Nate gleichzeitig.

»Wen haben wir denn hier? Einen Piraten und einen Exhibitionisten?«

Nate lächelte schief. »Ich nehme an, Sie sind unter Ihren Klamotten splitterfasernackt.«

Sie lachte. »*Touché!* Volltreffer. Der hat wehgetan. Kommt doch ins Warme. Mögt ihr Apfelwein?«

»Sehr gern«, sagte Bill.

Sie traten in den Flur, und Ms. Bennett schloss die Tür. Als sie kurz wegsah, knuffte Nate Bill mit dem Ellenbogen und zwinkerte ihm mit dem unbedeckten Auge zu.

»Ihr Jungs müsst ja völlig durchgefroren sein«, sagte sie.

»Wir sind knallhart«, entgegnete Nate.

Sie betraten das Wohnzimmer. »Setzt euch doch. Ich habe heißen Apfelwein auf dem Herd stehen und bin gleich wieder zurück.«

Bill ließ sich auf das Sofa sinken und sah ihr nach. Ein getupfter Flicken bedeckte ihren Hosenboden. Nate zwinkerte ihm noch einmal zu und ließ sich in einen Polstersessel fallen, der im Eck stand. »Glaubst du immer noch, dass es eine blöde Idee war?«

Bill schüttelte den Kopf und grinste.

»Ich habe dich auf die erste Base gebracht. Vorstellungskraft und Mut sind alles, was man dazu benötigt.«

Hinter dem Sessel kam eine Hand hervor und packte Nate an der Schulter. Mit einem erstickten Schrei sprang er auf die Füße. Als er herumwirbelte, fiel sein Blick auf ein schwarz gekleidetes Frankensteinmonster. Nate machte ein paar Schritte von ihm weg. »Sehr lustig«, sprach er das Monster an. »Wahnsinnig schaurig und eklig.«

Es taumelte um den Sessel herum mit ausgestreckten Armen auf Nate zu.

Bill sah Ms. Bennett in der Küchentür stehen, die sich beim Versuch, nicht in Gelächter auszubrechen, förmlich schüttelte.

Nate wich noch immer vor dem Monster zurück. »Okay, du hast deinen Spaß gehabt. Aber jetzt ist Schluss.«

Es kam weiter auf ihn zu.

»Verdammt!« Er hob die Fäuste. »Keinen einzigen Schritt mehr, Arschgesicht!«

»Das reicht jetzt«, sagte Ms. Bennett in ruhigem Ton.

Der große, missgestaltete Kopf des Monsters drehte sich in ihre Richtung.

»Setz dich hin und sei lieb.«

Es senkte die Arme, kehrte um und ging zu dem Sessel, auf dem Nate gesessen hatte. Mit einem unterdrückten Seufzer setzte es sich hin, faltete die Hände und schlug die Beine übereinander.

»Es tut mir leid, wenn er euch Angst gemacht hat.« Sie trug zwei Tassen mit Apfelwein.

Nate versuchte ein Grinsen und schnaubte. Er nahm neben Bill auf dem Sofa Platz.

»Wer sind Sie?«, fragte Bill das Monster.

Das Monster blieb reglos und stumm.

»Wer ist das, Ms. Bennett?«

»Mein Freund, das arme Monster.«

»Er macht mich auch so traurig, dass ich beinahe kotzen könnte«, murmelte Nate.

»Normalerweise ist er ganz harmlos.« Ms. Bennett stellte die Tassen auf den Couchtisch.

Bevor er eine nahm, bedankte sich Bill bei ihr, dann legte er die Zimtstange auf die Seite und nahm einen Schluck. »Das schmeckt gut.«

»Es wird euch die Knochen wärmen.« Ms. Bennett durchquerte den Raum und setzte sich dem Monster auf den Schoß. »Was habt ihr Jungs denn noch vor?«

»Wir plündern die Stadt«, entgegnete Nate.

»Eigentlich gehen wir auf eine Halloweenparty. Aber bis dahin dauert es noch ein bisschen.«

»Wir auch.«

»Wir halten Sie aber nicht auf, oder?«

»Nein, es besteht kein Grund zur Eile.«

»Gehen Sie zum Sherwood House?«, fragte Nate.

»Eine meine Schülerinnen hat ein paar Leute eingeladen.« Sie schlug auf eine Hand des Monsters, die langsam ihren Oberschenkel hinaufgeglitten war. »Im Sherwood House wird eine Party ...?« Die Türklingel schnitt ihr das Wort ab. »Entschuldigt mich bitte.« Sie nahm die Hand des Monsters von ihrem Bein und ging zur Tür.

Bill hörte, wie sie sie öffnete und ein Chor aus Kinderstimmen rief: »Süßes oder Saures!«

Auf der anderen Seite des Zimmers erhob sich das Monster von seinem Platz. Es ging langsam zu Nate hinüber.

»Okay, Monster, lass es sein!«

Es hob die Arme.

Nate sprang auf die Füße. »Okay, du Arschloch.«

Das Monster versuchte, ihn zu packen.

Nate trat nach ihm. Sein Fuß flog auf den Unterleib der maskierten Gestalt zu, aber eine schnelle Handbewegung blockte den Angriff ab. Sie schnappte sich Nates Fußgelenk und warf ihn nach hinten um. Nate krachte auf den Boden, sein Kopf verfehlte nur knapp den Couchtisch.

Bill sprang auf, bereit, in den Kampf einzugreifen, aber das Monster hob eine Hand. »Mit dir habe ich keinen Streit«, erklang es gedämpft hinter der Maske.

»Lassen Sie Nate in Ruhe.«

»Ich bin mit ihm fertig.« Die Hände des Monsters nestelten an seiner Maske herum und nahmen sie ab, woraufhin Mr. Carlson, der Schulbibliothekar, finster auf Nate hinabblickte. »Das war für gestern, Houlder. Dafür, dass du sie ins Gebüsch geschubst hast.«

»Du Schwanzlutscher«, stieß Nate hervor. »Ich zerr dich vor Gericht.«

»Ich glaube, das fällt unter Notwehr.«

»Was ist denn hier los?« Ms. Bennett betrat den Raum und blickte sich stirnrunzelnd um.

»Houlder wollte gerade gehen.«

»Verdammt, Nick!«

»Tut mir leid«, antwortete er. »Aber Houlder hat es verdient.«

»Auge um Auge war noch nie die Lösung für irgendwas.«

»Aber es hilft, glaub mir.«

»Ganz richtig, Alter«, sagte Nate, als er sich wieder auf die Füße kämpfte. »Und vergiss es nicht. Denn dafür wirst du bezahlen.« Er öffnete seine Weste und tippte auf die Piratenflagge, die er sich auf die Brust gezeichnet hatte. »Siehst du das hier? Wenn ich mit dir fertig bin, siehst du noch übler aus. Verlass dich drauf.«

»Du machst mir so richtig Angst, Houlder.«

Nates Hand schnellte zum Griff seines Messers in der Scheide, doch Bill packte ihn am Handgelenk. »Komm, Nate. Lass uns von hier verschwinden.« Er hielt ihn so lange am Arm fest, bis er sich entspannte.

»Ja, okay. Lass uns gehen.«

Ms. Bennett lief vor ihnen her und öffnete die Tür.

»Das hier tut mir sehr leid«, sagte Bill zu ihr. »Aber Ihr Freund hat damit angefangen. Nate hat ganz ruhig auf seinem Platz gesessen.«

Sie nickte und erwiderte nichts.

»Carlson hat damit angefangen, aber ich werde es beenden«, sagte Nate. Er blieb an der Tür stehen und sah zurück zu dem schwarz gekleideten Mann. »Hörst du mich, Carlson? Ich werde es beenden. Auge um Auge.«

»Versuch's nur, Houlder.«

Bill zupfte Nate an der Weste. »Jetzt komm schon.«

Sie gingen hinaus, und Ms. Bennett schloss die Tür hinter ihnen.

32

»Und dann hat Doons mir unterstellt, dass ich Houlders Freundin bin.«

»Doons ist ein Vollidiot«, sagte Eric.

»Ich hasse ihn.«

»Ich auch.« Er nahm den letzten Schluck von seinem Punsch aus dem Plastikbecher und bemerkte, dass Beth ihren auch schon fast ausgetrunken hatte. »Möchtest du noch etwas?«

»Ja. Der ist wirklich gut, oder?«

»Find ich auch.« Er nahm ihren Becher. »Ich bin gleich wieder zurück.« Sie lächelte ihn an, und Eric machte sich auf den Weg durch das Wohnzimmer, wo er nach Lücken zwischen den Tänzern suchte und die Mädchen beobachtete. Doch niemand beachtete ihn, als er sich durch sie hindurchschlängelte. Die meisten blickten nur ausdruckslos vor sich hin, so als hätten die laute Musik und die Zuckungen ihrer Körper sie in Trance versetzt.

Aleshia hatte eine pinkfarbene Strumpfhose an und darüber ein weißes Ballettkleid. Dazu trug sie ein enges Perlenhalsband und eine Tiara im Haar. Eric hatte sie noch nie schöner gesehen. Wenn er selbst nur ein bisschen mehr von Eddie Ryker hätte ... Eric sah Eddie beim Tanzen zu. Der große, gut aussehende Junge trug kein Kostüm – nur ein Footballtrikot und Jeans. Sein Lächeln war selbstgefällig, die Augen zur Decke gerichtet. Er *sah* sie noch nicht mal an!

Eric stieß mit jemandem zusammen.

»Verflucht, Prince!« Mark Bailey, der einen Stahlhelm trug, funkelte ihn böse an.

»Entschuldigung, Sir«, sagte Eric und salutierte schneidig.

»Penner«, murmelte Marks Begleiterin.

Eric sah zu ihr hinüber. Sue Diamond leitete das Cheerleader-Team. Auch sie schien sich als eine Art Soldatin verkleidet zu haben. Zumindest trug sie einen Expeditionshut mit Tigermuster, einen olivfarbenen Overall und eine Koppel, von der eine Feldflasche hing. Der Reißverschluss ihres Overalls war beinahe bis zum Nabel aufgezogen und gab den Blick auf ein lang gestrecktes V aus nackter Haut frei, ohne jede Spur eines BHs.

»Verpiss dich«, sagte sie.

Rasch ging Eric weiter und drehte sich dann noch mal um. Er fragte sich, was wohl zu sehen sein würde, wenn sie sich bückte. Sie bückte sich aber nicht, sondern zeigte ihm stattdessen den Mittelfinger.

Endlich erreichte Eric den Tisch mit den Erfrischungsgetränken. Er stand in der Schlange hinter einem Clown und einem Vampir. Niemand sprach ihn an, während er wartete und zusah, wie Elmer Cantwell Punch aus der Kristallglasschüssel in den Becher des Vampirs schöpfte.

Elmer schien als Glöckner von Notre-Dame verkleidet zu sein. Mit seiner gedrungenen Statur und den Glubschaugen war er für dieses Kostüm wie geschaffen.

»Ist das Aleshias Vater?«, hatte Eric gefragt, als Elmer ihm vorhin zum ersten Mal aufgefallen war.

»Nein«, antwortete Beth. »Ihr Vater ist nie zu Hause. Das ist Elmer Cantwell.«

»Was macht er hier?«

»Er ist ein Freund von Aleshias Mutter. Ganz schön hässlich, oder?«

»Ziemlich.«

»Die Frauen sollen aber verrückt nach ihm sein. Ich kann nur nicht erkennen, warum. Du etwa?«

Eric schüttelte den Kopf.

»Er muss irgendetwas Besonderes haben, denn sein Aussehen ist es ganz sicher nicht.«

»Vielleicht ist er reich.«

»Vielleicht.«

Der Vampir und der Clown waren fertig. Eric sah, wie der Blick des Mannes über den Tisch hinweg zu seiner nackten Brust wanderte und dort verharrte. Er kämpfte gegen den starken Impuls an, die Jacke zusammenzuziehen.

»Zwei Punsch, bitte.«

Elmer grinste und zeigte seine schiefen Zähne. Dann streckte er die Hände nach den leeren Bechern aus. Als Eric sie ihm hinhielt, strichen die Finger des Mannes über seine Hand.

Er wand sich und wünschte, Aleshias Mutter und nicht dieser Mann würde noch immer den Punsch ausschenken.

Elmer nahm die Becher entgegen, stellte sie ab und versenkte den Schöpflöffel in der Schüssel mit der schaumigen roten Flüssigkeit.

»Ich habe dich schon mal gesehen, Eric«, sagte er im Flüsterton.

»Tatsächlich?«

»Schon oft.«

»Wo?«

»In der öffentlichen Bibliothek.«

»Oh.«

»Du hast so schöne Haut. Eine echte Schande, sie unter all diesem Schmutz zu verstecken.«

»Oh.« Eric fühlte sich, als ob Würmer über seinen Rücken kröchen. »Vielen Dank für den Punsch.« Er nahm die Becher und machte sich eilig auf den Rückweg. Dieses Mal beachtete er die Tänzer gar nicht. Beth stand noch immer da, wo er sie zurückgelassen hatte. Mary Lou war bei ihr, eine der Cheerleaderinnen.

»Hallo, Eric«, sagte Mary Lou.

Sie war eine schlanke Rothaarige, die sich als Krankenschwester verkleidet hatte.

»Hallo.«

»Geht's dir gut?«, fragte Beth.

»Alles gut.« Er reichte ihr einen Becher.

»Du siehst aber nicht gut aus.«

»Ich bin ein lebender Toter.«

»Was ist denn passiert?«

Er zuckte die Achseln. »Ach, dieser Typ, Elmer ...«

»Was hat er getan?«, fragte Mary Lou.

»Er ist so ein Widerling.«

»Weißt du, was er zu John gesagt hat? Kennst du John? Er ist der Dracula. Er stand vor dir in der Schlange. Hast du mitbekommen, was dieser durchgeknallte Typ zu ihm gesagt hat?«

Eric schüttelte den Kopf.

»Ihr werdet es nicht glauben.« Mary Lou sah von Beth zu Eric. Ihre Augen glänzten voller Vorfreude auf ihre Reaktion. »Er sagte: ›An mir kannst du jederzeit saugen, Graf.‹«

»Ach du meine Güte!«, brachte Beth heraus.

»Eklig, oder?«

»Ist er ... schwul?«, fragte Beth.

»Tja, ich nehm's mal an. Aber seltsamerweise soll er ein echter Ladykiller sein.«

»Vielleicht mag er ja beides«, warf Eric ein.

Beth schüttelte den Kopf. »Aber ich versteh nicht, warum irgendjemand an *ihm* interessiert sein sollte.«

»Hast du's noch nicht gehört? Er ist ...« Mary Lou sah Eric an, dann wieder Beth. »Also, es heißt, dass er ein wirklich enorm großes *Ding* hat.«

»Widerlich.«

»Weißt du, es soll geradezu gigantisch sein.«

»Glaubst du, dass er und Aleshias Mum ...«

»Warum sollte er wohl sonst hier sein?«

»O Mann.« Beth zog die Nase kraus und sah ehrlich angewidert aus.

Mary Lou drehte sich zu Eric um. »Und was hat er zu dir gesagt?«

»Er meinte, dass meine Haut schön wäre.«

»Ah, wie eklig.«

Als Beth an ihrem Punsch nippte, glitt ihr Blick zu Erics Brust und blieb dort hängen. »Er hat recht«, sagte sie schließlich.

Mary Lou bekam einen Lachanfall. »Du bist so schräg!« Sie japste nach Luft. »O Gott, so was von schräg!«

Beth stellte ihr Getränk ab. Ihr Unterkiefer klappte herunter, der Kopf kippte ihr zur Seite, und sie starrte Mary Lou mit riesigen, blicklosen Augen an. Stöhnend hob sie die Arme und ging dem Mädchen an die Gurgel.

»He!« Kichernd machte Mary Lou einen Schritt rückwärts.

»Ich werde dich auffressen«, gurgelte Beth. »Mjam, mjam.«

Eric schlurfte neben Beth her. »Ich werde dich auffressen.«

Mary Lou stieß mit John, dem Vampir, zusammen. Sie kreischte, als er die Arme um sie schlang und begann, an ihrem Hals zu knabbern.

»Möchtest du dir Aleshia schnappen?«, fragte Eric.

Beth nickte.

Sie bewegten sich langsam durch den Raum, wobei sie ächzten, stöhnten und mit den Tänzern zusammenstießen, die sie entweder ignorierten oder lachend wegschubsten. Dann tauchte plötzlich Aleshia vor ihnen auf. Sie hatte den Kopf in den Nacken gelegt, hielt die Augen halb geschlossen und blickte verträumt, während sie sich zum Rhythmus der Musik bewegte, die Arme in die Luft streckte und um die eigene Achse wirbelte. Sie wankten an Eddie Ryker vorbei, der weitertanzte, als ob sie unsichtbar wären.

»Ich werde dich auffressen«, stöhnte Beth.

Aleshia bemerkte sie nicht.

Eric sah kleine Schweißtröpfchen auf ihrer Oberlippe glänzen, doch ihre Schultern und ihr Dekolleté sahen trocken aus. Über dem Rand ihres Ballettkleids konnte er den Ansatz ihrer Brüste erkennen. Ein kräftiger Ruck nach unten würde sie befreien ...

Und gleich darauf würde sich jeder Junge im Raum auf Eric stürzen.

Beth griff nach Aleshias Arm.

»He!«

»Ich werde dich auffressen und dir das Mark aus den Knochen lecken«, sagte Beth.

»Ach ja?« Aleshia riss sich los und grinste. »Niemand leckt mich außer Eddie.«

Beth sah sie einen Moment verblüfft an und prustete dann laut los.

Mit einem anzüglichen Lachen begann Aleshia wieder zu tanzen.

Eric war ganz schlecht vor Enttäuschung. Warum hatte *er* nicht nach ihr gegriffen? Wenigstens nach ihrem Arm, so wie Beth?

Kacke!

Er hatte seine Chance verpasst. Weil er ein Schisser war.

»Möchtest du tanzen?«, fragte Beth.

»Glaub schon.«

33

»Sie halten an«, sagte Bill, und Nate bremste ebenfalls.

Einen Block vor ihnen parkte der Wagen mit Carlson und Ms. Bennett rückwärts in eine Lücke ein.

»Hier muss es sein«, sagte Nate.

»Scheint so.« Das Haus war hell erleuchtet, das Verandalicht brannte, ein grüner Scheinwerferspot beschien eine steifarmige, reglose Gestalt auf dem Rasen.

»Behalt die beiden im Auge«, sagte Nate.

Bill beobachtete, wie Carlson und Ms. Bennett aus dem Auto stiegen und den Weg zum Haus entlanggingen. Die einsame Gestalt bewegte sich nicht. Eine Vogelscheuche, erkannte Bill, als sie langsam näher kamen.

Er sah ein grinsendes Kürbisgesicht im großen Panoramafenster, dahinter standen Leute in Kostümen herum. Ein paar von ihnen tanzten. »Teenager«, sagte er.

»Sich allein vorzustellen, dass wir nicht eingeladen sind. Was für ein Arschloch gibt denn eine Party und lädt uns beide nicht dazu ein?«

Die Fliegengittertür schwang auf. Carlson und Ms. Bennett gingen hinein.

»Das kotzt mich so an. Für was halten die uns denn? Leprakranke? Hast du Lepra, Spacko?«

»Nein.«

»Ich auch nicht. Diese Wichser.«

Am Ende des Blocks bog Nate ums Eck und parkte den Wagen.

»Was machst du denn?«, frage Bill.

»Nach was sieht es aus?«

»Wir gehen da auf keinen Fall rein.«

»Hey, wir sind Süßigkeitensammler. Wir gehen zur Vordertür und sehen, was sich ergibt.«

»Schwachsinn. Du möchtest da rein, um Carlson plattzumachen.«

Mit einem Zwinkern zog Nate die schwarze Augenklappe wieder herunter. »Abso-fucking-lut richtig. Wir sind böse Jungs, Alter. Piraten. Niemand schubst uns herum. Wir schubsen andere herum.« Er stieß die Tür auf und sprang aus dem Auto. Als er über die Straße rannte, schrie er: »Vergewaltigen, plündern, brandschatzen! Ho, ho, ho und eine Buddel voll Rum!«

Bill lief ihm nach. »Jetzt wart doch mal!«

»Fick dich, du Langweiler.«

»He, ihr beiden!«, erklang die vorwurfsvolle Stimme einer Frau.

Bill sah sie auf dem Gehweg stehen, umringt von einem halben Dutzend Kinder.

»Lutsch ihn mir, Lady!«, rief Nate, als er durch das Eckgrundstück abkürzte.

Die Frau befand sich noch immer vor Bill. »Ihr miesen Typen solltet weggesteckt werden!«

»In deinen Arsch!«, schrie Bill.

»Ganz richtig!«, rief Nate von weiter vorne.

Bill blieb auf der Straße, bis er an der Frau vorbei war, dann lief er auf dem Gehsteig weiter und über den Rasen des Eckgebäudes. Nate, der nun nicht mehr weit entfernt war, sprang ungeduldig auf und ab.

»Beeil dich, du Stecher.«

Den Rest des Blocks rannten sie nebeneinander her.

»Vergewaltigen, plündern, brandschatzen!«, bellte Nate.

Aus dem Haus vor ihnen drang laute Rockmusik. *»I'm dying to be your woman, I'm dying to be your guy, we're dying to be red-hot lovers – under the sunbeam sky.«*

Nate sprintete auf die Vogelscheuche zu. Ihr Kopf war eine bemalte Einkaufstüte.

»Under the sunbeam sky, sky, sky.«

»Jaaaaa!« Nate stürmte ungebremst in sie hinein, sodass der Pfosten zerbrach, auf den sie gesteckt war, und sie auf den Boden krachte. Die Vogelscheuche zerriss auf Hüfthöhe in zwei Teile. Kugeln aus zusammengeknüllter Zeitung quollen ihr aus Hemd und Hose.

»Dying to be lovers, dying to get high, dying to be your wonder-waker under the red-hot sky.«

Er rollte sich auf dem Boden ab, kam wieder auf die Füße und lief zur offen stehenden Vordertür.

»Nate!«, rief Bill ihm hinterher.

»Vergewaltigen, plündern, brandschatzen!«

»Tu's nicht!«

Er schwang die Fliegengittertür auf. Eine Frau in Abendkleid verstellte ihm den Weg, doch er stieß sie einfach beiseite.

Bill zögerte. Er wollte Nate da nicht hineinfolgen, wollte nichts mit dem Kampf und der Zerstörung zu tun haben, die unvermeidlich folgen würden.

Eric tanzte mit Beth, beobachtete sie und versuchte, ihre Bewegungen zu imitieren, als er sah, wie Mrs. Barnes von einem Piraten über den Haufen gerannt wurde. Mit einem entsetzten Aufschrei stolperte sie rückwärts und knallte hart gegen die Wand.

»I'm dying to get down with you, I'm dying to feel your skin.«

»Vergewaltigen, plündern, brandschatzen!«, schrie der Pirat.

Nate Houlder!

»We're dying to be red-hot lovers – doing the sunbeam sin.«

Nate stürmte durch den Raum und bahnte sich gewaltsam einen Weg durch die aufgeschreckten Tänzer.

Irgendjemand schrie: »Haltet ihn auf!«

»Schnappt ihn euch!«

Als Nate an Eddie Ryker vorbeilief, versuchte der, ihn an der Schulter festzuhalten. Nate wirbelte herum und drosch Eddie mit der Faust gegen die Nase. Dann riss er sich los und warf sich auf Frankensteins Monster – Mr. Carlson, der mit Ms. Bennett gerade erst vor einer Minute eingetroffen war. Carlson versetzte Nate einen Kinnhaken, aber das hielt ihn nicht auf. Stattdessen packte er den Mann, rang mit ihm und trieb ihm hart ein Knie zwischen die Beine. Carlson schrie auf, und als er stürzte, war Nate sofort über ihm, wobei er nach dem Tisch mit den Getränken griff. Elmer wich zurück, und Nate ergriff die Punschschüssel.

»Nein!«, schrie Ms. Bennett.

Nate torkelte auf Carlson zu, geriet ins Stolpern und kippte den gesamten Punsch auf ihn. Die rote Flüssigkeit spülte über Carlsons Kopf und seinen Rücken hinweg und bespritzte alle Umstehenden.

Ms. Bennett entwand Nate die leere Schüssel. »Du Idiot!«, fuhr sie ihn an. »Du gottverdammter, blöder Idiot!«

»Mein *Teppich*!«, kreischte Mrs. Barnes.

»Schnappt ihn euch!«, schrie Aleshia. »Alle auf ihn!«

Daraufhin rannten drei der Jungs aus dem Footballteam – Mark Bailey, der Soldat, John, der Vampir, und ein Indianer –

auf Nate zu und nahmen ihn in die Zange, sodass er hinfiel und unter einem Haufen von Körpern begraben wurde.

»Geh und hilf ihnen«, sagte Beth zu Eric.

»Sie wollen mich nicht dabeihaben.«

»Mach schon. Sonst glauben sie noch, du hast Angst.«

»Äh ...« Da Eric nicht wusste, was er sagen sollte, ließ er Beth einfach stehen. Als er im Mittelpunkt des Geschehens angekommen war, hatten sich bereits sechs Jungs auf Nate gestürzt. Aleshia stand schwer atmend über ihnen und erteilte Anweisungen, wobei ihr Gesicht immer roter anlief.

»Sein Bein«, keuchte sie. »Schnappt euch sein anderes Bein.«

Eric ging in die Hocke und griff nach Nates linkem Fußgelenk – dem einzigen sichtbaren Teil seines Körpers.

»Okay, hebt ihn hoch. Hebt ihn hoch.«

»Lasst uns die Polizei rufen.«

»Nein. Ich habe eine bessere Idee. Bringt ihn raus.«

John und ein Cowboy kletterten von Nate herunter. Die anderen hoben ihn an.

»Mein Teppich«, stammelte Mrs. Barnes.

»Dafür wird er bezahlen«, sagte Elmer.

Eric ging rückwärts und hielt Nate immer noch am Gelenk seines nackten Fußes fest. Nate, der kaum noch Luft bekam, schluchzte. Die Augenklappe baumelte von seinem Hals, Blut tropfte ihm aus den Nasenlöchern, seine rechte Gesichtshälfte war rot und geschwollen, und an der Brust blutete er aus einem Dutzend Kratzwunden.

»Was machen wir mit ihm?«, fragte Ryker.

»Bringt ihn nach draußen«, wiederholte Aleshia.

»Ich finde, wir sollten die Polizei verständigen«, sagte Ms. Bennett, die hinter ihnen herging.

»Wir kümmern uns selbst darum.«

»Er ist schon verletzt genug.«

»Wir werden ihn nicht verletzen.«

Jemand hielt die Fliegengittertür auf, damit sie Nate nach draußen und die Verandatreppe hinuntertragen konnten.

»Gut«, sagte Aleshia. »Zieht ihn aus.«

»Ja!«, sagte der Cowboy.

»Coole Idee!«, sagte der Indianer.

»Geschieht dem Scheißkerl recht«, sagte Ryker.

»Kinder!«, rief Ms. Bennett. »Ich halte das nicht für den richtigen Weg, um ...«

Plötzliches wildes Wutgeschrei ließ die Lehrerin verstummen.

Als hinter einem nahe gelegenen Busch ein Pirat hervorsprang, ließ Eric Nates Fußgelenk fallen.

»Bill!«, schrie Ms. Bennett.

Der Pirat sah zu ihr hinüber, wurde aber nicht langsamer. Stattdessen stürzte er sich mit voller Wucht auf die Rücken von drei Jungs und schleuderte sie über Nates Körper hinweg, sodass sie in jene krachten, die auf der anderen Seite standen. Ein Pärchen geriet ins Stolpern, stürzte jedoch nicht, die anderen aber gingen als verworrenes Knäuel zu Boden.

»Jungs!«, schrie Ms. Bennett. »Jungs, hört auf!«

»Schnappt ihn euch!«, gellte Aleshia.

Ryker und Bailey, die Einzigen, die noch immer standen, stürzten sich auf Bill. Gemeinsam packten sie ihn an Armen und Schultern und versuchten, ihn von den anderen wegzuzerren.

Nate, der von niemandem mehr festgehalten wurde, rollte sich weg, kämpfte sich auf Hände und Knie hoch und kroch davon.

»Jungs!«

»O nein, du bleibst hier.« Beth sprang Nate auf den Rücken und warf ihn zu Boden. Dann setzte sie sich schnell auf ihn und bemühte sich, seine Schultern nach unten zu drücken. Doch Nate drehte sich auf den Rücken und knurrte sie an. »Du«, stieß er hervor und begann, wild mit den Armen um sich zu schlagen. Beth versuchte, sie festzuhalten, aber Nate gelang es, nach ihren Brüsten zu greifen, sie schmerzhaft zusammenzuquetschen und zu verdrehen.

Durch Beths Aufschrei aus seiner Erstarrung gelöst, rannte Eric zu den beiden und trat nach dem am Boden liegenden Jungen. Dabei traf er ihn mit der Spitze seines Turnschuhs so hart an der Wange, dass Nate sich ins Gesicht griff und aufschrie.

Eric zog Beth, die leise weinte, auf die Beine. »Alles okay?«

Mit einem Kopfschütteln sank sie in seine Arme und ließ sich von ihm festhalten. Wie weich und warm sie sich anfühlte.

Sie hatten ihn so übel zusammengeschlagen, dass Bill nur noch dalag und die Augen fest geschlossen hielt. Wenn sie bemerkten, dass er noch bei Bewusstsein war, fingen sie vielleicht wieder von vorne an. Über das Klingeln in seinen Ohren hinweg vernahm er Stimmen.

Aleshia: »Also gut, zieht ihnen die Sachen aus.«

Ms. Bennett: »Ich rufe die Polizei.«

»Ach, lass sie doch, Karen.«

Wer war das? Vermutlich Carlson. Das Monster.

»Es ist doch ganz harmlos.«

»Das ist überhaupt nicht harmlos, sondern widerlich und entwürdigend.«

»Und völlig angemessen. Sieh dir doch an, was Houlder mit mir gemacht hat. Vom Teppich ganz zu schweigen.«

»Wir wollen ihnen doch nicht den Spaß verderben«, bemerkte eine flüsternde Stimme.

»Macht mit ihnen, was ihr wollt«, sagte eine Frauenstimme, die er nicht kannte. »Wenn es nach mir geht, könnt ihr sie in Öl kochen.«

»Lasst uns abstimmen«, sagte Aleshia. »Wer ist dafür, die Arschlöcher auszuziehen?«

Bill hörte einen Chor von Ja- und Ich-Rufen.

»Wer ist dagegen?«

»Ihr seid doch alle verrückt«, sagte Ms. Bennett.

»Die Mehrheit ist dafür.«

Sofort begannen Hände, an Bills T-Shirt zu zerren.

»Ich rufe die Polizei.«

»Nicht von meinem Haus aus. Die Party ist vorbei. Wenn Sie so wild darauf sind, diesen Rowdys zu helfen, dann gehen Sie nach Hause und telefonieren dort.«

»Mrs. Barnes, ich glaube nicht …«

»Vielleicht sollten wir gehen«, sagte Carlson.

»Ja, vielleicht sollten wir das tun.«

Sein Shirt war weg, und er spürte das kalte, nasse Gras unter seinem Rücken.

»Krass! Seht euch sein Messer an.«

»Nehmt es«, befahl Aleshia. »Nehmt alles.«

Er fühlte Hände, die an dem Seil um seine Hüften und am Knopf seiner Jeans zogen. Als Nächstes glitt der Reißverschluss nach unten. Als er nun doch den Kopf hob und die Augen öffnete, schlug ihm der Soldat, der neben seinem Kopf kniete, seinen Stahlhelm ins Gesicht.

Dann wurden ihm die Jeans von den Beinen gezerrt.

»Was ist mit seinen Shorts?«

»Nehmt sie. Nehmt ihnen alles.«

Jemand zog ihm die Unterhose aus.

»*So* gefällt mir das«, juchzte Aleshia.

Er hörte mehrere Jungs und Mädchen kichern.

»Ein echt winzig kleines Pimmelchen«, sagte ein Junge.

»Damit kann man wirklich nicht angeben, oder?«

»Er kriegt ihn wahrscheinlich nicht mal hoch.«

»Hast du überhaupt schon mal einen gesehen, Mary Lou?«

»Du kannst mich mal.«

»*Das* kann jetzt aber echt nicht wahr sein, oder?«

»Ich hab doch schon immer gewusst, dass Houlder ein Eunuch ist.«

Lachen und Kichern.

»Okay«, sagte Aleshia »lasst uns wieder reingehen und abtanzen.«

»Ja, auf geht's!«

»Auf gar keinen Fall. Die Party ist vorbei.«

»Mum!«

»Du hast gehört, was ich gesagt habe.«

»Aber wir haben doch gerade erst angefangen.«

»Es ist vorbei.«

»Im Sherwood House ist auch eine Party«, meldete sich eine neue Stimme.

Wer war das? Ach ja, Eric Prince, dieser kleine Scheißer.

»Warum gehen wir nicht alle dahin?«

»Ja!«

»Sehr gute Idee! Ich habe eh eine Einladung.«

»Wessen Party ist das?«

»Keine Ahnung.«

»Ist doch egal.«

»Los geht's.«

»Okay.«

»Was machen wir mit den beiden?«

»Lass sie liegen.«

»Einverstanden, aber lasst uns ihre Klamotten mitnehmen. Wenn sie sie wiederhaben wollen, müssen sie zur Party kommen.«

»Ja, als Nacktbader verkleidet.«

»Flitzer.«

»Ein Schwanz und ein Arschloch.«

Bill hörte Lachen und dann nur noch Stille, bis eine vertraute Stimme sagte: »Wir wurden ganz schön gefickt, Alter.«

»Ja«, murmelte er.

»Lassen wir sie damit davonkommen?«

34

»Sieht so aus, als wären wir die Ersten«, sagte Doons, als er vom Gas ging, den Wagen wendete und schließlich vor dem Sherwood House parkte.

»Vielleicht auch nicht«, entgegnete Marjorie.

»Siehst du irgendwelche anderen Autos? Wie viele? Neun? Zehn?«

»Lass sie in Ruhe, Phil.«

»Wenn ich *deinen* Rat brauche, geb ich dir Bescheid.«

»Du bist ein echt harter Junge«, kommentierte Thelma.

»Ganz richtig.«

»Lasst uns nicht streiten«, sagte Marjorie. »Heute ist Halloween, und wir sind hier, um Spaß zu haben.«

Thelma schnaubte. »Ich hoffe nur, dass auch ein paar annehmbare Männer da sind.«

»Ach, da bin ich ganz sicher. Das wird lustig. Ich wollte immer schon wissen, wie es in diesem alten Kasten aussieht. Ihr nicht?«

»Eher weniger.«

Doons stieg aus dem Auto und öffnete die Hintertür. Als Thelma ihm die Hand reichte, um sich beim Aussteigen helfen zu lassen, ergriff er sie und zog sie mit einem Ruck heraus.

»Was für ein Gentleman«, sagte sie.

»Das ist doch selbstverständlich.« Dann half er Marjorie heraus. »Wäre das dann auch wirklich alles, meine Damen?«

»O Phillip.«

»Er hat miese Laune, weil er allein vorne sitzen musste.«

»Ich hätte mich als Chauffeur verkleiden sollen.«

»Du siehst toll aus, Liebling.«

»Ich fühle mich aber total bescheuert.« Er vergrub die Hände in den Taschen seiner Latzhose. Marjorie hatte sie noch schnell gekauft, als er ihr am Telefon von der Party erzählt hatte. Und dazu eine für sich und Thelma.

Gott sei Dank, dachte Doons, *konnte sie keinen Laden finden, der Strohhüte führt.*

Drei verdammte Landeier.

»Man *muss* sich verkleiden«, hatte Marjorie insistiert. »Es ist eine Kostümparty.«

»Es scheint überhaupt niemand hier zu sein«, unterbrach Thelma seine Gedanken.

»Das habe ich doch gesagt.«

Sie machten sich auf den Weg durch den Vordergarten und das hohe Unkraut, das dort wuchs.

»Wisst ihr was?«, fragte Thelma mit leiser Stimme und ohne ihren üblichen Sarkasmus. »In dieses Haus habe ich neulich nachts Dexter gehen sehen.«

Marjorie sah sie erstaunt an. »Wirklich?«

»Ja. In der Nacht, in der er ermordet wurde, um genau zu sein.«

»Ach du lieber Gott!«

Doons lachte humorlos. »Und wie kam es dazu, dass du ihn dabei beobachtet hast? Oder soll ich das besser nicht fragen?«

Thelma ignorierte ihn. »Ich habe ihn durch die Hintertür hineingehen sehen. Und er kam nicht mehr raus.«

Ein paar Schritte von der Veranda entfernt blieb Doons stehen, um sich zu Thelma umzudrehen. »Versuchst du, uns Angst einzujagen?«

»Ich wollte es nur erwähnen.«

»Du glaubst doch nicht etwa ...«, begann Marjorie.

»Ich weiß es doch auch nicht. Aber der Cop, dem ich davon erzählt habe, fand es wahnsinnig interessant. So interessant, dass er ganz vergessen hat, mich zu verhaften.«

Doons stieß zischend den Atem durch die Zähne aus. »Jesus, Thelma, was machen wir dann hier?«

»Wir gehen zu einer Party.«

Und Marjorie fügte leise hinzu: »Es war dein Vorschlag, Phil.«

»Es hat mir ja auch keiner gesagt, dass Boyanksi hier den Löffel abgegeben hat.«

»Denk einfach nicht dran«, sagte Thelma. »Es ist wahrscheinlich nicht mal hier drinnen passiert. Lasst uns reingehen und Spaß haben.«

»Tolle Idee.« Doons blieb reglos stehen.

Die Daumen unter die Träger ihrer Latzhose gehakt, stieg Thelma mit einem abfälligen Grinsen die Stufen zum Eingang hinauf.

»Das ist doch total verrückt«, protestierte Doons.

»Sei kein Spielverderber«, sagte Marjorie, nahm seine Hand und ging mit ihm gemeinsam hinter Thelma die Treppe hoch.

»Hast du vor, mich die Tür aufmachen zu lassen?«, fragte Thelma.

Er griff nach dem Türknopf, doch kurz bevor seine Finger sich darum schlossen, flog die Tür auf. Erschrocken fuhr er zusammen, Thelma holte keuchend Atem, Marjorie schrie auf und packte ihn am Arm.

Vor ihnen stand eine Frau in einem langen weißen Abendkleid. Sie hielt eine brennende Kerze, und ihr Gesicht lag im Schatten. »Phil?«, fragte sie.

Es gelang ihm, einen Seufzer der Erleichterung zu unterdrücken, als er die Stimme erkannte. »Barbara?«

»Mann, bin ich froh, dich zu sehen. Dieser Ort macht mich ganz kribbelig.«

»Barbara, du kennst ja meine Frau Marjorie. Und das ist ihre Schwester Thelma. Thelma, darf ich dir Barbara Major vorstellen? Sie ist Lehrerin an meiner Schule.«

»Hallo«, sagte Thelma.

»Nett, Sie kennenzulernen. Kommen Sie doch herein.«

»Ist sonst schon jemand hier?«, fragte Doons, als er eintrat.

»Besser, du siehst dir das selbst an.«

Auch die Frauen traten ein und schlossen die Tür. Bis auf den Schein der Kerze in Barbaras Hand lag der Vorraum im Dunkeln. Mit langsamen Schritten überquerten sie den Parkettboden im Eingangsbereich und gingen ins Wohnzimmer.

»Jesus Christus«, hauchte Doons.

Im Kerzenlicht sahen sie, dass der Raum leer war – bis auf drei Gorillas, die an ihren Armen von den schmiedeeisernen Fenstergittern hingen.

»Sind die echt?«, flüsterte Marjorie.

»Das sind Kostüme«, antwortete Barbara.

»Steckt irgendjemand drin?«, fragte Thelma.

Barbara zuckte die Achseln. »Ich bin nicht nahe genug hingegangen, um es herauszufinden. Sie bewegen sich nicht. Ich nehme zwar an, dass sie ausgestopft sind, aber sie machen mich trotzdem ganz nervös. Ich wollte gerade schon wieder gehen, als ihr gekommen seid.«

»Lasst uns mal nachsehen«, sagte Doons.

»Du siehst nach«, erklärte ihm Thelma. »Ich hole einen Drink.« Sie ging zu einem Tisch auf der anderen Seite des Raums.

»Keine schlechte Idee.« Doons folgte ihr, flankiert von Marjorie und Barbara. Dabei wurde ihm bewusst, dass er merkwürdig ging und jeden Schritt über den Fußballen zu den Zehen hin abrollte, um möglichst wenige Geräusche zu verursachen. Außerdem fühlten sich seine Bauchmuskeln ganz verkrampft an, und die ganze Zeit behielt er die Gorillas fest im Auge, die an den Fenstern ein paar Meter voneinander entfernt an der Wand zu ihrer Linken hingen. Offenbar waren sie mit den Handgelenken an die oberen Querstangen der Gitter gefesselt, sodass ihre Füße ein ganzes Stück vom Boden entfernt waren. Doons überlegte, ob er sich auf einen Stuhl stellen und die Köpfe abnehmen sollte, um nachzusehen, wer oder ob überhaupt jemand in den Kostümen steckte. Doch in dem Raum gab es keine Stühle, nur den Tisch, an dem Thelma inzwischen angekommen war.

Das plötzliche Geräusch, als sie eine Handvoll Eiswürfel in ein Plastikglas schaufelte, ließ Doons zusammenfahren. »Gilby's Wodka«, verkündete sie. »Wer auch immer diese Party ausrichtet, hat einen guten Geschmack.«

»Eric Prince«, sagte Barbara.

»Seine Mutter muss den Alkohol besorgt haben«, sagte Doons.

»Wo sind nur all die *anderen*?«, fragte Marjorie.

Doons nahm drei Gläser vom Tisch.

»Soweit ich Eric verstanden habe, hat er außer uns noch eine ganze Menge anderer Leute eingeladen«, sagte Barbara.

»Und wir sind die Einzigen, die blöd genug waren, tatsächlich zu kommen.« So leise wie möglich ließ Doons die Eiswürfel aus ihrer Plastiktüte in die Gläser gleiten.

»Es ist ja noch früh«, gab Thelma zu bedenken.

Marjorie sah sie zweifelnd an. »Aber man würde doch vermuten, dass zumindest der Gastgeber schon da ist.«

»Da hast du recht«, sagte Doons und drehte sich zu den Gorillas um. »Er steckt wahrscheinlich in einem der drei Affenkostüme. Hey, Eric!«

Doch sein Ruf blieb unbeantwortet, keiner der Gorillas rührte sich.

»Ich wette, er steckt da drin.«

»Das würde mich auch nicht überraschen«, flüsterte Barbara. »Er ist ein gruseliger kleiner Junge.«

»Was möchtest du trinken?«

»Scotch und Soda.«

Nachdem er ihr das gewünschte Getränk gemixt hatte, schenkte er sich selbst einen Scotch ein, nippte daran und fühlte sich gleich ein wenig entspannter. Es war doch immer wieder schön, einen vertrauten Drink in der Hand zu halten. »Na gut, wollen wir unsere drei schweigsamen Freunde mal etwas genauer unter die Lupe nehmen?«

»Lass dich nicht aufhalten«, antwortete Thelma. »Ich bleibe aber lieber hier an der Getränkeausgabe stehen.«

Auf dem Boden und an der Wand aufgereiht stand ein Dutzend brennender Kerzen. Doons bückte sich zu einer Kerze in der Nähe des mittleren Gorillas, die wegen ihres herabtropfenden Wachses fest mit dem Fußboden verklebt war. Er brach sie aus ihrem Wachssockel und stellte sich wieder hin, wobei er die Flamme hochhielt und das Gesicht des Gorillas eingehend betrachtete. Leider war er nicht groß genug, um einen Blick in die eingesunkenen Augenhöhlen werfen zu können.

»Hallo?«, fragte er.

Keine Antwort.

»Irgendjemand zu Hause? Eric?« Er drückte gegen das dichte schwarze Fell am Bein. »Fühlt sich an, als ob da jemand drinsteckt.« Er stieß mit dem Finger ins Kostüm. »Huhu. Hallo, da drin. Sprich jetzt oder schweige für immer.«

Marjorie wich einen Schritt zurück. »Vielleicht sollten wir ihn in Ruhe lassen.«

»Schwachsinn.« Doons griff dem Gorilla in den Schritt und kniff zu.

»Phil!«

Barbara lachte.

Der Gorilla rührte sich noch immer nicht.

Doons winkte ab und nahm einen Schluck von seinem Scotch. »Ach, zur Hölle damit«, brummte er. »Lasst uns einen Blick ...«

Plötzlich dröhnte ihm laute Rockmusik in den Ohren. Er wirbelte herum und sah Thelma vor dem Tisch kauern. Nachdem sie die Musik leiser gestellt hatte, stand sie auf und blickte in die Runde. »Radio«, erklärte sie. Dann trat sie zur Seite, und Doons erkannte, dass unter dem Tisch ein Radiogerät von der Größe eines Aktenkoffers stand. »Alles, was wir jetzt noch brauchen, sind ein paar Männer. Wie wär's mit den Affen?« Sie hielt ihren Drink in die Höhe und tanzte mit gespitzten Lippen auf die Gorillas zu.

Doons schüttelte den Kopf. »Du hattest schon immer eine Schwäche für große Affen.«

Thelma machte ein schmatzendes Kussgeräusch in seine Richtung und tanzte dann weiter auf den Gorilla am letzten Fenster zu. Doons fand, dass sie lächerlich aussah, sogar etwas abstoßend, wie sie so mit Schultern und Hintern wackelte.

»Was für ein Anblick«, murmelte er.

Barbara lächelte ihn verschwörerisch an, und zum ersten Mal am heutigen Abend betrachtete er sie genauer. Über ihrem weißen Kleid trug sie ein rotes Mieder, das nur eine ihrer Brüste bedeckte, und dazu Strapse aus rotem Samt.

»Aschenputtel?«, fragte Doons.

»Das war mein Kleid auf dem Abschlussball. Ich dachte, ich verkleide mich als Schülerin.«

»Sie sehen schön aus«, sagte Marjorie.

»Hübsch«, stimmte Doons zu. Er nahm sich vor – sofern genug Leute kamen, damit die Sache unauffällig blieb –, mit Barbara in eines der oberen Zimmer zu verschwinden. Sie würden es auf dem Fußboden oder im Stehen an der Wand treiben. Vor seinem geistigen Auge sah er sich bereits ihr Kleid hochstreifen, unter dem sie nichts trug – das tat sie nie. Vielleicht würde es ja doch noch eine gute Party werden.

»Komm runter.« Thelma zog am Bein des am weitesten entfernten Gorillas. »Komm schon, Schatz. Komm runter und tanz mit mir.«

Und tatsächlich ließ der Gorilla sich vom Fenstergitter fallen, wobei seine Füße mit lautem Stampfen auf dem Boden landeten. Kauernd und mit ausgestreckten Armen stand er vor Thelma; von jedem seiner Handgelenke hing ein kurzes Stück Seil.

»Schön, schön«, sagte sie. Sie stürzte den Rest ihres Wodkas hinunter, schleuderte das Glas über die Schulter und warf sich in die Arme des Gorillas, der sie von den Füßen hob.

»Du bist genau mein Mann!«, verkündete sie.

Während er sie durch das Zimmer trug, hielt sie einen Arm um seinen Nacken geschlungen und winkte, als sie an Doons vorbeigingen.

»Phil!«, flüsterte Marjorie.

Er sah sie an und zuckte die Achseln.

»Du musst herausfinden, wer das ist.«

Dazu hatte er zwar überhaupt keine Lust, aber andererseits wollte er vor Barbara auch nicht wie ein Feigling dastehen. »Hey, du«, rief er.

Der Gorilla hielt inne. Er stand in der Tür zum Vorraum, wo sein breiter, haariger Rücken Thelma vor ihren Blicken verbarg. Nur ihre baumelnden Beine waren noch zu sehen.

»Wer bist du?«, verlangte Doons zu wissen.

»Er ist mein unwiderstehlicher Muskelprotz«, ließ sich Thelma vernehmen. »Verzieh dich, Phil!« In sanfterem Ton sagte sie: »Na los, Schatz. Nimm mich mit auf deinen Baum. Ich wette, du hast eine Banane für mich. Habe ich recht?«

Der Gorilla trug sie aus dem Zimmer, und Doons konnte ihr raues Lachen aus dem Vorraum hören.

»Phil!«

»Sie hat doch bekommen, was sie sich wünscht. Warum soll ich was dagegen unternehmen?«

Marjorie schnaubte. »Dann werde *ich* eben nachsehen, wo sie hingehen.«

»Verdammt noch …«, begann Doons, doch dann verkniff er sich, was er hatte sagen wollen. Wenn Marjorie den beiden tatsächlich folgte, würde er ein paar Minuten allein mit Barbara haben. »Geh nur, wenn du meinst.«

Auf Zehenspitzen und in geduckter Haltung eilte sie durch das Zimmer, wobei sie mit den Armen ruderte wie ein irrer Hochseilartist kurz vor dem Sturz.

Doons zwinkerte Barbara zu.

Sie machte einen kleinen Schritt auf ihn zu.

Marjorie blieb am Türrahmen stehen und lugte ums Eck.

Barbara tätschelte Doons' Hintern.

Marjorie drehte sich zu ihnen um und zeigte nach oben.

»Gehen sie hinauf?«

Sie nickte.

»Gehst du ihnen nach?«

Mit einem Kopfschütteln deutete sie auf Doons.

»Du willst, dass *ich* ihnen hinterhergehe.«

Sie nickte und winkte ihn zu sich herüber.

Er sah zu Barbara: »Wollen Sie mitkommen?«

»Klar.«

Gemeinsam gingen sie zu Marjorie hinüber. »Du möchtest wirklich, dass ich hochgehe?«

»Ich mache mir Sorgen, Phil. Gott allein weiß, wer in diesem Anzug steckt.« Sie sah zu den beiden Gorillas hinüber, die noch immer an den Fenstergittern hingen. »Oder in diesen beiden.«

»Dann gehen wir wohl besser alle zusammen hinauf. Aber ich warne dich, Marjorie: Thelma wird total sauer sein, wenn wir sie mitten in einem guten F… einem *intimen* Moment unterbrechen.«

»Wir werden ganz leise sein.«

»Meine Frau ist eine heimliche Voyeurin«, erklärte Doons an Barbara gewandt.

»Bin ich auch.«

Doons ging voran und stieg langsam die Treppe hoch, wobei er den Fuß bei jedem Schritt mit der größtmöglichen Vorsicht aufsetzte. Doch trotz aller Sorgfalt ächzte und knarzte jede Stufe unter seinem Gewicht.

Sie waren auf halbem Weg nach oben, als plötzlich die Vordertür aufschwang. Das Geländer fest umklammernd, warf Doons einen Blick nach unten.

Auf der Türschwelle stand Aleshia Barnes, in Strumpfhose und Ballettkleid, und grinste zu ihnen hoch. »Süßes oder Saures!«

Doons presste einen Finger gegen seine Lippen.

Hinter Aleshia kam Eddie herein, gefolgt von einem ganzen Trupp kostümierter Jugendlicher. »Mr. Doons?«, fragte Eddie. »Was ist hier los?«

»Wir müssen nur kurz etwas überprüfen. Lasst euch von uns nicht stören und genießt die Party.«

»Irgendwas, wobei wir Ihnen helfen können?«

Unwillkürlich stellte Doons sich vor, wie die ganze Gruppe bei Thelma reinplatzte, während sie sich mit dem Gorilla über den Fußboden wälzte und vögelte. »Nein, wir haben alles fest im Griff. Ihr legt schon mal mit Feiern los, und wir sind gleich wieder bei euch.«

35

Eric betrat das Haus gemeinsam mit Beth und erblickte als Erstes das kleine Grüppchen, das die Treppe hinaufging: Doons, Ms. Major und eine Fremde. Die ihm unbekannte Frau trug eine Latzhose und ein kariertes Hemd, genau wie Doons. Wahrscheinlich seine Frau. Eric konnte nicht fassen, dass sowohl der Vizerektor als auch die Lehrerin aufgetaucht waren. Das war beinahe zu gut, um wahr zu sein.

»Wo gehen sie denn hin?«, fragte er.

»Sie wollen oben irgendwas machen«, antwortete Eddie.

»Irgendwas *machen*?«, fragte John, der Vampir, und wackelte vielsagend mit den Augenbrauen.

Am oberen Treppenabsatz bogen die drei nach links und waren nicht mehr zu sehen.

»Wo sollen wir denn die Kleidung und das Zeug von den beiden hintun?«, wollte Mary Lou wissen.

»Da lassen wir uns noch was einfallen«, antwortete Aleshia. »Haltet sie so lange noch ein bisschen fest. Jetzt kommt erst mal.«

Sie folgten Aleshia ins Wohnzimmer. »Voll krass«, stieß sie verblüfft hervor.

»Wow«, sagte Beth.

Auch Eric nahm alles mit großen Augen in sich auf: die Kerzen, die an einer Wand aufgereiht standen, das struppige Gorillapaar, das von den Fenstergittern hing, und die primitiven Zeichnungen an den Wänden.

Die Zeichnungen faszinierten Eric besonders. Er sah eine Hexe, die auf einem Besenstiel über die Decke ritt – sie war nackt und der Besenstiel ein steifer Penis. An einer Wand erblickte er das Abbild eines Henkers mit schwarzer Kapuze, der seine blutige Axt hochhielt. Etwas weiter entfernt konnte er eine Gruppe nackter Frauen erkennen, die im Kreis standen und auf den Körperteilen eines zerstückelten Mannes herumkauten.

Eric ging an der Wand entlang und sah sich alles ganz genau an.

»Krank«, stammelte Beth. »Echt krank.«

»Ja.«

Er ging noch ein paar Schritte weiter, bis er vor einem mit roter Farbe gemalten Teufel stand, der von hinten in eine Frau eindrang.

»Mein Gott«, stieß Beth hervor. Sie drehte sich weg. »Komm, lass uns wieder zu den anderen gehen.«

Die Gruppe, mit der er gekommen war, hatte sich inzwischen aufgeteilt. Die eine Hälfte stand am Tisch mit den Erfrischungen, die andere nahm die Gorillas genauer in Augenschein.

»O Gott, ihr glaubt doch nicht, dass jemand in diesen Dingern steckt, oder?« Sue Diamond kniff dem Gorilla, der ihr am nächsten war, ins Bein.

Woraufhin Mark Bailey mit seinem Stahlhelm gegen die gleiche Stelle schlug. »Zumindest niemand, der lebt«, stellte er lachend fest.

»Sehr witzig.«

»Schaut mal her: Alkohol!«

»Super!«

»Lasst uns schnell was davon nehmen, bevor Doons zurückkommt.«

»Doons kann uns doch am Arsch lecken.«

»Na, vielen Dank, aber bitte nicht mich.«

»Schaut euch das an! Scotch, Bourbon, Wodka, Gin. Wir können uns alle total besaufen.«

»O Mann, ich würde gern den Kerl kennenlernen, der für diese Party verantwortlich ist, und ihm die Hand schütteln.«

»Ich würde ihn gern küssen.«

»Ihr wisst nicht, wer euer Gastgeber ist?«, fragte eine flüsternde Stimme.

Eric wirbelte herum und erblickte Elmer Cantwell, der durch den Eingangsbereich auf sie zuhinkte.

»Das bin ich«, sagte er. »Der Hopp-Frosch.«

»Echt? Was soll ich sagen: Die Party ist fantastisch.«

»Es macht mich glücklich, dass ihr glücklich seid.«

»Ich dachte, sie wären der Glöckner von Notre-Dame.«

»Hopp-Frosch.« Er trippelte auf sie zu. »Hopp-Frosch, zu euren Diensten.«

»Sie wissen auf jeden Fall, wie man ordentlich feiert.«

Ganz langsam gingen sie den Flur entlang, Doons vorneweg mit der Kerze, die beiden Frauen dicht hinter ihm. Bislang waren sie an zwei Türen vorbeigekommen, die jedoch zugesperrt waren. Doons hatte leise an beide geklopft, jedoch keine Antwort erhalten.

»Sollen wir mal versuchen, nach ihnen zu rufen?«, flüsterte Marjorie.

»Nein«, zischte Doons. Dann gelangte er an eine Tür, in die jemand ein zersplittertes Loch gehackt hatte. Er ging vorsichtig in die Hocke und spähte durch den Spalt. Als aus der Dunkelheit plötzlich ein Gesicht vor ihm auftauchte, schrie er auf und wich zurück, wobei er gegen Marjorie stieß, die ihn am Arm packte.

»He«, flüsterte eine Stimme von der anderen Seite der Tür.

Doons nahm einen tiefen, zitternden Atemzug. »Um Himmels willen. Sie haben mich zu Tode …«

»Sie müssen uns hier rausholen.«

»Was machen Sie denn da drin?«

»Er hat die Tür vernagelt.«

»Wer?«

»Da ist ein Irrer im Haus.«

»Ach du meine Güte!«, keuchte Marjorie.

»Ich glaube, er hat den Makler umgebracht. Er hieß Morley, wenn ich mich richtig erinnere. Heute Nachmittag. Er hat auch versucht, uns kaltzumachen. Er hat eine Pistole.«

»Sonst ist bei Ihnen aber alles klar, oder?«

»Hören Sie, Sie müssen uns hier raushelfen!«

»Das ist ein Witz, richtig? Ein Halloween-Scherz.«

»Das ist kein Scherz, verdammt! Hier ist vor ein paar Minuten jemand vorbeigekommen. Eine Frau. Ich habe sie lachen gehört. Ich war mir aber nicht sicher, ob sie vielleicht zu dem Killer gehört, und habe mich nicht bemerkbar gemacht.«

»Das war Thelma.«

»Ist sie mit einem Mann zusammen?«

»Einem Gorilla.«

»Scheiße! Es kann sein, dass Sie das alles für lustig halten, Kumpel, aber …«

»Ein Mann in einem Gorillakostüm.«

»Kennen Sie ihn?«

»Wir haben sein Gesicht nicht gesehen. Er war schon da, als wir angekommen sind.«

»Das ist übel. Haben Sie eine Waffe?«

Doons schüttelte den Kopf.

»Dann nehmen Sie besser das hier.«

»Nein!«, schrie eine Frau hinter der Tür. »Das ist alles, was wir haben.«

»Das ist schon in Ordnung, Liebling.«

»Harold!«

»Wir werden hier rauskommen.« Dann schob er durch den Spalt in der Tür einen Gegenstand aus Metall – den Kopf einer Axt. »Nehmen Sie sie«, sagte er und stieß die Axt ganz hindurch.

Doons nahm sie an sich.

»Schnappen Sie sich diesen Bastard.«

»Vielleicht sollten wir besser zuerst Sie hier herausholen und ...«

»Das würde zu lange dauern. Wenn Sie die Frau retten wollen ...«

»Ja, ja, Sie haben ja recht.« Doons drehte sich um. »Eine von euch beiden geht runter zu den Jungs. Sie sollen schnellstens hochkommen.«

»Ich bleibe bei dir«, sagte Marjorie.

»Ich gehe«, sagte Barbara und rannte durch den Flur zurück.

»Entschuldige mich einen Moment«, sagte Eric, »ich muss eine Toilette finden. Ich bin gleich wieder zurück.«

Mit einem Nicken hob Beth ihr Glas mit Bourbon an die Lippen. Sie kostete davon und schüttelte sich.

Elmer humpelte auf Eric zu. »Genießt du die Feier?«

»Ja.« Eric ging weiter.

»Der Spaß hat noch gar nicht richtig angefangen.« Er berührte Erics Arm, doch Eric wich ihm aus. »Fassen Sie mich nicht an.«

»Das ist meine Party. Ich fasse an, wen ich möchte.«

»Das ist nicht Ihre Party, Sie Lügner. Das ist *meine* Party. *Meine!* Und Sie habe ich nicht eingeladen.«

Elmer gluckste und verdrehte die Augen. »Mein Fehler.«

»Verdammt richtig.« Eric stieß ihn beiseite und ging aus dem Wohnzimmer.

Im Eingangsbereich sah er Ms. Major die Treppe herunterkommen. »Schnell! Alle Jungs müssen sofort nach oben mitkommen! Wir brauchen Hilfe!«

»Verpiss dich«, sagte er.

»Eric!«

Er ging zum Vordereingang und zog ein Vorhängeschloss aus der Hosentasche.

»Eric! Was tust du da?«

Der Riegel war da, wo er sein sollte und wo er ihn bereits beim Eintreten gesehen hatte. Er klappte ihn über die Metallöse am Türrahmen und ließ das Vorhängeschloss zuschnappen.

»Eric!«

»Hier kommt niemand mehr raus.«

Mit geweiteten Augen und offenem Mund starrte Ms. Major ihn fassungslos an. Dann rannte sie ins Wohnzimmer. »Hilfe!«, schrie sie. »Kommt alle mit nach oben!«

Doons blies die Kerze aus und steckte sie in eine Tasche seiner Latzhose. Die Axt in seiner schweißnassen Hand fühlte sich schlüpfrig an, mit der anderen umfasste er den Türknopf und drehte ihn langsam herum.

Diese Tür war nicht abgeschlossen.

Ganz unvermittelt überfiel ihn die Angst, er könnte die Kontrolle über seinen Darm verlieren, also kniff er so fest wie möglich die Pobacken zusammen und spannte den

Schließmuskel an, bevor er noch einmal tief einatmete und die Tür aufstieß.

Marjorie schrie.

Doons starrte auf das, was er sah. Sein Schließmuskel gab nach, und er begann zu wimmern.

Im ganzen Zimmer waren nackte Leichen verteilt, ein paar lagen auf dem Rücken, andere saßen gegen die Wand gelehnt. Verstümmelt. Zwei kleine Jungs. Ein Mann, den er nicht erkannte. Glendon Morley. Eine alte Frau mit einer formlosen roten Masse, wo eigentlich ihr Gesicht sein sollte. Zwei jüngere Frauen, eine von ihnen war Thelma. Sie lag in der Nähe der Tür, ihr Leib war aufgeschlitzt. In den Windungen ihrer herausquellenden Därme steckte eine brennende Kerze, eine weitere ragte zwischen ihren Beinen hervor. Jede Leiche hatte eine Kerze im Mund und jede Frau außerdem noch eine in ihrer Vagina stecken.

Hinter der Tür trat der Gorilla hervor.

Noch immer schreiend, rannte Marjorie durch den Flur davon.

Doons schlug mit der Axt nach dem Gorilla, verfehlte ihn um ein ganzes Stück und rannte ebenfalls los.

36

Karen Bennett sah sie auf dem Grünstreifen an der Oakhurst Road entlanggehen. Nate trug ein sehr weites Hemd, aber seine Beine, die unter dem Saum herausragten, waren nackt. Bill hatte eine Hose an, dafür aber kein Hemd, weswegen er die Arme fest um den Körper geschlungen hielt.

Sie hielt neben ihnen an, lehnte sich über den Beifahrersitz und kurbelte das Fenster herunter. »Wollt ihr mitfahren?«

»Ms. Bennett?«, fragte Bill.

»Genau.« Sie öffnete die Hintertür.

Die Jungs rannten darauf zu und stiegen ein.

»Ah, Wärme«, sagte Nate.

Bill seufzte.

»Kann ich euch nach Hause bringen?«

»Wir sind auf dem Weg zum Sherwood House.«

»Wir treten ihnen in die Ärsche.«

»Außerdem haben sie unser Zeug.«

»Wo habt ihr die Klamotten her?«

»Von der Vogelscheuche. Scheiße, ich glaube, ich habe Frostbeulen am Schwanz.«

»Nate!«, schnauzte Bill ihn an.

»Tut mir leid.«

»Sind Sie extra wegen uns zurückgekommen?«, fragte Bill.

»Ich konnte euch doch nicht mit nackten Hintern und blutend draußen rumlaufen lassen.«

Nate lachte. »Sie sind eine echt anständige Frau. Kein Mensch würde vermuten, dass Sie Lehrerin sind.«

»Ich habe Carlson, diesen miesen Drecksack, weggeschickt und beschlossen, nach euch zu suchen.«

»Haben Sie die Polizei verständigt?«

Sie schüttelte den Kopf. »Sie hätten euch doch bloß die Hölle heißgemacht. Und ich dachte mir, dass ihr auch ohne das schon genug durchgemacht habt.«

»Hey, hey, hey!«

»Wollt ihr wirklich, dass ich euch zum Sherwood House bringe?«

»Ja, verdammt, das wollen wir.«

»So angezogen?«

»Da gibt es nichts, was diese Scheißefresser nicht bereits gesehen hätten.«

»Nate.«

»Entschuldigung. He, Ms. Bennett, Sie haben nicht zufällig einen Wagenheber in Ihrem Kofferraum?«

»Du magst mich vielleicht für eine anständige Frau halten, aber ich werde euch trotzdem nicht mit einer tödlichen Waffe versorgen.« Sie fuhr los. »Ich werde mit euch reingehen. Vielleicht bekommen wir ja eure Sachen zurück, ohne dass ihr …«

»Machen Sie das besser nicht«, sagte Nate. »Was wir diesen Pisseimern antun werden, ist nicht für die Augen einer Dame geeignet.«

37

Von der Vordertür aus sah Eric zu, wie die anderen die Stufen hinaufliefen – jeder mit einer Kerze in der Hand. Sie erinnerten ihn an das wütende Landvolk aus einem Frankensteinfilm.

Doons und seine Frau rannten ihnen auf der Treppe entgegen. »Bewegung!«, schrie Doons. »Macht schon! Da oben ist ein Killer! Leichen! O mein Gott, Leichen! Ihr müsst runterlaufen!«

Ein Blick zurück über die Schulter entlockte Doons ein panisches Keuchen.

Eric folgte seinem Blick und sah, wie auf dem oberen Treppenabsatz ein Gorilla aus der Finsternis auftauchte.

Doons schubste seine Frau so fest, dass sie gegen Aleshia stieß, die wiederum rückwärts gegen Eddie stolperte. Dann fielen die beiden gemeinsam auf die anderen, die unter ihnen standen. Mit erhobener Axt bahnte Doons sich einen Weg durch die Teenager, wobei er seine Frau an der Hand hinter sich herzog. Am Fuß der Treppe stieß er Eric beiseite und machte einen Satz auf die Tür zu. Er packte den Türknopf, drehte ihn und riss an ihm. Doch die Tür ging nur wenige Zentimeter auf, knallte dann gegen den Riegel und fiel wieder ins Schloss. »Ein Vorhängeschloss! Wer hat die verdammte Tür zugesperrt?«

»Eric«, sagte Ms. Major ...

Doons wirbelte zu ihm herum. »Du Mistkerl! Gib mir den Schlüssel!«

Eric schüttelte den Kopf. »Keiner verlässt das Haus.«

Doons erhob die Axt. Da übertönte plötzlich ein Schuss das allgemeine Chaos. In seiner Stirn bildete sich ein Loch, und rote Masse spritzte gegen die Tür. Von überall ertönten gellende Schreie, und Doons fiel zu Boden.

Sofort ging Eric neben ihm in die Knie und nahm die Axt an sich. Dann sprang er wieder auf.

Mark Bailey stürzte sich auf ihn, doch ein Schuss fegte ihm den Stahlhelm vom Kopf, und auch er ging zu Boden.

Eric sah zur Treppe, wo der Gorilla noch immer oben in der Dunkelheit stand. Den Fellanzug hatte er halb ausgezogen, sodass er lose um seine Beine schlackerte. Er trug eine fleckige Uniform und hielt mit beiden Händen einen Revolver umklammert. Er feuerte erneut. Die Kugel zerriss Eddie Rykers Kehle.

Er feuerte. Der Indianer umklammerte seine Brust und brach zusammen.

John, der Vampir, rannte mit wehendem Cape an Eric vorbei. Der Gorilla feuerte. Johns Kopf wurde nach vorne gerissen, und er fiel zu Boden.

Die Mädchen schrien und heulten, aber Aleshia rief: »Rennt, rennt!« An Eric und der Treppe vorbei hastete sie in den Flur. Beth lief hinter ihr her, gefolgt von Ms. Major, Mary Lou und Sue Diamond. Nur Mrs. Doons blieb zurück. Sie lag auf dem Boden und wiegte ihren toten Ehemann in den Armen.

Der Gorilla riss sich den Anzug von den Beinen und kam die Stufen herunter. Dabei lud er seinen Revolver nach.

»Nimm die Axt.« Der Gorillakopf dämpfte die Worte. »Erledige sie.«

»Dad«, stammelte Eric. »Dad, du ... du solltest sie doch nicht ... du hast sie *getötet*!«

»Sie sind deine Feinde.«

»Du solltest sie nicht *töten*!«

»Dann gib mir das.« Er riss Eric die Axt aus der Hand und ging zu Mrs. Doons.

»Nein!«, schrie Eric.

»Sei still.«

Mrs. Doons sah nicht hoch, als er ihr den Schädel spaltete.

»Jetzt holen wir uns die anderen.«

»Nein.«

Er steckte den Revolver ins Holster und packte Eric am Jackenkragen. »Heul hier nicht rum. Sie sind es, die heute Nacht Grund zum Heulen haben. Heute Nacht werden sie für all die Male bezahlen, die sie dich angepisst haben. Wir ficken sie. Du möchtest sie doch ficken, oder? Wir ficken sie alle und hacken sie in Stücke.«

Eric fühlte, wie er eine Erektion bekam. »Ich möchte sie nicht töten.«

»Möchtest du, dass sie reden? Willst du ins Gefängnis gehen? Ich war im Gefängnis, vierzehn Jahre lang – beinahe so lange, wie du lebst. Und weißt du, wieso ich im Gefängnis war? Eine hat geredet. In Kalifornien. Ich habe sie genauso aufgeschlitzt wie die anderen, aber sie ist nicht gestorben. Und sie hat geredet. Du darfst sie nicht reden lassen. Du musst sie in Stücke hacken.«

Eric starrte die Axt an.

»Aber zuerst werden wir sie ficken.«

Eric sah dem Gorilla ins Gesicht.

»Du willst das doch auch, oder?«

Eric nickte.

»Wenn wir fertig sind, habe ich eine Überraschung für dich. Die beste Überraschung, die du dir vorstellen kannst.«

»Okay.«

Sein Vater schaltete eine Taschenlampe an. »Dann komm.«

»Elmer«, stöhnte eine tiefe, leise Stimme.

Bei ihrem Klang drückte Elmer, der unter dem Wohnzimmertisch lag, sich noch enger an das Radio. Obwohl das Gerät ziemlich groß war, schien es doch nicht groß genug, um ihn ganz zu verbergen. Er zog die Beine an den Bauch.

»Elmer?«, rief die Stimme. Sie klang schwach.

Er zitterte.

Er hatte gedacht, er wäre allein in dem großen, von Kerzen erleuchteten Raum.

»Elmer, helfen Sie mir.«

Mein Gott, dachte er. *Der Gorilla!* Die Stimme kam von einem der aufgehängten Gorillas. Er wollte unter dem Tisch hervorkriechen und davonrennen. Aber *wohin* sollte er denn rennen? Eric, dieser kleine Scheißkerl, hatte ja den Vordereingang verriegelt. Und die Hintertür, wenn er sie überhaupt finden würde, war sicher auch verschlossen.

Um zu ihr zu gelangen, hätte er außerdem durch das dunkle Haus wandern müssen. Und da draußen lauerte der Gorilla mit der Pistole.

»Elmer.« Die Stimme wirkte jetzt kräftiger. »Kommen Sie unter dem verdammten Tisch raus, und helfen Sie mir.«

Obwohl sie gedämpft war, klang sie vage vertraut.

Elmer stützte sich auf Hände und Knie, krabbelte heraus und sah zu dem Gorilla hoch, dessen dicke, haarige Beine hin und her schwangen. Der andere Gorilla dagegen blieb weiterhin reglos.

»Setzen Sie Ihren Arsch in Bewegung, und schneiden Sie mich los.«

»Sam?«, flüsterte Elmer.

»Tun Sie's einfach!«

Elmer nickte. Er drehte sich zum Bartisch um und nahm eine Flasche Bourbon. Allerdings verabscheute er den Gedanken, sie zu zerbrechen – das Geräusch, das dabei entstehen würde. Er sah sich weiter um, bis er einen Kleiderhaufen auf dem Boden entdeckte.

Nach wenigen Schritten war er bei dem Bündel und kniete sich daneben. Obenauf lagen eine Weste und ein gestreiftes T-Shirt, die er achtlos zur Seite warf. Doch dann sah er die zwei großen Messer in den Schnüren stecken, die in den Schlaufen der abgeschnittenen Jeans als Gürtel dienten. Er zog sie aus den Scheiden und eilte zurück zum Fenster, wo er zum Gorilla aufblickte. »Sie hängen zu hoch.«

»Klettern Sie am Gitter hoch.«

»Ich weiß nicht, ob ich das schaffe.«

»Dann bemühen Sie sich am besten, und zwar viel mehr als jemals zuvor in Ihrem Leben.«

Sie fanden Sue Diamond zusammengekauert in der Ecke eines Flurschranks. Sue wimmerte, und als der Schein der Taschenlampe sie blendete, hielt sie sich die Hände vors Gesicht.

»Halt die Lampe.«

Eric nahm sie.

Derweil packte sein Vater Sue an den Füßen und zerrte sie aus dem Schrank. Das Mädchen entwand sich strampelnd seinem Griff und versuchte, sich aufzusetzen. Doch er trat ihr ins Gesicht, sodass sie wieder hinfiel und ihr

Hinterkopf hart auf den Boden knallte, woraufhin sie sich nicht mehr rührte.

Er kniete sich neben sie und öffnete den Reißverschluss ihres Overalls, der sich bis hinunter zwischen ihre Beine aufziehen ließ. Darunter trug sie einen schwarzen Seidenslip. Er riss den Overall auf, und Eric starrte auf ihre schweren, hellen Brüste. Sah, wie sie wippten, als sein Vater ihr den Overall von den Schultern und den Rücken hinunterzog. Die Brustwarzen sahen weich und rosa aus, aber sie standen nicht so hervor, wie Eric es sich gewünscht hätte.

Als Nächstes zog sein Vater an den Ärmelaufschlägen und befreite ihre Beine von dem Stoff. Schließlich riss er ihren Slip herunter. Eric starrte auf den lockigen schwarzen Haarbusch.

»Na los. Sie gehört ganz dir.«

Er spürte, wie das Verlangen in ihm aufstieg, zögerte jedoch.

»Komm schon.«

»Was ist mit den anderen?«

»Die gehen nirgendwohin.«

»Kann ich nicht noch ein bisschen warten?«

»Ganz wie du willst.« Er reichte Eric die Axt. Dann kniete er sich zwischen Sues Beine und öffnete seine Hose. »Ich wärme sie für dich vor.« Aus dem Gorillakopf drang ein leises Lachen, als er nach ihren Brüsten griff.

Vor Anstrengung stöhnend, versuchte Elmer, sich an den Gitterstäben hinaufzuziehen. Dabei tropfte ihm Schweiß in die Augen. Er tastete an der Wand nach einem Halt für seine Zehen, doch seine Füße rutschten ab. Schließlich ließ er sich fallen. »Ich kann nicht. Ich schaffe es einfach nicht.«

»Schieben Sie den Tisch herüber, und stellen Sie sich drauf.«

»Gut.« Elmer lief zum Tisch, der mit einem Dutzend Flaschen und zwei großen Plastiktüten voller Eiswürfel beladen war. Er hob ein Ende des schweren Möbelstücks an und begann zu ziehen, wobei die Beine am anderen Ende der Platte über den Parkettboden kreischten. Der ganze Tisch vibrierte so sehr, dass die Flaschen wackelten und gegeneinanderschlugen. Plötzlich neigte sich eine Flasche gefährlich zur Seite, woraufhin Elmer scharf den Atem einzog und die Tischplatte sofort ruhig hielt. Doch es half nichts: Die Flasche kippte um, fiel zu Boden und zerbarst.

»Lieber Herr Jesus, lieber Herr Jesus«, jammerte er. »Jetzt sind wir dran!«

»Schaffen Sie den Tisch hier herüber.«

»Ich nehme erst die Sachen runter.« Er setzte seine Last ab und griff nach den zwei Flaschen, die ihm am nächsten standen.

»Nein, das dauert zu lange. Lassen Sie's. Schieben Sie ihn einfach rüber, und schneiden Sie mich runter.«

Ächzend sah Elmer zum Vorraum hinüber, dann über die Schulter zu der verschlossenen Tür auf der anderen Seite.

»Beeilen Sie sich!«

Er hob das Ende des Tischs an und begann erneut, ihn zum Fenster zu schleifen. Wieder gerieten die Flaschen ins Schwanken und klirrten gegeneinander, wobei eine weitere zu Boden fiel und mit lautem Knall zerbrach. Doch Elmer zog immer weiter.

»Was war das?«, fragte Eric.

»Wen kümmert's?« Sein Vater stieg von Sue Diamond herunter. »Du bist dran.«

»Ich will nicht.«

»Warum nicht?«

»Ich möchte noch warten.«

»Auf was?«

»Aleshia. Die Ballerina.«

Mit einem knappen Nicken streckte sein Vater die Hand aus, und Eric reichte ihm die Axt. »Schau gut zu.«

Eric versuchte zuzusehen, doch im letzten Moment schloss er die Augen. Dann hörte er einen dumpfen Schlag und wie etwas spritzte. Und noch mehr Schläge.

»Lass uns gehen.«

Eric blickte nach unten auf Sue Diamond, deren weiße Haut vor Blut troff. Sie hatte keinen Kopf mehr.

Er sah, wie sein Vater ihn durch den Flur schleuderte und wie er in der Dunkelheit verschwand, die schwarzen Haare wie einen Kometenschweif hinter sich herziehend. Gleich darauf krachte er gegen irgendetwas. Dann schlug er noch einmal auf. Schließlich herrschte Stille.

Sie gingen durch den Flur.

Sues Kopf lag vor einer geschlossenen Tür und blickte zu ihnen hoch. Die Nase war flach gedrückt, die meisten Vorderzähne fehlten. Wo der Kopf die Tür getroffen hatte, war eine rote Schmierspur.

Eric ging um ihn herum.

Sein Vater stieg darüber hinweg und versetzte der Tür einen Stoß. Als sie aufschwang, hörte Eric ein leises Keuchen aus der Küche.

Sie traten ein, und Eric schwenkte die Taschenlampe durch den Raum. Als Erstes beleuchtete sie die Tür zur hinteren Veranda, die von innen sicher mit einem Vorhängeschloss verriegelt war. Dann fiel der Lichtstrahl auf den Linoleumboden, Schränke und eine Spüle und zuletzt auf eine weiß lackierte Holztür.

»Die Besenkammer.« Der Gorillakopf lachte leise in sich hinein.

Sie gingen auf die Tür der Kammer zu, und Erics Vater riss sie auf. Als sie offen war, sprang Aleshia heraus und stürzte sich auf ihn. Er rammte ihr ein Knie in den Bauch, so fest, dass der Aufprall sie von den Füßen riss und sie aufs Gesicht fiel.

»Ist das Aleshia?«

»Ja.«

»Das ist die, die du willst?«

»Ja.«

»Weißt du, was komisch ist?«

»Was?«

»Hier habe ich Hester erwischt. Genau hier, wo du jetzt Aleshia nehmen wirst.«

»Wer ist Hester?«

»Hester Sherwood. Sie hat vor langer Zeit in diesem Haus gewohnt. Und hier habe ich sie gefickt. Genau hier.« Er wälzte Aleshia herum.

Eric strahlte sie mit der Taschenlampe an, sah, wie sie das Gesicht verzog, nach Atem rang und fest ihren Bauch umklammert hielt.

»Genau hier auf dem Fußboden«, sagte sein Vater und riss Aleshia das Ballettkleid vom Leib.

Elmer stand auf dem Tisch und sägte an einem der Seile, mit denen Sam an die obere Querstange des Fenstergitters gefesselt war. Als er es endlich durchtrennt hatte, fiel Sams Arm wie leblos herunter.

»Wie sind Sie hier gelandet?«, fragte Elmer, als er sich am zweiten Seil zu schaffen machte.

»Ich hatte einen Unfall. Mein Kopf …«

»Waren Sie ohnmächtig?«

Der Gorillakopf nickte. »Ich hörte Schüsse. Ich vermute, die haben mich aufgeweckt. Und dann habe ich gesehen, wie Sie hier hereingerannt sind.«

Elmer hielt sich an einem der Gitterstäbe fest, presste sich gegen Sam und schnitt durch das Seil. Schließlich fiel auch Sams zweiter Arm nach unten. Elmer wandte all seine Kraft auf, um ihn weiter gegen das Gitter gedrückt zu halten, aber es war nicht genug. Sams Fersen rutschten über die Tischplatte, pflügten durch die Flaschen und schleuderten sie zu Boden. Schließlich saß er auf dem Tisch, Elmer rittlings auf seinem Schoß. Elmer kletterte von ihm herunter und sprang vom Tisch.

»Und jetzt?«, fragte Elmer.

»Helfen Sie mir auf die Beine.«

»Willst du sie?«

Eric schluckte. Er starrte auf Aleshias kleine Brüste. Die Brustwarzen waren steif aufgerichtet. »Ja«, stieß er hervor.

Sein Vater zog Aleshia das Tutu herunter. Er schälte sie aus der Strumpfhose.

Auf einer Seite der Küche öffnete sich quietschend eine Schranktür. Eric leuchtete sie mit der Taschenlampe an, in ihrem Strahl sah er Beth. Sie kletterte aus dem Schrank und richtete sich auf.

»Verschwinde von hier, Beth«, sagte Eric.

Sie blickte ihn mit riesigen, ausdruckslosen Augen an. Ihr Mund stand weit offen. Ihr Kopf kippte zur Seite, und sie stöhnte.

»Beth.«

Sie ging mit unsicheren Schritten auf ihn zu.

»Was zum Teufel tut sie?«

Eric schüttelte den Kopf.

Sein Vater gab ihm die Axt. »Hack sie in Stücke.«

Sie schwankte immer näher und wirkte wie betäubt. Ihr Gesicht zierten Striche aus verbranntem Korken, und es war mit Vampirblut beschmiert. Durch den Riss in ihrem Kleid konnte Eric ihren Oberschenkel sehen, und er erinnerte sich daran, wie sie nur Stunden zuvor ihre Kleidung zerrissen hatte, um noch mehr wie ein Zombie auszusehen.

Als sie einen Arm um Eric schlang, fühlte er, wie sich ihre Brüste gegen ihn pressten.

»Zerhack sie.«

Er spürte ihren warmen Atem seitlich an seinem Hals, dann ihre Zähne, die sich in seinem Hals verbissen und Fleisch herausrissen. Als Eric zu kreischen begann, entriss Beth ihm die Axt und stieß ihn von sich weg.

Sie spuckte Erics Blut und Stücke seines Fleischs aus und warf sich auf den Mann mit der Gorillamaske. Sie versuchte, ihn mit der Axt zu treffen, doch er blockte ihren Arm ab und entriss ihr die Waffe. Brüllend schleuderte er sie zu Boden und positionierte sich mit der hoch erhobenem Axt über ihr.

Da rannte etwas Großes und Dunkles durch die Küchentür und stürmte auf ihn zu. Der Mann fuhr herum und schlug die Axt in den Arm des unerwarteten Angreifers. Beth hörte einen Schmerzenslaut, aber der dunkle Schemen – ein Gorilla – blieb nicht stehen; er prallte gegen den Mann und trieb ihm ein Messer tief in den Bauch.

Wütend schreiend stieß der Mann den Gorilla von sich, der ins Taumeln geriet, über Aleshia stolperte und hinstürzte. Dann zog er sich das Messer aus dem Bauch, schleuderte es weg und ging, die Axt zum Schlag erhoben, auf den am Boden liegenden Gorilla zu.

Beth kroch zum Messer hin, doch der Mann trat sie in die Seite, sodass ihr die Luft wegblieb und sie zusammenbrach.

Und in diesem Moment flog krachend die Tür zur hinteren Veranda auf.

»Dieser Wichser hat eine Axt!«

»O Scheiße!«

»Lass sie fallen!«

Er drehte sich zu Nate und Bill um.

»Gib auf, Affengesicht! Ich warne dich!«

Er kam auf sie zu.

Bill entdeckte ein Messer auf dem Fußboden. Er machte einen Satz darauf zu, packte es, warf es zu Nate hinüber und rollte sich gegen die Füße des Mannes, der stürzte und mit wildem Knurren zu Boden ging.

Nate sprang über Bill hinweg. Seine Knie gruben sich tief in den Bauch des Mannes, der wie von Sinnen schrie. Nate presste ihm das Messer an die Kehle.

»Wer ist dieser Hurensohn?«, fragte er.

»Töte ihn«, sagte ein Mädchen.

»Beth?«, fragte Bill.

»Töte ihn.«

»Das mach ich auf keinen Fall«, sagte Nate. »Vielleicht bin ich ja ein totales Arschloch, aber ein Mörder bin ich nicht.«

EPILOG

»Er ist im Krankenhaus gestorben.«

»Jammerschade.«

»Ja, mir blutet das Herz. Er hätte wegen der Morde in Kalifornien hingerichtet werden sollen, aber dort gab es damals keine Todesstrafe. Also hat er lebenslänglich bekommen. Was in vierzehn Jahre Haft und ein Massaker in Ashburg umgewandelt wurde.«

»Er wird niemanden mehr ermorden.«

Sam nickte.

»Er hat Clara Hayes und die ganze Horner-Familie nur umgebracht, damit sie seine Party nicht stören konnten?«

»Und weil es ihm Spaß gemacht hat, nehme ich an.«

»Du hast noch gar nicht gesagt, wer im dritten Gorilla gesteckt hat.«

»Cynthia.«

»O Gott.«

»Sie war tot. Er muss sie sich, ich weiß nicht, irgendwann am Nachmittag geholt haben.«

»Es tut mir so leid, Sam.«

»Was soll ich sagen …«

Melody legte ihren Kopf an Sams Brust, und so saßen sie für lange Zeit schweigend in ihrem Zimmer hinter dem Büro des Sleepy Hollow Inn.

Werkverzeichnis der von

Richard Laymon

im Wilhelm Heyne Verlag
erschienenen Titel

Richard Laymon wurde am 14. Januar 1947 in Chicago geboren. Er studierte Englische Literatur in Salem, Oregon, und Los Angeles, Kalifornien. Danach arbeitete er als Lehrer, Bibliothekar und Zeitschriftenredakteur, bevor er sich ganz dem Schreiben von Horrorromanen widmete. Sein Werk umfasst mehr als dreißig Romane und eine große Anzahl von Kurzgeschichten.

Richard Laymon starb unerwartet am Valentinstag des Jahres 2001. Der Bram Stoker Award für den besten Horrorroman *(Die Show)* wurde ihm im selben Jahr posthum verliehen.

»Es wäre ein Fehler, Richard Laymon nicht zu lesen!«
Stephen King

»Ich habe jedes Buch von Richard Laymon verschlungen – schlaflos, atemlos!« ***Jack Ketchum***

»Laymon hat einen Pakt mit dem Teufel geschlossen. So schreiben kann niemand!« ***Dean Koontz***

»Richard Laymon geht unter die Haut. Im wahrsten Sinne des Wortes!« ***Wulf Dorn***

»Eines der seltenen Ausnahmetalente unter den Horrorschriftstellern.« ***Publishers Weekly***

Laymon über Laymon:

»Ich finde es faszinierend, dass fast jeder Leser ein anderes meiner Bücher als sein Lieblingsbuch nennt.

Was sind meine Lieblingsbücher?

Eigentlich alle. Wenn mir ein Buch nicht gefällt, schreibe ich es auch nicht zu Ende.

Außerdem versuche ich, jedem Buch etwas Besonderes zu verleihen: sei es eine ungewöhnliche Wendung, eine gut gelungene Figur, interessante Schauplätze oder Themen.

Es gefällt mir, ein altbekanntes Thema aufzugreifen und daraus etwas Neues zu machen. Der Pfahl *zum Beispiel ist die ungewöhnliche Version einer Vampirgeschichte,* Das Grab *gibt dem Zombiegenre eine neue Richtung, und* Der Ripper *ist eine sehr spezielle Interpretation des Jack-the-Ripper-Mythos.*

Was ich auch sehr interessant finde, ist die Tatsache, dass meine Fans nach der Lektüre eines meiner Bücher nicht aufhören können, bis sie alle gelesen haben. Das ist toll.«

Dieses und alle folgenden Zitate finden sich im Original neben weiteren Interviews und vielen interessanten Artikeln auf der offiziellen englischsprachigen Website Richard Laymon Kills!, die von Steve Gerlach betreut wird:

http://rlk.stevegerlach.com/

Rache (*Come Out Tonight*, 1999)

Los Angeles. Eine heiße Sommernacht. Sherry und Duane haben etwas vergessen: Kondome. Also macht sich Duane auf, um im Laden um die Ecke welche zu kaufen. Sherry wartet. Und wartet. Schließlich geht sie selbst los. Doch sie kann Duane nirgends finden – stattdessen bietet ihr ein anderer Junge, Toby, seine Hilfe an. Dankbar steigt Sherry zu ihm ins Auto. Die schlechteste Entscheidung, die sie je getroffen hat – denn Toby ist alles andere als ein harmloser junger Mann ...

Die Insel (*Island*, 1991)

Laymon über Laymon:

»Beim Schreiben dieses Romans habe ich eine ungewöhnliche Technik eingesetzt: Das Buch besteht ausschließlich aus den Tagebucheinträgen eines jungen Mannes. Wir sehen alles durch seine Augen, erfahren alles aus seiner Perspektive. Im Gegensatz zu den üblichen Romanen, die in der ersten Person geschrieben sind, spielt das Schreiben des Tagebuchs in der Geschichte eine große Rolle. Im Moment der Niederschrift kann der Erzähler unmöglich wissen, was als Nächstes passiert.

Es hat mir viel Spaß gemacht, mit dem Tagebuchformat zu experimentieren. Da haben sich ganz neue Möglichkeiten ergeben, die Geschichte zu erzählen, den Leser – und auch mich – zu überraschen.«

Das Spiel (*In the Dark*, 1994)

Eines Tages erhält die junge Bibliothekarin Jane Kerry einen geheimnisvollen Umschlag, der einen Fünfzigdollarschein und die Aufforderung enthält, sich an einem ominösen »Spiel« zu beteiligen: Wenn sie jeweils um Mitternacht eine bestimmte Aufgabe löst, dann verdoppelt sich ihre Belohnung. Aus Neugierde beteiligt sie sich. Die ersten Aufgaben sind noch leicht, doch sie werden härter und härter – bis sie Jane an einen Punkt führen, von dem es kein Zurück mehr zu geben scheint: Das »Spiel« artet in reinsten Terror aus.

Laymon über Laymon:

»In Das Spiel *geht es um eine Schatzsuche. MOG, der Master of Games, hinterlässt seltsame Botschaften, die zu immer höheren Geldbeträgen führen, wenn man sie korrekt entschlüsselt. MOG ist der große Unbekannte, der Schlimmes im Schilde führt. Früher oder später könnte man sogar denken, dass er nicht von dieser Welt ist.*

Er versucht, Gott zu spielen.

Was er auch schafft – durch eine Mischung aus Versprechungen und Drohungen.

In gewissem Sinn bin ich MOG, indem ich als Autor ein übles Spiel mit meinen Figuren treibe. Ich treibe sie in seltsame, gefährliche Abenteuer – und das nur, um mich und meine Leser zu amüsieren.«

Nacht (*After Midnight*, 1997)

Als Alice den Job als Babysitterin annimmt, ahnt sie nicht, dass ihr die schrecklichste Nacht ihres Lebens bevorsteht. Denn kaum ist sie allein im Haus, wird sie von einem geheimnisvollen Anrufer terrorisiert. Als der dann auch noch versucht, in das Haus einzudringen, weiß sie sich nicht anders zu helfen, als ihn mit einem alten Säbel niederzustrecken. Doch damit beginnen die Probleme erst: Denn der Eindringling ist überhaupt nicht der Anrufer – und er wird auch nicht die letzte Leiche in dieser Nacht bleiben ...

Das Treffen (*Blood Games*, 1992)

Laymon über Laymon:

»Das Treffen *bietet einige Besonderheiten, die ich nicht unerwähnt lassen will.*

Zunächst einmal habe ich versucht, die Atmosphäre einer kleinen geisteswissenschaftlichen Universität einzufangen – ganz besonders das Wohnheimleben.

Außerdem werden in Das Treffen *in Rückblenden viele der Abenteuer erzählt, die die Freundinnen vor ihrer verhängnisvollen Reise nach Vermont erlebt haben. Einmal helfen sie einem aufstrebenden Jungregisseur, eine Kurzgeschichte namens ›Speisesaal‹ zu verfilmen. Natürlich müssen sie den Autor anrufen und ihn um Erlaubnis fragen – mich. Wir führen eine nette kleine Unterhaltung.*«

Der Keller

Die *Beast-House*-Trilogie in einem Band:

1. Im Keller (*The Cellar*, 1980)
2. Das Horrorhaus (*The Beast House*, 1986)
3. Mitternachtstour (*The Midnight Tour*, 1998)

Das alte Haus in der Nähe von San Francisco ist eine gruselige Touristenattraktion – denn nachts, so heißt es, soll dort eine blutrünstige Bestie ihr Unwesen treiben. Deshalb finden auch nach 16 Uhr keine Führungen mehr statt. Doch einige glauben nicht, dass die Bestie wirklich existiert. Sie halten das sogenannte Horrorhaus für einen gewaltigen Schwindel, den es mit allen Mitteln zu entlarven gilt. Ein katastrophaler Fehler ...

Laymon über Laymon:

»Für viele ist Der Keller *das beste meiner Bücher – wahrscheinlich, weil es das erste ist, das sie gelesen haben. Wie bei einem ersten Date ...«*

Die Show (*The Travelling Vampire Show*, 2000)

Es ist der Sommer 1963, und die Show ist in der Stadt! Begeistert stehen der sechzehnjährige Dwight, sein Kumpel Rusty und die hübsche Slim vor dem Plakat, das eine »Große Vampirshow« ankündigt – angeblich mit einem echten Vampir. Pech nur, dass die Show erst um Mitternacht beginnt und Minderjährigen der Zutritt untersagt ist. Doch das spornt die drei Freunde erst recht an, hinter das Geheimnis der Show zu kommen. Ist alles nur Humbug – oder sind tatsächlich echte Vampire nach Grandville gekommen?

Ausgezeichnet mit dem Bram Stoker Award

Die Jagd (*Endless Night*, 1993)

Laymon über Laymon:

»Als ich meinen Abschluss in Englisch an der Willamette University machte, musste ich vor verschiedenen Dozenten eine mündliche Prüfung ablegen.

Bei der mündlichen Prüfung fragte mich eine Professorin: ›Haben Sie vor, jemals experimentelle *Literatur zu schreiben?‹*

›Nein‹, antwortete ich.

Damals war experimentell *für mich gleichbedeutend mit ›bedeutungsschwer, verkopft, richtungslos und unverständlich‹.*

Genau die Art von Literatur, mit der ich nichts zu tun haben wollte.

In den vergangenen Jahren habe ich mir jedoch oft gewünscht, ich hätte eine andere Antwort gegeben.

In Die Jagd *erzählt eine der Hauptfiguren, der psychopathische Simon, einen Teil der Geschichte über eine Reihe von Tonbandaufzeichnungen. Dadurch war es mir möglich, die Handlung aus Simons Sicht darzustellen – zumindest das, was er uns auch erzählen will. Was er da von sich gibt, ist keinesfalls meine eigene Weltsicht.*

Beim Verfassen dieser Tonbandaufzeichnungen fielen mir einige große Unterschiede zwischen geschriebener und ge-

sprochener Sprache auf. Daher las ich alles laut vor und nahm ein paar große Änderungen in Bezug auf Rhythmus, Wortwahl und Ausdrucksweise vor, damit Simons Monologe auch wirklich gesprochen und nicht geschrieben klingen.

Ja, ich wünschte wirklich, ich könnte die Frage nochmals beantworten, die mir meine Dozentin an der Willamette vor so vielen Jahren gestellt hat.

›Haben Sie vor, experimentelle *Literatur zu schreiben?‹, würde sie mich fragen.*

Und ich würde antworten: ›Kommt darauf an, was Sie mit experimentell *meinen.‹«*

Der Regen (*One Rainy Night*, 1991)

Ein seltsamer schwarzer Regen fällt auf die Kleinstadt Bixby. Seine warmen Schauer versetzen jeden, der sie auf der Haut spürt, in ekstatische Verzückung. Doch der Regen weckt auch die pure Mordlust. Polizisten erschießen diejenigen, die sie beschützen sollen, harmlose Passanten fallen über ihre Mitmenschen her. Immer mehr Einwohner werden Opfer dieses unheimlichen Phänomens – erfüllt von Hass und Wut, ziehen sie aus, um diejenigen, die den schwarzen Tropfen entkommen sind, zu töten.

Der Ripper (*Savage*, 1993)

Whitechapel, November 1888. Zufällig erlebt der junge Trevor Bentley mit, wie Jack the Ripper einen grässlichen Mord begeht, und kommt selbst nur knapp mit dem Leben davon. Der erbarmungsloseste Serienkiller, den die Annalen der englischen Kriminalgeschichte verzeichnen, verlässt London und macht sich auf den Weg nach Amerika. Trevor, der dem Ripper das blutige Handwerk legen will, folgt ihm in die Neue Welt und erlebt viele Abenteuer, bevor sich ihre Wege erneut kreuzen.

Laymon über Laymon:

»Der Ripper *ist ebenso beliebt wie* Der Keller *oder* Der Pfahl. *Einmal traf ich eine junge Leserin aus Australien, die zu einer Signierstunde nach Disneyland gekommen war. Sie erzählte mir, wie gut ihr das Buch gefallen hat. Doch dann sagte sie: ›Wenn Sie Jesse umgebracht hätten, hätte ich Sie getötet.‹ Sie muss Jesse richtig gern haben (ich auch).«*

Der Pfahl (*Stake*, 1990)

Larry Durban, Autor blutiger Horrorbücher, verirrt sich mit seiner Frau und einem befreundeten Pärchen in der Wüste Kaliforniens. Sie entdecken ein Hotel in einer Geisterstadt, in dessen Keller ein Sarg mit einer weiblichen mumifizierten Leiche versteckt ist. In der Brust der Toten steckt ein Holzpfahl. Larry beschließt nicht nur, eine Mischung aus Tatsachenbericht und Vampirroman über diesen Fund zu schreiben, sondern auch das Entfernen des Pfahls auf Video aufzunehmen. Doch während sich Larry noch romantischen Blutsaugerträumen hingibt, muss seine Tochter Lane feststellen, dass sich die wahren Ungeheuer hinter der Fassade ganz normaler Menschen verbergen.

Das Inferno (*Quake*, 1995)

Ein schweres Erdbeben sucht Los Angeles heim. Sobald die Erschütterungen vorbei sind, bricht das eigentliche Chaos in der zerstörten Stadt aus. Clint Banner wird in seinem Büro von dem Beben überrascht. Er will so schnell wie möglich zu seiner Familie, doch auf den Straßen herrscht Anarchie. Gemeinsam mit einer hysterischen Frau und der cleveren, erst dreizehn Jahre alten Em macht er sich auf eine Odyssee durch das von Plünderern heimgesuchte L. A. Und die Zeit drängt: Clints Frau Sheila ist unter den Trümmern ihres Hauses verschüttet und kann sich nicht aus eigener Kraft befreien. Was ihr Nachbar, der psychopathische Stanley, gnadenlos ausnutzt.

Das Grab (*Resurrection Dreams*, 1988)

Melvin war mit Abstand der schrägste Typ der Ellsworth Highschool. Nur Vicki hatte den Mut, sich für ihn einzusetzen. Doch dann wollte er es allen zeigen: Er stahl eine Leiche aus einem Grab und versuchte, sie vor aller Augen mit einer Autobatterie zum Leben zu erwecken – ein spektakulärer Fehlschlag. Diesen grässlichen Vorfall hat Vicki nie vergessen. Trotzdem entschließt sich die frischgebackene Ärztin dazu, in ihren Heimatort zurückzukehren – obwohl sie dort auch Melvin wiederbegegnen wird. Und der widmet sich immer noch seinen Experimenten ...

Finster (*Night in the Lonesome October*, 2001)

In diesem Semester bricht für den zwanzigjährigen Ed Logan eine Welt zusammen – seine Freundin Holly, die große Liebe seines Lebens, schreibt ihm einen verhängnisvollen Brief: Sie hat einen anderen kennengelernt und will die Beziehung beenden. Verzweifelt und krank vor Liebeskummer, beschließt Ed, sich mit einem nächtlichen Spaziergang abzulenken und sich dann mit ein paar Donuts und einer Tasse Kaffee zu trösten. Es ist eine dunkle, unheilvolle Oktobernacht, und Ed ist nicht allein – er trifft ein hübsches Mädchen, das ihm die Geheimnisse der Finsternis zeigen will. Doch die Nacht kann auch grausam und unbarmherzig sein, und sie steckt voller Gefahren.

Der Käfig (*Amara/To Wake the Dead*, 2002)

Im Haus des Sammlers Robert Callahan in Los Angeles befindet sich in einem versiegelten Sarg die Mumie der Pharaonenfrau Amara. Callahan entdeckte in jungen Jahren zufällig ihr Grab in Ägypten und musste schon damals feststellen, dass sie bei Nacht zum Leben erwacht und mordend umherzieht. Als Diebe die Mumie stehlen wollen, fällt der Sarg zu Boden, die magischen Siegel zerbrechen, und Amara ist erneut befreit. Zur selben Zeit wacht der junge Ed aus tiefer Bewusstlosigkeit auf und muss erkennen, dass er sich in einem grauenvollen Albtraum befindet: Er wurde in einem unterirdischen Raum in einen Käfig gesperrt und ist seinen Peinigern hilflos ausgeliefert …

Der Wald (*Dark Mountain*, 1992)

Karen freut sich riesig auf den Campingausflug mit ihrem Freund Scott und seinen Kindern Julie und Bennie. Gemeinsam wollen sie eine Woche lang durch die kalifornischen Wälder und Hügel wandern. Zunächst scheint es auch ein friedlicher Ausflug zu sein.

Doch der abgeschiedene Wald, in dem sie campieren, ist der Wohnort der alten Einsiedlerin Ettie und ihres Sohns Merle. Ettie, die mit finsteren Mächten im Bunde steht, ist wild entschlossen, ihr Territorium um jeden Preis zu verteidigen. Dann gerät der einfältige, aber sehr gefährliche Merle außer Kontrolle, und für die Camper beginnt ein grauenvoller Albtraum.

Laymon über Laymon:

*»*Der Wald *wird auch oft als Lieblingsbuch genannt – offensichtlich von denjenigen Leuten, die gerne Campingausflüge machen.«*

Der Gast (*Body Rides*, 1996)

Da Neal ein eher ängstlicher Mensch ist, nimmt er auf nächtlichen Autofahrten durch L. A. immer eine Pistole mit – selbst wenn er nur zur Videothek fährt, um ein paar Filme zurückzubringen. Da hört er die Schreie einer Frau in Todesangst. Neal nimmt allen Mut zusammen und eilt zu ihrer Rettung. Tatsächlich gelingt es ihm, die entführte Elise Waters aus der Gewalt eines irren Serienkillers zu befreien und den Täter niederzuschießen.

Zum Dank schenkt ihm Elise ein goldenes Armband mit magischen Kräften: Wer es küsst, verlässt seinen Körper und kann in beliebige andere Personen eindringen.

Was für Neal zunächst eine reizvolle Sache zu sein scheint, verwandelt sich schnell in einen Albtraum: Auch Schmerzen spürt man wie seine eigenen, und wie es scheint, ist der psychopathische Killer nicht so tot, wie Neal geglaubt hat.

Das Loch (*Into the Fire*, 2005)

Nach einer höllischen Begegnung mit einem ehemaligen Mitschüler irrt die junge Pamela durch die kalifornische Wüste, bis sie von einem sehr seltsamen Busfahrer aufgelesen wird. Gleichzeitig nimmt der harmlose Student Norman zwei Anhalter mit, die sich schnell als eiskalte Psychopathen entpuppen. Alle treffen sich in einem winzigen Kaff in der Einöde, dessen Bewohner auf den ersten Blick ganz nett zu sein scheinen – aber manche Gäste auf der Durchreise wahrhaftig zum Fressen gern haben.

Die Gang (*Funland*, 1990)

Das Küstenstädtchen Boleta Bay birgt ein finsteres Geheimnis. Immer wieder verschwinden Menschen. Eine Gang Jugendlicher macht die herumlungernden Stadtstreicher dafür verantwortlich. Sie wollen ihnen eine Lektion erteilen – und gehen dabei bis zum Äußersten. In einer finsteren Nacht treibt die Gang ihre drastischen Säuberungsaktionen auf die Spitze. Doch im alten Vergnügungspark des Ortes erleben die Jäger eine Überraschung. In der Finsternis lauert etwas Unaussprechliches, Grauenhaftes auf sie, das nur eines kennt: Blutrausch.

Die Klinge (*Cuts*, 1999)

Der psychopathische Albert mag Frauen. Doch die Frauen mögen Albert nicht. Unmenschlicher Hass treibt ihn dazu, alle Grenzen hinter sich zu lassen. Albert beginnt einen mörderischen Streifzug durch die USA – immer auf der Suche nach Opfern. In Kalifornien kreuzt sein Weg das Schicksal einer Gruppe junger Intellektueller. Auf einer Halloweenparty treffen alle zusammen – das Blutbad beginnt ...

Der Geist (*Darkness, Tell Us*, 1991)

Eine Gruppe von Studenten probiert auf einer Party ein altes Ouija-Brett aus. Tatsächlich können sie Kontakt mit einem Geist aus dem Jenseits aufnehmen, der ihnen verrät, dass in den unzugänglichen Bergen Kaliforniens ein Schatz versteckt sein soll. Für die jungen Leute beginnt eine Reise ins Grauen ...

Der Killer (*Beware*, 1985)

Als die Journalistin Lacey eines Abends in einem kleinen Supermarkt einkaufen will, findet sie sich in einem Albtraum wieder. Schwer verletzt kann sie einem unheimlichen Killer entkommen, der die Ladenbesitzerin enthauptet hat. Doch dies ist erst der Anfang. Auf ihrer verzweifelten

Flucht vor dem Killer kommt Lacey einer Kultgemeinschaft auf die Spur, die entsetzliche Rituale durchführt. Um die Entfesselung unvorstellbaren Grauens zu verhindern, muss die junge Frau alle Grenzen hinter sich lassen.

Die Spur (*No Sanctuary*, 2001)

Die Nacht ist tiefschwarz und ruhig. Eine Frau streicht durch die Straßen. Es ist die junge Gillian, die ein ausgefallenes Hobby hat: Sie sucht nach Häusern, deren Besitzer offensichtlich verreist sind, und richtet sich dort ein. Das Problem ist, dass sie dieses Mal das Haus eines Serienkillers erwischt hat. Sie verschafft sich Zutritt zu dem Anwesen … und wird bereits erwartet.